营销科学学报

Journal of Marketing Science

第7卷第2辑
（总第24辑）
2011年6月
Vol. 7，No. 2，June 2011

主办单位
清华大学经济管理学院
北京大学光华管理学院

科学出版社
北京

内 容 简 介

《营销科学学报》是由清华大学经济管理学院和北京大学光华管理学院联合主办，由中国内地和中国香港20余所研究型大学的管理类学院共同协办的中国第一本市场营销领域的学报。《营销科学学报》作为中国市场营销学术研究的理论阵地，为海内外营销学者提供了一个进行创新性研究的交流平台，也获得了海内外营销学者的广泛认同。

《营销科学学报》已经连续出版了7卷24辑，它们在一定程度上反映了中国市场营销学科理论研究和应用研究的最新进展，适合从事市场营销相关研究的人员阅读，也可供对市场营销感兴趣的人员参考。

图书在版编目(CIP)数据

营销科学学报. 第7卷. 第2辑/清华大学经济管理学院，北京大学光华管理学院主编. —北京：科学出版社，2011. 6

ISBN 978-7-03-031463-5

Ⅰ. ①营… Ⅱ. ①清…②北… Ⅲ. ①市场营销学-丛刊 Ⅳ. ①F713. 50-55

中国版本图书馆CIP数据核字(2011)第107622号

责任编辑：张 宁 / 责任校对：张 林

责任印制：张克忠 / 封面设计：陈 敬

科学出版社出版

北京东黄城根北街16号

邮政编码：100717

http://www.sciencep.com

新蕾印刷厂印刷

科学出版社发行 各地新华书店经销

*

2011年6月第 一 版 开本：850×1168 1/16

2011年6月第一次印刷 印张：9 1/2

印数：1—2 000 字数：265 000

定价：32.00元

(如有印装质量问题，我社负责调换)

营销科学学报

第7卷,第2辑 2011年6月

Journal of Marketing Science

Volume 7, Number 2 **June 2011**

周志民[①],贺和平[②],苏晨汀[③],周　南[④]

摘　要　基于在线交互,人们在互联网上形成了可带来利益的关系,即E-社会资本。但现有文献缺乏对该概念的深入研究。本文旨在探讨在线品牌社群中E-社会资本的形成机制。首先采用网络志方法探索了概念模型当中核心构念及其关系的存在,之后收集运动鞋论坛数据并运用偏最小二乘法(PLS)进行实证检验。研究发现:①E-社会资本的构成中也存在与传统社会资本类似的在线信任、互惠规范、成员责任、社群认同等四个维度,说明了传统社会资本理论在互联网背景下亦可适用;②在线互动质量促进了E-社会资本的形成,而社交临场感和缘分感在其中起到部分中介作用;③在线互动质量受到信息价值和成员共性影响;④E-社会资本会促进在线品牌社群承诺。研究结论完善了E-社会资本和品牌社群理论,并对品牌社群营销实践具有指导意义。

关键词　E-社会资本,在线品牌社群,形成机制,品牌社群承诺

在线品牌社群中E-社会资本的形成机制研究[⑤]

0　引言

自1977年Bourdieu提出"社会资本"的概念以来,社会科学领域对这一问题的研究就一直兴盛至今(Adler and Kwon, 2002)。大量研究探讨了社会资本的内涵(Burt, 1992; Lin, 1999)、维度(Nahapiet and Ghoshal, 1998)、形成与作用机理(Tsai and Ghoshal, 1998),尤其是从人际关系(Granovetter, 1973)、公司间关系(Kraatz, 1998)等角度探讨社会资本的资源价值。随着社交网络技术的发展,形形色色的在线社群层出不穷,越来越多的人在网上与他人交流,分享个人经历和观点,形成各类主题(如兴趣、品牌、地域等)的网上人际圈子。当这些网上人际圈子成为可带来利益的网上关系资源时,就产生了E-社会资本(electronic social capital,即网上社会资本)。

在社交网络媒体时代,以品牌为关系纽带的在线品牌社群(online brand community)正日益受到企业的关注。研究表明,在线品牌社群承诺对品牌承诺(或忠诚)产生了显著的正向影响(Jang et al., 2008; Kim et al., 2008),这使得在线品牌社群营销的重心放在在线品牌社群承诺的培养上。如果品牌社群能够为成员带来足够的价值,那么他们就愿意与社群保持长久的关

①　周志民(通讯作者),深圳大学管理学院教授,E-mail: mnizzm@szu.edu.cn。
②　贺和平,深圳大学管理学院讲师,E-mail: jeremyhe@szu.edu.cn。
③　苏晨汀,香港城市大学商学院教授,博士生导师,武汉大学兼职教授,E-mail: mkctsu@cityu.edu.hk。
④　周南,香港城市大学商学院教授,博士生导师,武汉大学长江学者讲座教授,E-mail: mkzhou@cityu.edu.hk。
⑤　本文受国家自然科学基金青年科学基金项目(70802042; 71002081)和中国香港研究资助局项目(9041466-CityU 150709)资助。此外,本文曾入选第六届"社会网与关系管理"学术研讨会(由中国社会学会社会网暨社会资本研究专业委员会主办,中山大学管理学院承办,2010.12),获青年学者论文一等奖。非常感谢两位《营销科学学报》匿名审稿人对本文提出宝贵的修改意见。

系(Bagozzi and Dholakia, 2006),而在以社会关系为核心的品牌社群(Muniz and O'Guinn, 2001)当中,基于关系的社会资本能够带来令人满意的信息价值和社交价值(Mathwick et al., 2008)。由此来看,E-社会资本的培育问题应当被实践在线品牌社群建设的企业所重视。

尽管在线信任、互惠规范等问题已有较多研究(Mathwick et al., 2008),但作为这些社会资本维度的集合(Nahapiet and Ghoshal, 1998),E-社会资本问题尚未得到学术界的足够重视(徐小龙和黄丹,2010)。针对E-社会资本,至少有三个问题值得关注:①由于互动方式不同,传统社会资本维度是否可以用以测量E-社会资本?②现有文献大多只研究社会资本对社群价值(Mathwick et al., 2008;薛海波和王新新,2010)、移动社区参与(周涛和鲁耀斌,2008)等变量的影响,还很少有文献研究E-社会资本的形成机制。③尽管在线信任(Mathwick et al., 2008)、互惠规范(Chan and Li, 2010)、社群认同(Algesheimer et al., 2005)等社会资本维度会影响社群承诺,但E-社会资本作为这几个维度的组合,其内涵有所不同,是否也会促进品牌社群承诺?为回答这些问题,本文基于在线品牌社群的背景研究E-社会资本问题,尤其是着重探讨其形成机制。该研究不仅在理论上解释了E-社会资本的来龙去脉,而且在实践上帮助在线品牌社群管理者采取措施促进社群成员E-社会资本的形成,最终提升品牌业绩。

本文分为六个部分:①对品牌社群、社会资本、社会互动等理论作一介绍,为后面的研究奠定基础;②根据相关文献提出研究假设,构建概念模型;③进行研究设计,提出定性与定量相结合的研究方法;④展示定性方法(即网络志)的研究结果,以探索核心构念及逻辑关系的存在;⑤呈现定量方法(即偏最小二乘法,PLS)的研究结果,用调查数据来检验变量关系的强度;⑥讨论理论贡献,提出管理意涵,并指出本文的局限性和今后的方向。

1 理论基础

1.1 品牌社群

近10年来,品牌社群逐渐成为品牌研究领域的前沿课题(Algesheimer et al., 2005; Bagozzi and Dhdakia, 2006; Carlson et al., 2008; McAlexander et al., 2002; Muniz and O'Guinn, 2001; Scarpi, 2010; Schau et al., 2009; Schouten et al., 2007),并成为五大品牌科学领域之一(何佳讯和胡颖琳,2010)。这一新概念综合了消费社群(Boostin, 1973)和品牌关系(Fournier, 1998)理论(周志民和李蜜,2008),指的是一个建立在某一品牌拥护者之间的一整套社会关系基础上的一种非地理意义上的专门化社群(Muniz and O'Guinn, 2001)。不同于以往的"企业-消费者"传播范式下的品牌概念(如品牌态度、品牌形象、品牌个性、品牌关系等),品牌社群反映的是"消费者-消费者"之间的关系。与其他社群类似,品牌社群也具有三个基本特征:同类意识、仪式和传统、道德责任感(Muniz and O'Guinn, 2001)。一项研究(McAlexander et al., 2003)发现,品牌社群和顾客满意都对顾客忠诚有正面影响,品牌社群甚至取代顾客满意成为顾客忠诚的主要驱动因素。这一观点有别于传统的"满意-忠诚"路径,提出企业亦可通过培养品牌社群来建立顾客品牌忠诚,从而引发了对品牌社群领域的研究热度。

互联网技术的发展为品牌社群的繁荣提供了契机,在线品牌社群已成为品牌社群的主流形式。Wasko和Faraj(2005)将在线社群定义为通过计算机媒介传播而形成的一个基于知识共享的自组织、开放系统。虽然背景环境不同,但在线品牌社群与传统品牌社群在本质上还是相似的(Sicilia and Palazón, 2008),即成员之间通过品牌或其他的知识共享建立社会关系,从中获取价值。因此,知识共享、社会关系、社群价值成为了在线品牌社群研究的核心问题(Dholakia et al., 2004; Wasko and Faraj, 2005)。作为一种新的有效的营销模式,在线品牌社群承诺对品牌业绩(如品牌承诺或忠诚)的贡献获得了证实(Jang et al., 2008; Kim et al., 2008)。由此,一个更具意义的研究方向应该放在在线品牌社群承诺的前端,即究竟是哪些因素导致在线品牌社群承诺的产生?研究表明,在问题解决导向型的在线社群中,社会资本及其所带来的社群价值正向影响了在线社群承诺(Mathwick et al., 2008)。然而,这些E-社会资本是否可用传统的社会资本维度描述,E-社会资本从何而来,诸如此类问题尚未得到解决。

1.2　社会资本

社会资本是一个层次复杂、内涵丰富的概念。Brown提出从微观、中观、宏观三个层次来观察社会资本(罗家德,2008)。其中,微观层次探讨社会实体如何透过社会网络调动资源,如Granovetter(1973)认为社会连带可带来信息的交换,Lin等(1981)认为社会资本就是嵌入在关系网络中的社会资源;中观层次探讨网络结构及其所带来的资源,如Coleman(1990)将社会资本定义为创造价值并促进个人行为的社会结构因素,Burt(1992)的"结构洞"(structural hole)理论认为,一个人在他人之间的网络中介地位带来了资源利益;宏观层次探讨社会系统中的文化、规范、领导、组织对社会实体的资源创造产生的影响,如Bourdieu(1977)定义的社会资本注重社会系统的整体层面,认为社会资本是个人或团体所拥有的社会连带加总,社会连带的建立和维系造就了社会资本。

在社会资本测量方面,当属Nahapiet和Ghoshal(1998)的观点影响力最大。在他们看来,社会资本可以从结构维(structure)、认知维(cognition)和关系维(relationship)三个维度进行考查,其中结构维包括网络连带(network ties)、网络结构(network configuration)和可使用的组织(appropriable organization),认知维包括共有编码(shared codes)、共同语言(shared languages)和共同叙事(shared narratives),关系维包括信任(trust)、规范(norms)、认同(identification)和义务(obligations)。结构维关注的是社会资本当中的网络结构和连带,属于中观层面的社会资本;而认知维在Bourdieu看来属于文化资本,而非社会资本,因此排除在狭义的社会资本之外(罗家德,2008)。本文的研究目的是探索在线品牌社群成员如何通过个体间的在线互动形成社会资本,符合微观社会资本的视角,因此本文中的社会资本被界定在关系维的层面。在一定程度上,不是所有研究都必须采用这三个维度来测量社会资本。因为,社会资本三个维度之间存在一定的因果关系,结构维和认知维被认为是关系维社会资本产生的原因(Tsai and Ghoshal, 1998),作为结果层面的维度,仅仅选择关系维也可在很大程度上解释社会资本的内涵和本质,即社会关系所带来的资源(Lin, 1999)。此外,在一项在线社群的研究中,社会资本也被视为在一些关系规范影响下能为个体带来利益的无形资源(Mathwick et al., 2008),这说明仅从关系维来研究社会资本是有先例的,是可行的。依照Bourdieu(1977)的观点,社会资本来自于社会连带的建立和维持。在互联网背景下,陌生人之间建立社会连带的根本途径在于社会互动,因此,对社会互动的研究有助于理解社会资本的形成机制(Lin, 1999)。

1.3　社会互动

社会现实通过人们的社会互动过程而构建(Berger and Luckmann, 1966)。作为个体层次与社会结构层次的中介,社会互动(social interaction)在社会学研究中处于重要位置,其概念是指人们对他人行为作出响应的方式(Schaefer, 2005)。按照Blumer(1969)的观点,人们不只是对他人的行为作出反应,而且是在解释或定义他人的行为,即人们对他人行为的理解决定了人们对他人的行为。因此,关注结果预期的社会认知理论(Bandura, 1986)应当作为理解社会互动的前提。

随着在线社群的兴起,在线社会互动受到了许多学者的关注(Flanagin and Metzger, 2001)。本质上,在线社群就是一个社会互动体,人们在互联网上讨论问题、交流观点、分享经验,彼此之间建立关系。在社会互动过程中,人们可以获得许多有价值的资源,并因此建立关系连带,产生社会资本(Lin, 1999)。互联网上的社会互动也是如此(Wang and Chiang, 2009)。由于信息交换是在线社群发展的关键,所以大量在线社会互动的研究集中在基于知识分享的社群当中(Wasko and Faraj, 2005)。如何提高在线社会互动质量、在线互动对在线社群发展有何影响等问题成为学术界关注的课题。

2 研究假设

2.1 研究假设

以下就 E-社会资本的维度构成、前因和后果进行深入探讨,概念模型如图 1 所示.

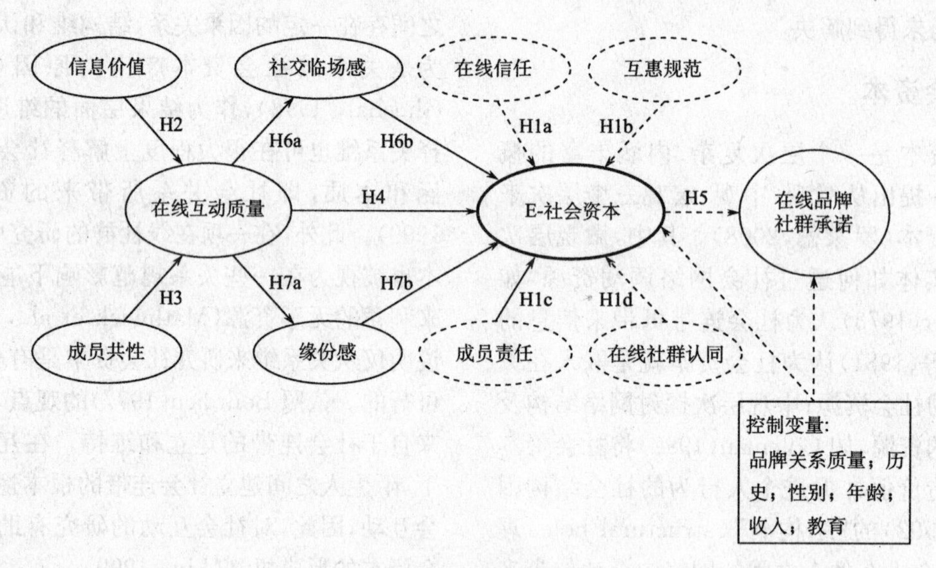

图 1 概念模型

加粗的实线表示主效应;未加粗的实线表示控制变量的影响;虚线表示形成式指标与构念的关系;加粗的椭圆表示高阶构念;未加粗的实线椭圆表示一阶构念;未加粗的虚线椭圆表示形成式指标;方框表示控制变量

2.1.1 E-社会资本的维度构成

关系维构面的社会资本包括信任、规范、责任和认同四个维度(Nahapiet and Ghoshal, 1998)。尽管在线社群与现实社群有所不同(如绝大多数在线社群成员彼此从未谋面,关系脆弱),但二者在本质上还是相似的(Sicilia and Palazón, 2008),即通过交互建立关系。一些文献专门采用同一套维度来对比网上与网下的人际关系(Parks et al., 1996),说明一些重要维度在网上网下的背景下都是存在的,只不过程度不同。循着这一思路,本研究假设这四个传统关系维构面的社会资本的维度也可能是 E-社会资本的构成部分。具体分析来看,在线信任使得在线社群成员彼此相信对方的善意,相信对方不会或较少出现机会主义行为(Ring et al., 1994),从而为长期关系的维系铺平道路;互惠规范是在线品牌社群运行的根基,只有付出没有回报的行为是短暂的,无法保障在线社群成员关系的维系(Mathwick et al., 2008);成员责任是作为成员所担负的支持社群发展的义务,没有成员的支持,在线品牌社群难以发展壮大,也就难以提供有价值的社会资本(Muniz and O'Guinn, 2001);在线社群认同是指成员将自己视为在线品牌社群的一员,从而拉近自己与其他成员的关系(Algesheimer et al., 2005)。由此,可作以下假设：

H1a：在线信任越强，E-社会资本就越强；

H1b：互惠规范越强，E-社会资本就越强；

H1c：成员责任越强，E-社会资本就越强；

H1d：社群认同越强，E-社会资本就越强。

2.1.2 在线互动质量的前因

在线社群的一大核心功能就是为成员提供丰富的信息资源（Muniz and O'Guinn，2001；Sicilia and Palazón，2008），这也是在线社群生存的立足之本。人们最初访问在线社群的动机都是查询信息，以便解决问题和获取新知识（Adler and Kwon，2002；Armstrong and Hagel，1996；Inkpen et al.，2005；Ridings and Gefen，2004；Wasko and Faraj，2005）。早期的信息通常来自于社群的组织者（如企业或社群领袖），资源有限。但随着大量成员的参与，成千上万的信息来自于不同背景的成员，构成了海量的信息库。在线社群的存在使得成员之间的信息交流与共享变得非常方便和有效（Mathwick et al.，2008；Sicilia and Palazón，2008）。当在线社群满足了成员对信息的需求时，他们会对在线社群互动感到满意，从而对互动的质量产生高度评价。由此可认为：

H2：社群成员获得的信息价值越大，他们与其他成员在线互动的质量就越高。

随着社群关系的深入，成员之间交流的信息内容从最初的产品信息逐渐扩散到一些个人信息，如兴趣爱好、价值观、个人经历等。个人信息的相似性促使成员之间产生志同道合的感觉，进而形成共鸣（McKenna and Bargh，1999；Wellman and Gulia，1999）。特别是，在线品牌社群本身就是由一群对某品牌有共同兴趣的人所构成的（Sicilia and Palazón，2008），他们对品牌的共识和信念加深了彼此的好感，从而获得了社交价值的满足（Dholakia et al.，2004；Mathwick et al.，2008），自然也就对在线互动质量感到满意。所以，可假设：

H3：社群成员之间的共性越大，他们与其他成员在线互动的质量就越高。

2.1.3 E-社会资本的前因与后果

在线品牌社群中，陌生的成员们通过持续、充分的在线交流，增进了彼此之间的熟悉和了解程度，进而产生信任感（Gabarro，1978；Gulati，1995；Granovetter，1985），然后逐渐建立社会关系。实际上，一些社会资本学者已将社会互动视为社会关系的前因（Tsai and Ghoshal，1998；Wang and Chiang，2009）。而进一步从社会资本的角度看，成员之间的社会关系是他们借以获取利益的资源，换言之，作为资源的社会关系就是社会资本（Lin et al.，1981；Nahapiet and Ghoshal，1998）。故可认为：

H4：在线互动质量越高，成员从在线社群中获取的E-社会资本就越高。

在线社群承诺是指人们长期留在在线社群的意愿（Moorman et al.，1992）。研究表明，对信息价值和社交价值的期待影响了成员留在在线社群的意愿（Mathwick et al.，2008）。从社会资本的角度来看，关系资源决定了关系利益。如果没有E-社会资本这一关系资源，人们从在线社群中得到价值的可能性将会降低，且获得的价值也会有限。这会影响到他们对在线社群的评价，从而也影响今后继续留在在线社群的意愿。故假设：

H5：E-社会资本越强，在线品牌社群承诺就越强。

2.1.4 在线互动质量与E-社会资本之间的中介变量

为了描述互联网背景下人际交流的质量，Short等（1976）提出了“社交临场感”（social presence）的概念。之后的一些研究中，社交临场感用以指在互联网媒体环境下，一方对另一方的感知程度（Gefen and Straub，2004），以及由此产生的与对方待在一起的感觉（Biocca et al.，2003）。研究表明，媒体的互动性和生动性有助于社交临场感的形成（Fortin et al.，2004；Steuer，1992）。拜技术所赐，互联网已发展成为一种互动性和生动性极强的新媒体。因此，尽管在线环境下缺乏面对面的交流机会，但先进的互联网技术（如 Web 2.0 技术、即时聊天工具、网络视频技术等）仍然可以帮助人们在网上进行充分、有效的互动交流，从而增强社交临场感。

由于互联网上不确定性很大，在线社群比现实社群存在更大的风险（Armstrong and Hagel, 1996），在线交互双方的关系也难以深入。然而，在线社群中成员之间的社交临场感使得互联网的不确定性得以下降。多项研究表明，在线社群中的社交临场感增加了交互双方的信任度（Gefen and Straub, 2004; Hassanein and Head, 2006），从而促进了成员们在线关系的建立。

H6a：在线互动质量越高，成员之间的社交临场感就越强。

H6b：成员之间的社交临场感越强，E-社会资本就越强。

H6c：成员之间的社交临场感在在线互动质量和E-社会资本之间起到中介作用。

在中国传统文化中，“缘”被视为一个命中注定的关系前因（Yau, 1988）。能够在茫茫人海中相遇谓之“有缘”，而交流得非常投机则是“投缘”（Cheung, 1986）。特别是在在线品牌社群中，成员彼此之间相隔万里、互不相识，能够找到共同的兴趣爱好及共同价值观的人进行愉快交流是一个非常巧合的小概率事件，唯有用缘分才能加以解释。此外，在线交流越充分，彼此之间的信息了解就越全面，共同点挖掘得越多，缘分感也就越强烈。

一旦缘分感形成，基于对缘分的珍惜，人们之间更容易建立良好关系（Chang and Holt, 1991; Yau, 1988）。调查显示，中国人在描述关系时常常提及缘分（Yang and Ho, 1988）。作为理性价值的补充说明，缘分感被认为是关系形成过程中一个无法解释的原因。缘分感让人觉得彼此之间在冥冥之中有种关联，这是超自然的力量，注定交互双方的关系是不可避免的。由此作出以下假设：

H7a：在线互动质量越高，成员之间的缘分感就越强。

H7b：成员之间的缘分感越强，E-社会资本就越强。

H7c：成员之间的缘分感在在线互动质量和E-社会资本之间起到中介作用。

2.2 控制变量

为了更好地研究核心变量之间的主效应关系，本文分别研究了 E-社会资本和在线品牌社群承诺的控制变量，主要控制变量为品牌关系质量（brand relationship quality）。品牌关系质量是指成员与在线品牌社群的纽带——品牌之间的关系强度（Fournier, 1998）。如果成员们与品牌之间的关系非常亲密友好，他们会因为对品牌的共同情感而拉近心理距离，从而建立良好关系。至于品牌关系质量与品牌社群承诺的关系，有研究表明品牌关系质量会显著影响品牌社群认同（Algesheimer et al., 2005），而后者是品牌社群承诺的前因（Bagozzi and Dholakia, 2006），由此可以推断品牌关系质量可能也会影响到品牌社群承诺。此外，本文还将成员注册历史、性别、年龄、教育和收入五个人口统计变量作为控制变量，以便更准确地检验各假设关系。

3 研究方法

本文依次采用定性和定量方法对模型和假设进行分析。其中，定性研究采用了网络志（netnography）方法，目的是从真实的在线品牌社群中找到核心构念及其关系存在的证据，以便更好地理解这些构念；定量研究采用 PLS 进行数据分析，目的是验证各假设关系的强度。两种方法的结合会使研究结论具有更好的信度和效度（Adjei et al., 2010; Cyr et al., 2009; Mathwick et al., 2008）。

3.1 网络志研究方法

鉴于在线品牌社群的研究背景，本文选择了网络志的定性研究方法。网络志是利用传统的定性研究方法“民族志”（ethnography）来研究在线社群背景下人们的生活方式、行为模式和价值观的一种方法，近年来在在线社群研究领域较为盛行(Chan and Li，2010；Kozinets，1997，2002；Mathwick et al.，2008)。与在线访谈等定性方法相比，这种方法有所不同：①网络志将研究者独立在与研究对象交互的过程之外，而在线访谈本身就是研究者与研究对象的交互过程，将研究者独立出来更有利于研究者获得客观的资料；②网络志分析的资料都是在线社群中公开可得的资料，大量丰富的资料有利于研究者挖掘分析，而在线访谈获得的资料较为有限和单一。

3.2 实证研究设计

3.2.1 行业与样本

本研究选择从运动鞋网上论坛里收集数据，主要考虑：①当前运动成为一种时尚，年轻人(喜欢上网的一群人)对运动鞋这类运动必需品特别关注，越来越多的运动鞋论坛兴起；②目前品牌社群研究的对象主要有汽车(Algesheimer et al.，2005)、计算机(Muniz and Schau，2005)、摩托车(Fournier and Lee，2009)、可乐(Sicilia and Palazón，2008)甚至是大学，基本都属于高功能型的行业类型，还很少有文献将运动鞋之类的高享受型产品(赵占波等，2007)作为品牌社群研究对象。本文希望在行业背景研究方面作一个拓展。

数据收集的具体步骤如下：先将问卷放在专业网上调研平台“问卷星”(www.sojump.com)上面，之后在李宁互动社区(bbs.li-ning.com)等大型的运动鞋论坛上发问卷网址链接帖；同时也通过“问卷星”向其广大注册成员推荐本问卷。最后，共有1991人(拥有独立IP)访问了本问卷，有623人填写了问卷，删除无效问卷385份，剩下的最终有效样本量为238个，分别来自李宁、耐克、安踏、阿迪达斯、361°、特步等品牌论坛，样本有效率为38%。表1为238个被访者的人口统计特征。

表1 样本结构

项目		比重/%
性别	男	70.6
	女	29.4
年龄/岁	15～20	10.5
	21～25	48.7
	26～30	26.1
	31～40	13.4
	41～50	0.8
	51～60	0.4
收入/元	没收入	22.3
	<2000	20.6
	2000～3000	26.1
	3001～5000	15.1
	5001～8000	12.2
	8001～15 000	3.4
	15 001～50 000	0.4
教育程度	初中	0.8
	高中	8.0
	中专	3.8
	大专	22.7
	本科	55.5
	硕士	8.0
	博士	1.3
历史/年	<1年	28.6
	1～2年	30.3
	2～3年	23.9
	3～4年	12.6
	4～5年	2.9
	>5年	1.7

3.2.2 构念测量

本研究测量了7个核心变量，测项均来自文献。信息价值在于成员从在线品牌社群中获得信息以解决问题，用3个测项测量(Mathwick et al.，2008)。成员共性是指成员之间在兴趣爱好、价值观等方面的相似性，用2个测项测量(Siu，2008)。在线互动质量是互动双方对其在互联网上交流情况的评价，使用测项由一些管理信息系统研究中所使用的4个“交互质量”测项调整而来（Nidumolu，1995；Wang et al.，2005）。社交临场感是在某一媒体背景下所感受到与对方的社会交往程度，用人际接触、个性魅力、社交能力、人性温暖、感同身受5个测项来测量（Gefen and Straub，2004）。缘分感是关系方之间命中注定的关系纽带，用缘分的联想（有缘）和缘分的匹配（投缘）来测量（Chang and Holt，1991；Siu，2008）。E-社会资本是指在线社群中的社会连带所带来的资源，分别测量了关系维社会资本的4个维度：在线信任是指成员之间的相互信任，采用了4个测项（Pavlou et al.，2004）；互惠规范是指成员对互惠行为的信念，采用了5个测项（Chan et al.，2009；Mathwick et al.，2008；Wasko and Faraj，2005）；成员责任是指由于成员身份而对社群发展的支持，采用了2个测项（Dholakia et al.，2004）；社群认同是指成员将自已视为品牌社群的一份子，采用了6个测项（Algesheimer et al.，2005；Mael and Ashforth，1992）。在线品牌社群承诺是指成员希望与在线品牌社群保持长期关系的意愿，用5个测项测量（Mathwick et al.，2008；Wasko and Faraj，2005）。

品牌关系质量是指成员与品牌之间的关系强度，作为模型的主要控制变量，采用3个测项测量（Algeshiemer et al.，2005）。此外，还测量了其他控制变量（成员注册历史、性别、年龄、收入、教育背景等一些人口统计特征），均用一个测项测量。

不同于传统的5或7点李克特（Likert）量表，本研究采用6点李克特量表，即1～6分别代表“完全不同意、比较不同意、有点不同意、有点同意、比较同意、完全同意”。原因是一些被访者喜欢选择居中选项（3或4），未能真实反映其价值判断；而在6点量表中，被访者必须对每个测项选择同意或不同意，因此测量效果更好（Lee and Lings，2008）。

3.2.3 实证分析方法

检验本研究假设常用的实证方法包括结构方程模型和多元回归分析。多元回归分析采用简单平均数方法来计算维度得分，忽略了误差，此外，回归方程未同时考虑自变量的前置变量和因变量的后置变量的影响，因此该方法未被本研究采纳。结构方程模型常用的分析软件有LISREL和AMOS，但本研究采取（PLS）软件来计算，原因如下：①LISREL和AMOS都只能分析反映式指标，而PLS可以同时分析反映式和形成式指标，本研究模型中E-社会资本的4个维度即属于形成式指标；②LISREL和AMOS要求数据是正态分布，而PLS则没有这项要求；③LISREL和AMOS在样本量较大时分析结果才可靠，而PLS可以分析样本量较少的数据，本研究有效样本量为238个，规模不算很大，因此选用PLS分析（Mathwick et al.，2008）。分析软件选用德国汉堡大学统计学者Ringle等（2005）开发的SmartPLS 2.0统计软件包。

4 网络志分析

根据Kozinets（2002）的建议，本研究采取5个步骤展开网络志的分析。

第一步，在线品牌社群的选择和进入。汽车车友会是目前最为活跃的品牌社群之一，许多品牌社群学术研究都以此为研究对象（Algesheimer et al.，2005）。本研究也选择了1个汽车车友会——新奇军作为研究对象。新奇军（www.mychery.net）是1个由奇瑞汽车车主自建的具有全国影响力的车友会，成立于2003年，目前拥有注册成员18万人左右，近年来平均每天新增帖子数10 000余条，总帖子数已超过1 200 000条。最近1年时间里，本文第一作者多次登录该论坛，浏览帖子并与部分成员交流，从而对新奇军有了较为全面、深入的了解。

第二步是收集和分析资料。新奇军论坛里的帖子内容非常丰富，本文收集资料的原则是该帖子要能体现核心构念的内涵及与其他构念的关系。基于模型的创新点，笔者选择了6个核心构念，包括E-社会资本的4个维度（在线信任、互惠规范、成员责任、社群认同），以及社交临场感和缘分感。

从关系维的角度来看，社会资本层面包括信任、规范、义务和认同（Nahapiet and Ghoshal，1998）。那么，在在线品牌社群当中，E-社会资本是否也存在这4个维度？以下就相关帖子进行分析。

（1）在线信任与社会资本。尽管彼此素未谋面，但一些成员仍然可能对品牌社群的其他成员产生信任感。这种信任感可能来自于彼此之间在线交流的质量，也可能来自于同属于一个品牌社群的成员身份。一旦在线信任形成，关系就变成一种资源，为成员提供帮助。以下帖子讲述的是，杭州新奇军军友"我是当当"在福州发生交通事故，身上钱未带够，福州当地军友"圣诞老人"二话不说主动为其刷卡。虽然两人之前素未谋面，但"圣诞老人"基于在线信任而给"我是当当"雪中送炭，反映出后者在新奇军社群当中拥有E-社会资本。

> 丰田的4s已经评估好价格，2610……因为我身上只有1600元，卡在老婆身上……后来福州军友"圣诞老人"赶到……带了熟悉此类事故处理的"孤独"军友……"圣诞老人"问我怎么处理，我说付钱走人，不想呆了。"圣诞老人"二话不说，掏卡刷卡走人。**（我是当当）**

（2）互惠规范与社会资本。互惠意味着彼此互相帮助与协作。一个人如果之前从未给别人提供过帮助，他也不敢奢望自己遇到困难时对方会给予帮忙。缺乏互惠行为容易使个体孤立，关系很难深入发展，即使弥补也无济于事。下列帖子讲述的是，军友"虎王"要去海南旅游，但之前与海南军友没有什么互惠行为发生，因此感到私交不深，不便打搅。

> 自己虽在新奇军很久了，算是个老军友了，但是平时潜水多，版聊少，与海南军友没有什么私人交情，临出发前现结交，，，这个，这个，，功利性太强了，非我风格。**（虎王）**

（3）成员责任与社会资本。真正的品牌社群成员通常会有一种责任感来支持社群的发展。这种责任感不仅促使他们自己经常参与社群活动，还促使他们身兼一种责任来向新人推介社群及挽留老成员（Muniz and O'Guinn，2001）。例如，军友"铁骑迷"发帖要求其他军友推荐更好玩的论坛时，没想到其他军友一致回复"上网只上新奇军"，说明他们不仅对新奇军怀有深情，同时还希望其他军友留在新奇军。

> 再好吃的菜也会腻。天天泡新奇军，再好玩也会腻。各位可否推荐其他好玩的论坛？**（铁骑迷）**
>
> 没了。**（尼奥）**
>
> 上网只上新奇军。**（柳江）**（注：其他数个军友的回复与其一样）

（4）社群认同与社会资本。品牌关系质量会促进品牌社群认同的形成（Algesheimer et al.，2005）。当一群品牌的拥护者聚在一起，交流产品使用心得及对于品牌的感受，同时谈论其他感兴趣的话题时，彼此之间的关系会越拉越近。这也使得他们愿意把自己看成是其他成员的同类人，都是品牌社群的一份子，而且品牌社群成员身份会成为他们自我形象的一部分（Bagozzi and Dholakiz，2006）。他们从中不仅获得了丰富的信息价值，还有可贵的社交价值（Mathwick et al.，2008）。军友"黄奎友"的一段话就支持了以上观点。

> 在正式加入瑞虎堂[①]前，潜在堂内观察很久，是瑞虎堂的精神和军友们的友爱感动了偶，因而下决心学做人，入堂，参军。……入堂后，感触更深，像家的温暖和友爱。。感谢。我爱瑞虎后，更爱上了瑞虎堂、新奇军。

① 瑞虎车友在新奇军中组建的一个子社群。

……先爱上了瑞虎,再爱上了瑞虎堂,进而参了军。总结起来,这一过程使我受益匪浅。更加学会了爱人和做人。(**黄奎友**)

从以上几个网络志个案分析来看,在线信任、互惠规范、成员责任和社群认同均可找到存在的证据,说明E-社会资本的确存在。

在概念模型中,除在线互动质量外,社交临场感和缘分感是另外两个影响E-社会资本的核心前因。网络志方法将帮助分析这两个核心构念是否存在及是否对E-社会资本产生了影响。

(5) 社交临场感与社会资本。在线社群中信息的丰富性和生动性有利于营造社交临场感。常见的能够反映成员个性和背景的内容包括网名、头像、口号等信息,以及反映成员个人经历、思想和性格的文字和图片。有了这些辅助信息,即使未曾见面,成员们仍然可从在线交流中感知到对方的存在,增加对对方的了解,从而形成良好关系。根据Gefen和Straub(2004)的观点,笔者具体考察了社交临场感的5个维度:人际接触、个性魅力、社交能力、人性温暖和感同身受,收集相关帖子以检验其在在线社群中的真实存在。

第一,人际接触。军友"太史公"频繁使用网络表情来表达自己的情绪,而军友"大眼勾魂"则展示出自己的语言幽默,两人之间的在线交流犹如朋友间面对面聊天,两人产生了社交临场感。

严重警告某人[注:帖子标题]……小黑鞭妹妹,请勿水偶的帖子,(**太史公**)

那……我不在警告之列,就可以水了它是不是?(**大眼勾魂**)

大眼qs,(**太史公**)

第二,个性魅力。军友"军歌好嘹亮"回顾了之前组织过的几次公益活动,有感而发,写了一段充满激情的文字。军友"奇瑞阳光灿烂"回帖,对其个性和人品表示了钦佩,把他当做好朋友。

……一次次的公益活动证明了我们的爱心。因为爱心我们更加团结;因为爱心我们造就了强大的社会影响力;因为爱心我们才有了今天的凝聚力;因为爱心我们才有了"德军①"不败的传说,才有了"德军"的强大;因为爱心才有了武陵瑞虎堂在新奇军的一席之地。我为兄弟们骄傲,我为武陵瑞虎堂骄傲,我为我们是新奇军的一部分而自豪!……(**军歌好嘹亮**)

……太经典感人哒……确实这样。老大的人品、文品、号召力、综合能力让我佩服……人生因有朋友而酣畅...(**奇瑞阳光灿烂**)

第三,社交能力。多数人都喜欢在在线社群里"潜水",但也有一些人非常主动地组织活动,表现出很强的社交能力。例如,军友"笨猫-汤姆"为欢迎新成员加入而安排了一次社群活动,此外还附带安排了股市点评和汽车保养讲座等公益活动。这些活动安排让他人感受到"笨猫-汤姆"的社交热情和能力。

拟于本周六(11.6)晚上6:30,组织一次FB②活动。军规AA制。活动的主题是《欢迎新加入军团的成员》。时间和地点:2010.11.6晚6:30,在**大酒店(**旁边好停车)。内容:新军友蚌埠小余作自我介绍,鉴于本群中有对股市感兴趣的朋友,增加一些对当前证券市场的点评。由资深军友介绍冬季养车常识等。(**笨猫-汤姆**)

第四,人性温暖。在线社群中时常有"生日快乐"祝福帖,展示了一些军友的人性温暖。以下帖子中,军友"秋歌"收到各位的生日祝福,很是感动,彼此关系又前进一步。尽管军友"我是仁寿人"并不认识"秋歌",但温暖的祝福为二人今后关系的建立奠定了基础。

---

① 此处"德军"为湖南常德新奇军的简称。

② FB即"腐败",表示聚餐、旅游等休闲活动。

祝秋歌老师生日快乐[1]如题，才看到冷雨的生日帖，赶紧发帖祝贺。GOOD LUCK!（羽嘟嘟）

哦喝，晚了——·补起——生日快乐!!!（黑白菜）

实在抱歉，这2天网络故障，上不了网，今天才有时间把网络修好，上网才看到各位军友表达给我的生日祝福，很感动，很欣慰，很感谢!（秋歌）

生日快乐……不过我连秋歌老师是哪位都没搞清楚呵呵……（我是仁寿人）

第五，感同身受。通过长期的在线互动，一些成员之间已产生共鸣。即使是军友之间一句简单的网络问候，也会令人感到真诚和善意。

……很多朋友，虽然不知道他们的真实姓名，职业和年龄，但是，我感觉真诚的人还是大多数……不久前有两位dx[2]给我回帖说："很久没见你，上哪FB了"?虽然这话只是淡淡的问候，淡得像一杯白开水……但我却感觉真情如水。我爱淡淡的友情!（苦舟）

(6) 缘分感与社会资本。除共同语言之外，中国人在解释关系(如友谊或爱情)的成因时，还常常会提到缘分。缘分成为一种难以言表的关系成因。一旦双方意识到彼此之间存在缘分，那么两人的关系自然会亲近，仿佛冥冥之中有超自然力量将二者联系在一起。在线品牌社群当中尤其如此。两个相隔万里、素不相识的成员因为"有缘"而能够在网上相遇、交流，又因为彼此兴趣相投、观念相近而感觉"投缘"，从而拉近了彼此的心理距离，成为朋友。以下的一些帖子证实了军友的确感觉到"有缘"和"投缘"的存在。

第一，有缘。军友"车和房子"的帖子表明，"有缘"使大家能够在网上相遇，而"无缘"的话，即使是近在咫尺也形同陌路。"缘分"非常难得，所以格外珍惜。发展好的关系就是"惜缘"的表现。

在网络，天遥地远却可以把手言欢，近在咫尺却可能形同陌路；网上的相遇也像灵魂一样难以把握。也许我们今天是那样的相投默契，明天却不知飘去哪里，也许我们的名字就摆在一起，我们却再也无缘相识。不管在哪里，不管是网络还是现实，人与人的相遇都是那么美好的事。百年修得同船渡，千年修得共枕眠……因为军网，我们才有缘分相聚，既然我们相遇了。就请千万珍惜……（车和房子）

第二，投缘。"有缘"开启了建立关系的机会，而"投缘"则提高了建立关系的质量。以下帖子表明，共同的兴趣爱好使得双方彼此感觉"投缘"，从而使关系深入发展。

蔓蔓是我们车友会的新成员，在不久前的经销商搞的车主训练营上认识的，虽然接触不是很多但是聊起来却很投缘，女孩子啊都爱美嘛，所以共同的话题很多。（wjj_lnsl）

第三步是确保对帖子可靠的阐释。本文第一作者对相关帖子进行了筛选和分析，然后将帖子原文及阐释交由其他三位作者。根据其他作者的意见，第一作者对不合适的帖子进行了更换，以保证更加合适的帖子来支持核心构念及其关系。

第四步是要求保证研究合乎伦理。由于以上所选用的帖子均来自新奇军论坛，任何人都可随意浏览到这些内容，不属于隐私的资料，且部分隐私的内容(如电话号码、E-mail、地址等信息)已被屏蔽，所以没有违反研究伦理。

第五步，这些帖子加上相应的概念阐述随机交由5位新奇军军友审阅，由其判断所选帖子及所分析的内容是否合理。5位军友没有提出反对意见，说明以上内容可以接受。

---

① 此为本帖子标题。

② dx是"弟兄"之意。

5　实证分析

5.1　信度、效度检验

信度检验包括内部一致性信度和组合信度。如表2、表3所示,所有构念的克朗巴哈α(Cronbach's α)值都在0.76～0.93,高于0.70,说明每个构念的内部一致性都很高(Nunnaly,1978);所有构念的组合信度(composite reliability,CR)值均在0.89～0.95,高于0.70,说明所有构念的组合信度很高(Fornell and Larker,1981)。

效度检验包括收敛效度检验和鉴别效度检验。验证性因子分析被用来检验收敛效度。所有测项的因子载荷都处于0.67～0.91,大于0.5(Hulland,1999),且测量模型的拟合指数结果显示,$\chi^2(724)=1747.58$,RMSEA=0.077(小于0.08),CFI=0.88(接近0.9),NNFI=0.87(接近0.9),IFI=0.89(接近0.9),说明收敛效度较高(表2)。鉴别效度用平均方差析出(AVE)来计算。如表3所示,所有AVE值均处于0.67～0.90,超过了0.50的最低标准,且每个构念AVE的平方根都大于其与其他构念的相关系数(Fornell and Larker,1981),说明鉴别效度很高。

综上所述,本研究的数据具有较为充分的信度和效度。

表2　测项信度与效度

	因子载荷
信息价值(Cronbach's α =0.88)	
我发现品牌论坛X里面的信息很有用。	0.87
我把品牌论坛X看做一个信息来源。	0.82
品牌论坛X里经常会出现一些有独特价值的信息。	0.83
成员共性(Cronbach's α =0.76)	
我感觉自己与品牌论坛X里的其他成员爱好相同。	0.81
我感觉自己与品牌论坛X里的其他成员观念相似。	0.75
在线互动质量(Cronbach's α =0.90)	
我在品牌论坛X里与其他成员进行了充分交流。	0.75
我在品牌论坛X里与其他成员交流的质量很高。	0.85
我在品牌论坛X里与其他成员交流的感觉很棒。	0.88
总体而言,我在品牌论坛X里与其他成员互动的质量很高。	0.85
社交临场感(Cronbach's α =0.88)	
在品牌论坛X里,我与其他成员之间有一种面对面交流的感觉。	0.67
在品牌论坛X里,我感受到了其他成员的个性魅力。	0.80
在品牌论坛X里,我感受到了其他成员的交际能力。	0.81
在品牌论坛X里,我感受到了其他成员的热情。	0.85
在品牌论坛X里,我感受到了其他成员的感受。	0.76
缘分感(Cronbach's α =0.83)	
我感觉自己与品牌论坛X里的其他成员很投缘。	0.90
我感觉自己与品牌论坛X里的其他成员很有缘。	0.80
在线信任(Cronbach's α =0.92)	
通过网上交流,我认为品牌论坛X里的其他成员是可依赖的。	0.78

续表

	因子载荷
通过网上交流，我认为品牌论坛X里的其他成员是可靠的。	0.88
通过网上交流，我认为品牌论坛X里的其他成员是诚实的。	0.88
通过网上交流，我认为品牌论坛X里的其他成员是值得信赖的。	0.90
互惠规范（Cronbach's α＝0.93）	
如果我在品牌论坛X里面寻求帮助，我想其他成员会帮助我。	0.88
我相信如果我碰到类似情况，品牌论坛X里的其他成员也会帮助我。	0.91
如果我有需要，我相信其他成员会帮助我，即使这可能会花费他们一些时间和精力。	0.86
当品牌论坛X里的成员有需要时，我会像他们帮我一样地帮助他们。	0.81
我知道品牌论坛X里的其他成员会帮助我，所以我也应该帮助他们。	0.80
成员责任（Cronbach's α＝0.89）	
作为成员，我应该经常访问品牌论坛X。	0.91
成员应该经常访问品牌论坛X。	0.88
社群认同（Cronbach's α＝0.92）	
当我谈到品牌论坛X时，我通常是说"我们论坛"而不是"他们论坛"。	0.78
我将自己视为品牌论坛X的一份子。	0.84
品牌论坛X的成功就是我的成功。	0.86
表扬品牌论坛X就像表扬我一样。	0.86
批评品牌论坛X就像批评我一样。	0.81
我非常想知道别人是如何看待品牌论坛X的。	0.69
在线品牌社群承诺（Cronbach's α＝0.92）	
如果品牌论坛X不存在了，我会有一种失落感。	0.77
我真的关心品牌论坛X的命运。	0.84
我对品牌论坛X非常忠诚。	0.86
我想永远保持与品牌论坛X之间的关系。	0.85
对我来说，保持与品牌论坛X之间的关系很重要。	0.86
品牌关系质量（Cronbach's α＝0.86）	
品牌论坛X的形象很能说明我是一个怎样的人。	0.89
品牌论坛X的形象与我的个人形象在很多方面是相似的。	0.85
品牌论坛X的形象在我生活中起到了重要作用。	0.74
总体模型拟合指数：$\chi^2(724)=1747.58$；$\chi^2/df=2.41$，$p<0.01$；CFI＝0.88；NNFI＝0.87；IFI＝0.89；RMSEA＝0.077	

注：因子负荷由验证性因子分析计算而来。

表3 构念的描述性统计

构念	1	2	3	4	5	6	7	8	9	10	11
1. 信息价值	0.90*										
2. 成员共性	0.43*	0.90*									
3. 在线互动质量	0.48*	0.58*	0.88*								

续表

构念	1	2	3	4	5	6	7	8	9	10	11
4. 社交临场感	0.51*	0.56*	0.73*	0.82*							
5. 缘分感	0.47*	0.60*	0.66*	0.68*	0.93*						
6. 在线信任	0.43*	0.58*	0.63*	0.61*	0.63*	0.89*					
7. 互惠规范	0.64*	0.45*	0.53*	0.62*	0.53*	0.54*	0.88*				
8. 成员责任	0.63*	0.39*	.51*	0.49*	0.53*	0.51*	0.59*	0.95*			
9. 社群认同	0.59*	0.41*	0.52*	0.52*	0.60*	0.55*	0.58*	0.64*	0.84*		
10. 在线社群承诺	0.63*	0.50*	0.59*	0.63*	0.63*	0.61*	0.70*	0.73*	0.76*	0.87*	
11. 品牌关系质量	0.50*	0.44*	0.42*	0.42*	0.44*	0.48*	0.39*	0.50*	0.62*	0.53*	0.88*
平均数	4.77	4.31	4.23	4.28	3.98	4.14	4.74	4.61	4.28	4.46	4.15
标准差	0.86	1.03	0.98	0.94	1.00	0.96	0.87	1.07	1.03	1.06	0.98
组合信度	0.93	0.89	0.93	0.91	0.92	0.94	0.95	0.95	0.94	0.94	0.92
平均方差析出	0.81	0.81	0.77	0.68	0.86	0.80	0.78	0.90	0.71	0.76	0.78

*表示 $p<0.001$(双尾检验)。对角线上的粗体数值为相应构念之 AVE 的平方根，每个平方根都大于其所在的行与列上的其他构念与其的相关系数。

5.2 共同方法偏差检验

从同一来源收集数据往往会出现共同方法偏差(common method bias, CMB),从而影响到数据的效度，严重者会影响到模型的检验(Ma and Agarwal, 2007)。为此，本研究采用了两种方法来检验数据是否存在 CMB。方法一是 Harman 的单因子检验法。将全部构念的测项放在一起作探索性因子分析，如果未旋转前的第一个因子方差解释率超过 50%,就表示 CMB 程度很高(Podsakoff and Organ, 1986)。经计算，第一个因子的方差解释率为 47.5%,小于 50%,说明 CMB 尚可接受。第二种方法是考查构念之间的相关系数，如果超过 0.9,说明 CMB 过高(Bagozzi et al., 1991)。计算结果表明，构念之间的相关系数均在 0.41～0.83,低于 0.9,说明数据的 CMB 不明显。综合以上两种方法的检验结果可以判断，尽管全部构念的数据均来自同一个被访者，但仍然可以认为 CMB 不会影响本次数据的效度。

5.3 假设检验

为检验中介效应，本研究依次建立了 2 个模型。模型 1 当中没考虑社交临场感和缘分感，只考虑在线互动质量对 E-社会资本的直接影响；模型 2 在在线互动质量和 E-社会资本之间同时加入社交临场感和缘分感，目的是检验二者是否同时发挥了中介作用。

根据 PLS 软件计算(表 4),在模型 1 中，在线信任、互惠规范、成员责任、社群认同与 E-社会资本的系数分别为 0.275, 0.219, 0.270, 0.442(t 值分别为 5.180, 3.669, 5.447, 7.293,均大于 1.96),说明 H1a～H1d 均成立；信息价值与在线互动质量的路径系数为 0.290(t 值为 5.348,大于 1.96),支持 H2;成员共性与在线互动质量的系数为 0.458(t 值为 8.144,大于 1.96),故 H3 成立；在线互动质量与 E-社会资本的路径系数为 0.458(t 值为 8.375,大于 1.96),H4 成立；E-社会资本与在线品牌社群承诺的路径系数为 0.808(t 值为 22.676,大于 1.96),支持 H5。

在模型2当中，增加了社交临场感（中介变量1）和缘分感（中介变量2）来验证二者是否作为在线互动质量和E-社会资本之间的中介变量。首先考察在增加了两个中介变量之后，E-社会资本与4个维度之间关系是否还显著。表4中的结果显示，在线信任、互惠规范、成员责任、社群认同与E-社会资本的关系系数分别为0.289，0.249，0.244，0.427（t 值分别为6.412，4.618，5.175，7.523，均大于1.96），说明H1a～H1d仍然成立。中介效应检验采取Baron和Kenny（1986）所建议的步骤。首先检验未添加社交临场感和缘分感作为中介变量之前，在线互动质量（自变量）与E-社会资本（因变量）的关系，结果显示二者之间关系显著（模型1中的H4：$\beta=0.458$，$t=8.375$，$p<0.001$）；之后检验在线互动质量（自变量）与社交临场感（中介变量1）之间的关系（H6a：$\beta=0.731$，$t=18.732$，$p<0.001$），在线互动质量（自变量）与缘分感（中介变量2）之间的关系（H7a：$\beta=0.665$，$t=15.150$，$p<0.001$），以及社交临场感（中介变量1）与E-社会资本（因变量）的关系（H6b：$\beta=0.212$，$t=2.882$，$p<0.01$），缘分感（中介变量2）与E-社会资本（因变量）的关系（H7b：$\beta=0.295$，$t=5.284$，$p<0.001$），数据表明这四对关系也均显著，说明H6a、H6b、H7a、H7b均成立；最后检验社交临场感和缘分感增加之后在线互动质量（自变量）与E-社会资本（因变量）之间的关系是否有所减弱，结果表明路径系数显著降低（$\Delta\beta=0.308$，$\Delta t=5.521$，$p<0.001$），但变量关系依然显著（模型2中的H4：$\beta=0.150$，$t=2.854$，$p<0.01$）。由此可以判断，社交临场感和缘分感在在线互动质量与E-社会资本之间均存在部分中介作用，H6c、H7c均获得支持。

从模型2来看，E-社会资本只受到两个控制变量的影响，品牌关系质量越强，E-社会资本越强（$\beta=0.334$，$t=7.116$，$p<0.001$），说明成员与品牌的关系是E-社会资本形成的一个助推器；在性别方面，女性拥有的E-社会资本要显著超过男性（$\beta=-0.100$，$t=2.512$，$p<0.05$），说明女性更容易在在线品牌社群中获得关系资源。在线品牌社群承诺也受到两个控制变量影响，成员注册历史越长，在线品牌社群承诺就越强（$\beta=0.062$，$t=1.990$，$p<0.05$），说明长期参与使得老成员对在线品牌社群有更多的了解，从而感情更深；受教育程度越高，在线品牌社群承诺越低（$\beta=-0.134$，$t=3.945$，$p<0.001$），说明高教育背景者不轻易对某一事物产生承诺，而是保持较大的独立性。

综上所述，在若干变量的控制下，全部假设均通过验证。

表4 假设检验

假设路径	模型1（不含两个中介变量）		模型2（含有两个中介变量）	
	标准化系数 β	t 值	标准化系数 β	t 值
主效应				
H1a：在线信任→E-社会资本	0.275***	5.180	0.289***	6.412
H1b：互惠规范→E-社会资本	0.219***	3.669	0.249***	4.618
H1c：成员责任→E-社会资本	0.270***	5.447	0.244***	5.175
H1d：社群认同→E-社会资本	0.442***	7.293	0.427***	7.523
H2：信息价值→在线互动质量	0.290***	5.348	0.289***	4.699
H3：成员共性→在线互动质量	0.458***	8.144	0.458***	8.021
H4：在线互动质量→E-社会资本	0.458***	8.375	0.150**	2.854
H5：E-社会资本→在线品牌社群承诺	0.808***	22.676	0.804***	19.864
H6a：在线互动质量→社交临场感	—	—	0.731***	18.732

续表

假设路径	模型1(不含两个中介变量)		模型2(含有两个中介变量)	
	标准化系数β	t值	标准化系数β	t值
主效应				
H6b：社交临场感→E-社会资本	—	—	0.212**	2.882
H7a：在线互动质量→缘分感	—	—	0.665***	15.150
H7b：缘分感→E-社会资本	—	—	0.295***	5.284
控制效应				
品牌关系质量→E-社会资本	0.426***	8.718	0.334***	7.116
成员注册历史→E-社会资本	0.048	1.363	0.054	1.396
性别→E-社会资本	−0.103*	2.409	−0.100*	2.512
年龄→E-社会资本	−0.004	0.128	−0.009	0.287
收入→E-社会资本	−0.032	0.998	−0.034	0.962
教育→E-社会资本	−0.050	1.244	−0.051	1.323
品牌关系质量→在线品牌社群承诺	0.020	0.731	0.025	0.813
成员注册历史→在线品牌社群承诺	0.060*	2.026	0.062*	1.990
性别→在线品牌社群承诺	−0.057	1.766	−0.059	1.732
年龄→在线品牌社群承诺	−0.004	0.151	−0.001	0.021
收入→在线品牌社群承诺	0.002	0.082	0.002	0.086
教育→在线品牌社群承诺	−0.133***	4.190	−0.134***	3.945
变量	因变量 R^2		因变量 R^2	
在线互动质量	0.407		0.407	
社交临场感	—		0.535	
缘分感	—		0.442	
E-社会资本	0.603		0.691	
在线品牌社群承诺	0.754		0.754	

* 表示 $p<0.05$(双尾检验)； ** 表示 $p<0.01$(双尾检验)； *** 表示 $p<0.001$(双尾检验)。中介效应假设 H6c 和 H7c 的检验结果未在表中展示。

5.4 模型拟合度检验

与 LISREL 或 AMOS 不同，PLS 方法无法计算各类拟合指数，只能根据 R^2 来判断模型的拟合度(Hulland, 1999)。根据 Cohen(1988)的建议，当 $R^2=0.02$ 时，表示路径关系很弱；当 $R^2=0.13$ 时，表示路径关系中等；当 $R^2=0.26$ 时，表示路径关系很强。模型3的计算结果显示，在线互动质量、社交临场感、缘分感、E-社会资本、在线品牌社群承诺的 R^2 分别为0.407，0.535，0.442，0.691，0.754(表4)，均远远大于0.26，说明模型的各路径关系很强，与假设相符，故模型具有很好的拟合度。

6 结论

将社会资本理论应用到营销领域开展研究的文献还不太多，本文以在线品牌社群为背景来研究 E-社会资本的构成、形成和作用机制，丰富了社会资本与品牌社群的相关理论，同时对企业的品牌社群营销实践有指导意义。

6.1 理论发现

6.1.1 E-社会资本的构成中也存在传统社会资本的4个维度

一项研究(Mathwick et al., 2008)表明,E-社会资本的构成中有信任规范、互惠规范、利他规范3个形成式指标,但本文认为该研究提出的3个指标缺乏理论框架。相比之下,本文借鉴了Nahapiet和Ghoshal(1998)提出的关系维社会资本4个维度(这4个维度被广泛应用)来研究E-社会资本的构成。通过网络志研究和实证研究发现,这4个维度同样也适用于E-社会资本,具体包括在线信任、互惠规范、成员责任、社群认同。这再次验证了尽管形式上有所不同,但在一些关键维度上网上网下还是相似的(Sicilia and Palazón, 2008)。与传统社会资本相比,由于缺乏面对面交流,E-社会资本的维度在得分上可能要低一些。这在类似的网上网下友谊对比研究中也有所证实(Parks et al., 1996)。这4个维度属于形成式指标,因此只有当它们同时具备时,E-社会资本才会较为全面。

6.1.2 E-社会资本受在线互动质量影响而形成,社交临场感和缘分感起到部分中介作用

本研究发现,一些陌生的成员之所以能够在在线品牌社群中获得E-社会资本,是因为彼此之间存在友好而频繁的在线互动。对在线社群互动质量的高度评价使得他们对其他成员产生了信任和互惠,同时对社群产生认同并担当促进社群发展的责任,即促进了E-社会资本的形成。在这一过程中,社交临场感和缘分感起到了部分中介作用。产生于在线互动质量的社交临场感拉近了互动方之间的心理距离,使得在线交流变得更真实,从而促进双方形成网上关系。这可能是E-社会资本与传统社会资本形成过程中一个最大的区别,因为社交临场感是在线交流的产物,而面对面交流本身就是临场,无所谓遥距产生的临场感(telepresence)。缘分感也来自在线互动质量,良好的在线互动质量使人们感受到缘分,彼此会相信关系是冥冥之中的安排,特别是在互联网虚拟的空间里,这种缘分特别可贵,因此会使人们更加珍惜彼此之间的关系。关于社交临场感、缘分感与在线互动质量的关系,一个值得探讨的问题是:是否前两者也会影响后者?答案是肯定的。如果对对方产生了社交临场感和缘分感,那么在线互动质量应该会有提高。变量关系究竟孰前孰后,取决于研究的视角。本研究着重探讨在线互动所带来的结果,而非心理感受对在线互动质量的影响,因此在模型中未考虑社交临场感和缘分感对在线互动质量的影响。

6.1.3 信息价值和成员共性影响了在线互动质量

在线互动质量受到了信息价值和成员共性的影响。如果没有信息价值,在线品牌社群几乎无法维持下去,因为搜寻信息以解决问题几乎是所有成员参与在线社群的最终原因,在线分享知识和信息是在线社群的基本活动形式。成员共性则使同类人之间产生吸引力而群聚交互,增加了在线交流的话题,提高了人们对在线交互的满意度。

6.1.4 E-社会资本促进了在线品牌社群承诺

以前的研究中分别提及在线信任(Mathwick et al., 2008)、互惠(Chan and Li, 2010)、社群认同(Algesheimer et al., 2005)等会影响社群承诺,但E-社会资本作为几个维度的组合,其内涵有所不同。本研究提出,E-社会资本是在线品牌社群承诺的重要前因。从本质上讲,E-社会资本是在线社群内人际关系连带所带来的资源,它有可能为成员提供利益满足今后的经济性、社会性需求。出于对未来利益的期待,成员们愿意长期光顾某个在线品牌社群。这一发现说明E-社会资本在在线品牌社群发展中发挥了重要作用。

6.2 管理意涵

6.2.1 培育E-社会资本应当成为在线品牌社群营销的核心任务

在线品牌社群的核心商业价值之一在于社群承诺能够影响品牌承诺(或忠诚),因此培育社群承诺是在线品牌社群营销的关键。本研究发现,企业应当从E-社会资本的角度入手,通过拉近各成员之间的关系来提高他们的社群承诺。根据E-社会资本的4个维度,可以将在线品牌社群营销任务分解为在线信任、互惠规范、成员责任、社群认同4个具体子任务。达到这4个分目标,就能培育高的E-社会资本,最终使成员达到高的品牌社群承诺。

6.2.2 企业应当帮助成员提高在线互动质量

无须企业加入,成员自身也能进行一定程度的在线互动。不过,为了提高各位成员的E-社会资本,企业有必要为在线互动创造条件。比如,企业技术人员可以注册为成员,在论坛中为其他成员解答产品问题;或者奖励重度信息分享者;又或者赞助或主办一些活动来吸引大家参与等。

6.2.3 企业应当帮助成员提高社交临场感

研究表明,在线交流的互动性和生动性有利于提高社交临场感(Fortin et al., 2004; Steuer, 1992)。企业可以资助在线社群建设互动交流技术,引进一些先进的图片、视频、音频技术以表现信息的丰富性和生动性,使得成员交流更为快捷、通畅,从而拉近成员之间的心理距离。

6.2.4 企业应当帮助促进成员之间产生缘分感

尽管缘分是天注定的,但缘分感却是彼此之间友好交流的结果。产生缘分感的关键在于交流的质量,而成员共性是影响交流质量的重要因素,共性越多的人越容易愉快交流,也越容易产生缘分感。因此,企业可以设计分类明细的兴趣小组或地域小组,引导更多具有某种共性的成员聚在一起。比如,即时聊天工具QQ设计了一个群讨论的功能,使得QQ好友当中有某种共性(如××品牌车友会中来自同一地区的车友)的朋友更方便交流。

6.3 局限性

本研究存在以下局限性:①尽管传统的社会资本维度在在线社群背景下也存在,但E-社会资本是否还存在传统社会资本所没有的维度,尤其是中国本土文化是否在E-社会资本维度上有所体现,目前还不得而知,所以本研究在E-社会资本完整性方面可能存在局限;②所有构念的数据均来自同一个被访者的自我报告,容易产生CMB。尽管前文已对CMB进行了两种方法的检验,结果表明本研究中CMB并不明显,但CMB在一定程度上仍然存在,从而或多或少影响数据的效度;③本研究以运动鞋论坛的数据来展开实证研究,结论具有一定的行业局限性,无法判断其他行业是否存在同样的结论。

6.4 未来研究方向

今后值得进一步研究的问题包括:①E-社会资本维度的进一步挖掘开发,尤其是结合中国本土文化来展开研究,以求得到更加全面和具有本土文化的维度;②E-社会资本与传统的社会资本究竟存在哪些本质性的区别?③在线品牌社群当中人际关系的互动结构是怎样的?是否也具有费孝通所提出的“差序格局”式的关系结构,还是有其他结构形式?这些结构是否为成员带来关系利益?是否对成员的品牌消费行为有所影响?这些问题都很具有新意。

参考文献

[1] 罗家德. 2008. 组织社会资本的分类与测量[A]//陈晓萍,徐淑英,樊景立. 组织与管理研究的实证方法[C]. 北京:北京大学出版社.

[2] 何佳讯,胡颖琳. 2010. 何为经典?品牌科学研究的核心领域与知识结构——基于SSCI数据库

(1975～2008)的科学计量分析[J]. 营销科学学报，6(2)：111-136.
[3] 徐小龙，黄丹. 2010. 消费者在虚拟社区中的互动行为分析——以天涯社区的“手机数码”论坛为例[J]. 营销科学学报，6(2)：42-56.
[4] 薛海波，王新新. 2010. 品牌社群社会资本、价值感知与品牌忠诚[J]. 管理科学，23(6)：53-63.
[5] 赵占波，涂荣庭，涂平. 2007. 产品的功能性和享受性属性对满意度与购后行为的影响[J]. 营销科学学报，3(3)：50-58.
[6] 周涛，鲁耀斌. 2008. 基于社会资本理论的移动社区用户参与行为研究[J]. 管理科学，21(3)：43-50.
[7] 周志民，李蜜. 2008. 西方品牌社群研究述评[J]. 外国经济与管理，30(1)：46-51.
[8] Adjei M，Noble S，Noble C. 2010. The influence of c2c communications in online brand communities on customer purchase behavior[J]. Journal of the Academy of Marketing Science，38(5)：634-653.
[9] Adler P S，Kwon S. 2002. Social capital：prospects for a new concept[J]. Academy of Management Review，27 (1)：17-40.
[10] Algesheimer R，Dholakia U M，Herrmann A. 2005. The social influence of brand community [J]. Journal of Marketing，69(3)：19-34.
[11] Armstrong A G，Hagel III J. 1996. The real value of on-line communities[J]. Harvard Business Review，5(6)：21-28.
[12] Bagozzi R P，Dholakia U M. 2006. Antecedents and purchase consequences of customer participation in small group brand communities[J]. International Journal of Research in Marketing，23：45-61.
[13] Bagozzi R P，Yi Y，Phillips L W. 1991. Assessing construct validity in organizational research [J]. Administrative Science Quarterly，36：421-458.
[14] Bandura A. 1986. Social Foundations of Thought and Action：a Social Cognitive Theory[M]. Englewood Cliffs，NJ：Prentice-Hall.
[15] Baron R M，Kenny D A. 1986. The moderator-mediator variable distinction in social psychological research：conceptual，strategic，and statistical considerations[J]. Journal of Personality and Social Psychology，51：1173-1182.
[16] Berger P L，Luckmann T. 1966. The Social Construction of Reality：a Treatise its the Sociology of Knowledge[M]. Garden City. New York：Anchor Books.
[17] Biocca F，Harms C，Burgoon J K. 2003. Toward a more robust theory and measure of social presence：review and suggested criteria[J]. Presence，12(5)：456-480.
[18] Blumer H. 1969. Symbolic Interactionism：Perspective and Method[M]. Englewood Cliffs，NJ：Prentice-Hall.
[19] Boorstin D J. 1973. The Americans：the Democratic Experience[M]. New York：Random House.
[20] Bourdieu P. 1977. Cultural reproduction and social reproduction[C]//Karabel J，Halsey A H. Power and Ideology in Education. New York：Oxford University Press.
[21] Burt R S. 1992. Structural Holes：the Social Structure of Competition[M]. Cambridge：Harvard University Press.
[22] Carlson B D，Suter T A，Brown T J. 2008. Social versus psychological brand community：the role of psychological sense of brand community[J]. Journal of Business Research，4：284-291.
[23] Chan K W，Li S Y. 2010. Understanding consumer-to-consumer interactions in virtual communities：the salience of reciprocity[J]. Journal of Business Research，63：1033-1040.
[24] Chang H C，Holt G R. 1991. The concept of yuan and Chinese interpersonal relationship[C]//Ting-Toomey S，Korzenny F. Cross-Cultural Interpersonal Communication. Newbury Park，CA：Sage.
[25] Cheung F M C. 1986. Psychopathology among Chinese people[C]//Bond M H. The Psychology of the Chinese People. Oxford，UK：Oxford University Press.
[26] Cohen J. 1988. Statistical Power Analysis for the Behavioral Sciences[M]. 2nd ed. Mahwah，NJ：Lawrence Erlbaum.
[27] Coleman J S. 1990. Foundations of Social Theory [M]. Cambridge，MA：Harvard University Press.
[28] Cyr D，Head M，Larios H，et al. 2009. Exploring human images in website design：a multi-method approach[J]. MIS Quarterly，33(3)：539-566.

[29] Dholakia U M, Bagozzi R P, Pearo L K. 2004. A social influence model of consumer participation in network and small-group-based virtual communities[J]. International Journal of Research in Marketing, 21: 241-263.

[30] Flanagin A J, Metzger M J. 2001. Internet use in the contemporary media environment[J]. Human Communication Research, 27: 153-181.

[31] Fornell C, Larker D F. 1981. Evaluating structural equation models with unobservable variables and measurement error[J]. Journal of Marketing Research, 18(1): 39-50.

[32] Fortin D R, Dholakia R R. 2005. Interactivity and vividness effects on social presence and involvement with a web-based advertisement[J]. Journal of Business Research, 58(3): 387-396.

[33] Fournier S. 1998. Consumers and their brands: developing relationship theory in consumer research [J]. Journal of Consumer Research, 24 (4): 343-373.

[34] Fournier S, Lee L. 2009. Getting brand communities right [J]. Harvard Business Review, 4: 105-111.

[35] Gabarro J J. 1978. The development of trust, influence, and expectations [A]//Athos A G, Gabarro J J. Interpersonal Behaviors: Communication and Understanding in Relationships [C]. Englewood Cliffs, NJ: Prentice-Hall.

[36] Gefen D, Straub D W. 2004. Consumer Trust in b2c e-commerce and the importance of social presence: experiments in e-products and e-services[J]. Omega, 32: 407-424.

[37] Granovetter M S. 1973. The strength of weak ties [J]. American Journal of Sociology, 78: 1360-1380.

[38] Granovetter M S. 1985. Economic action and social structure: the problem of embeddedness[J]. American Journal of Sociology, 91: 481-510.

[39] Gulati R. 1995. Does familiarity breed trust? The implications of repeated ties for contractual choice in alliances[J]. Academy of Management Journal, 38: 85-112.

[40] Harris S, Mossholder K. 1996. The affective implications of perceived congruence with culture dimensions during organizational transformation[J]. Journal of Management, 22(4): 527-547.

[41] Hassanein K, Head M. 2006. The impact of infusing social presence in the web interface: an investigation across different products[J]. International Journal of Electronic Commerce, 10(2): 31-55.

[42] Hulland J. 1999. Use of partial least squares in strategic management research: a review of four recent studies[J]. Strategic Management Journal, 20(2): 195-204.

[43] Inkpen A W, Tsang E W K. 2005. Social capital, networks, and knowledge transfer[J]. Academy of Management Review, 30: 146-165.

[44] Jang H, Olfman L, Ko I, et al. 2008. The influence of on-line brand community characteristics on community commitment and brand loyalty[J]. International Journal of Electronic Commerce, 3(1): 57-80.

[45] Kim J W, Choi J, Qualls W, et al. 2008. It takes a marketplace community to raise brand commitment: the role of online communities[J]. Journal of Marketing Management, 3(4): 409-431.

[46] Kozinets R V. 1997. "I want to believe": a netnography of x-philes' subculture of consumption[J]. Advances in Consumer Research, 24: 470-475.

[47] Kozinets R V. 2002. The field behind the screen: using netnography for marketing research in online communities[J]. Journal of Market Research, 39 (2): 61-72.

[48] Kraatz M S. 1998. Learning by association? Interorganizational networks and adaptation to environmental change[J]. Academy of Management Journal, 41: 621-643.

[49] Lee N, Lings I. 2008. Doing Business Research: a Guide to Theory and Practice[M]. London: Sage.

[50] Lin N. 1999. Social networks and status attainment [J]. Annual Review of Sociology, 25: 467-487.

[51] Lin N, Ensel W M, Vaughn J C. 1981. Social resources and strength of ties: structural factors in occupational status attainment[J]. American Sociological Review, 46: 393-405.

[52] Ma M, Agarwal R. 2007. Through a glass darkly: information technology design, identity verification, and knowledge contribution in online commu-

nities [J]. Information Systems Research, 1: 42-67.

[53] Mael F, Ashforth B E. 1992. Alumni and their alma mater: a partial test of the reformulated model of organizational identification[J]. Journal of Organizational Behavior, 13: 103-123.

[54] Mathwick C, Wiertz C, de Ruyter K. 2008. Social capital production in a virtual p3 community[J]. Journal of Consumer Research, 34(4): 832-849.

[55] McAlexander J H, Kim S K, Roberts S D. 2003. Loyalty: the influence of satisfaction and brand community integration[J]. Journal of Marketing Theory Practice, 11(4): 1-11.

[56] McAlexander J H, Schouten J W, Koenig H F. 2002. Building brand community[J]. Journal of Marketing, 66(1): 38-54.

[57] McKenna K Y A, Bargh J A. 1999. Causes and consequences of social interaction on the internet: a conceptual framework[J]. Media Psychology, 1: 249-269.

[58] Moorman C, Zaltman G, Deshpande R. 1992. Relationships between providers and users of market research-the dynamics of trust within and between organizations[J]. Journal of Marketing Research, 29(3): 314-328.

[59] Muniz A M, O'Guinn T C. 2001. Brand community[J]. Journal of Consumer Research, 27(3): 412-432.

[60] Muniz A M, Schau H J. 2005. Religiosity in the abandoned apple newton brand community [J]. Journal of Consumer Research, 31(3): 737-747.

[61] Nahapiet J, Ghoshal S. 1998. Social capital, intellectual capital, and the organizational advantage [J]. Academy of Management Review, 23: 242-266.

[62] Nidumolu S R. 1995. The effect of coordination and uncertainty on software project performance, residual performance risks as an intervening variable[J]. Information Systems Research, 6(3): 191-219.

[63] Nunnally J C. 1978. Psychometric Theory[J]. New York: McGraw-Hill.

[64] Parks M R, Floyd K. 1996. Making friends in cyberspace[J]. Journal of Communication, 46(1): 80-97.

[65] Pavlou P A, Gefen D. 2004. Building effective online marketplaces with institution-based trust[J]. Information Systems Research, 15(1): 37-59.

[66] Podsakoff P M, Organ D W. 1986. Self-reports in organizational research: problems and prospects [J]. Journal of Management Information Systems, 12(2): 531-544.

[67] Ridings C, Gefen D. 2004. Virtual community attraction: why people hang out online[J]. Journal of Computer Mediated Communication, 10(1): 1-30.

[68] Ring P S, Van de Ven A H. 1994. Developmental Processes of cooperative interorganizational relationships[J]. Academy of Management Review, 19: 90-118.

[69] Ringle C M, Wende S, Will S. 2005. Smart PLS 2.0 (M3) beta [EB/OL]. Hamburg. http://www.smartpls.de.

[70] Scarpi D. 2010. Does size matter? an examination of small and large web-based brand communities [J]. Journal of Interactive Marketing, 24(1): 14-21.

[71] Schaefer RT. 2005. Sociology (9e)[M]. New York: Mcgraw-Hill Companies, Inc.

[72] Schau H J, Muniz A M, Arnould E J. 2009. How brand community practices create value[J]. Journal of Marketing, 73(5): 30-51.

[73] Schouten J W, McAlexander J H, Koenig H F. 2007. Transcendent customer experience and brand community[J]. Journal of the Academy of Marketing Science, 3: 357-368.

[74] Short J, Williams E, Christie B. 1976. The Social Psychology of Telecommunications[M]. London: Wiley.

[75] Sicilia M, Palazón M. 2008. Brand communities on the internet: a case study of coca-cola's spanish virtual community [J]. Corporate Communications: an International Journal, 13(3): 255-270.

[76] Siu W. 2008. Yuan and marketing: the perception of chinese owner-managers[J]. Journal of World Business, 43: 449-462.

[77] Steuer J. 1992. Defining virtual reality: dimensions, determining telepresence [J]. Journal of

Communication, 42(4): 73-93.

[78] Tsai W, Ghoshal S. 1998. Social capital and value creation: the role of intrafirm networks[J]. Academy of Management Journal, 41: 464-478.

[79] Wang E T G, Chen H H G, Jiang J J, et al. 2005. Interaction quality between is professionals and users: impacting conflict and project performance [J]. Journal of Information Science, 31(4): 273-282.

[80] Wang J, Chiang M. 2009. Social interaction and continuance intention in online auctions: a social capital perspective[J]. Decision Support Systems, 47: 466-476.

[81] Wasko M, Faraj S. 2005. Why should I share? examining knowledge contribution in electronic networks of practice[J]. MIS Quarterly, 29(1): 1-23.

[82] Wellman B, Gulia M. 1999. The network basis of social support: a network is more than the sum of its ties[C]//Wellman B. Networks in the Global Village: Life in Contemporary Communities. Oxford: Westview Press.

[83] Yang K S, Ho D Y F. 1988. The role of yuan in chinese social life: a conceptual and empirical analysis[C]//Paranjpe A C, Ho D Y F, Rieber R W. Asian Contributions to Psychology. New York: Praeger.

[84] Yau O. 1988. Chinese cultural values: their dimensions and marketing implications[J]. European Journal of Marketing, 22(5): 44-57.

The Formation Mechanism of E-Social Capital in Online Brand Communities

Zhou Zhimin[①], He Heping[①], Su Chenting[②], Zhou Nan[②]

(① College of Management, Shenzhen University;
② College of Business, City University of Hong Kong)

Abstract Based on online interactions, some interpersonal relationships are shaped online to produce benefits. However, little research paid attention to this new area called E-social capital. The purpose of this article is to investigate the formation mechanism of E-social capital in the context of online brand community. The qualitative method of netnography is employed to explore the existence of the key constructs in the conceptual model and their relationships, and then the quantitative method of partial least square (PLS) is used to testify the hypotheses with the questionnaires collected from online sports shoes forums. The research findings indicate that: ① E-social capital is composed of online trust, reciprocity norm, obligations and community identification, which are similar with the dimensions of traditional social capital. It can be considered that the traditional social capital theory is also applied to the online settings; ② Online interaction quality influences E-social capital positively, while social presence and sense of *Yuan* play partially mediating roles simultaneously between them; ③ Informational value and member similarity influence online interaction quality positively; ④ E-social capital influences online brand community commitment positively. The research findings enrich the theories of E-social capital and brand community, and then provide some implications for the practice of brand community marketing.

Key words E-social Capital, Online Brand Community, Formation Mechanism, Brand Community Commitment

专业主编:何佳讯

营销科学学报
第7卷第2辑:23－31

Journal of Marketing Science;
Vol. 7, No. 2, June 2011:23－31

纪文波[1],彭泗清[2]

摘　要　本文以房产广告为例,通过两个实验,探讨了心理距离与广告导向(具体导向或抽象导向)是如何影响消费者态度的。研究发现,当心理距离与广告导向相互匹配时,消费者呈现出更为积极的态度(实验一),即当消费者感知到目标房屋距离较近时,具体导向的房产广告对消费者态度的说服力更大,而当消费者感知到目标房屋距离较远时,具体导向和抽象导向的房产广告对消费者态度的影响作用没有显著的差异。同时,感知流畅性作为房产广告对消费者态度影响作用的中介作用也得到了验证(实验二),即当心理距离与房产广告匹配时,消费者在处理信息时会更加流畅,进而表现出更为积极的态度。

关键词　心理距离,广告导向,构建水平理论,构建匹配

广告导向与说服力:一项基于心理距离的研究[3]

0　引言

在现实生活中,广告不仅仅是消费者获得产品资讯的主要渠道之一,也是商家宣传产品和提高产品知名度的主要手段之一。商家为了更好地引起消费者的注意,设计了五花八门的广告,但是总的来说,广告一般有两种类型,一类广告强调通过该产品如何达到某种目的,即产品的具体方面,另一类广告则关注通过该产品为什么会达到某种目的,即产品的抽象方面。根据文献有关信息导向的分类(Kim et al., 2009),以及对真实广告的分析,我们依据广告内容把广告分为抽象导向与具体导向两种类型。那么,这两类广告是如何影响消费者的决策过程呢?本文试图以房产广告为例,来研究广告内容导向对消费者说服力的影响作用。

俗话说"金窝银窝,不如自己的草窝",从个人情感来说,"家"对于中国人来说非常重要,每个人都希望拥有一个属于自己的居所。从经济角度来讲,大多数人的房屋需求属于刚性需求,即房屋需求量不会随着价格的变化发生显著的变化。"家"既然对中国消费者如此重要,那么,人们在购买房屋时,究竟会考虑哪些因素呢?通过比较市面上的房产广告,我们发现,具体导向的房产广告强调房屋的具体信息,如小区位置、交通条件、附近商圈、毗邻学校、配套设施等;而抽象导向的房产广告则关注消费者高层次方面的需求,比如"忘记忧伤和烦恼"、"享受天伦之乐"、"甜蜜温馨"等。那么,这两类房产广告哪一种对消费者更有效?或者是,分别在什么条件下这两类房产广告更有效呢?

消费者的判断与决策行为中,被消费者所关注的两种重要的目标分别是期求性(desirability)与可行性(feasibility)(Liberman and Trope, 1998)。在决策过程中,消费者既会关注期求性

①　纪文波,北京大学光华管理学院市场营销系博士研究生,E-mail: jiwenbo@gsm.pku.edu.cn。

②　彭泗清,北京大学光华管理学院市场营销系教授,博士生导师,E-mail: pengsq@gsm.pku.edu.cn。

③　非常感谢匿名评审专家为本文的改进和完善提供的建设性意见。本研究受到国家自然科学基金(70972013)的资助。

方面的因素，如环境、舒适度及快乐感等更为高层次(high-level)和抽象化(abstract)的因素，也会关注可行性方面，如交通、安全及方便性等比较低层次(low-level)和具体化(concrete)的因素。因此，如果能够了解消费者什么时候关心期求性和抽象化方面的因素，什么时候关心可行性和具体化方面的因素，则会帮助广告商设计更为有效的广告来吸引消费者。

研究发现，抽象化因素与具体化因素对消费者的影响重要性是由心理距离决定的(Trope and Liberman，2010)，当消费者感知到的心理距离较远时，抽象化因素的影响作用更大；当消费者感知到的心理距离较近时，具体化因素的影响作用更大。在以前的文献中，心理距离(psychological distance)是由四个维度构成的，分别是时间距离、物理距离、社会距离及假设性距离(Trope and Liberman，2010)。其中，物理距离与房屋消费有着直接的关系，我们认为消费者对于物理距离较远与较近的房屋具有不同的认知，会关注不一样的因素。因此本文就通过一系列的实验试图探讨物理距离的远近和广告导向是如何影响消费者态度的。

首先，我们会回顾相关文献，并提出相关假设；然后，通过两个实验来验证所提出的假设。最后，我们对本研究的结论、局限性，以及未来研究方向进行讨论。

1 理论背景

1.1 构建水平理论与心理距离

消费者可以通过抽象或具体的方式来构建(constructure)信息，根据构建水平理论(construal level theory，CLT；Liberman et al.，2007；Liberman and Trope，2008；Trope et al.，2007；李雁晨等，2009；孙晓玲等，2007)，不同的信息构建方式会影响消费者对信息的理解，进而影响其行为。例如，“挥手”是一种很具体的行为，但是也可以被抽象地理解为这是一种表达友好的方式。不同的信息构建方式也可以被消费者感知到的不同心理距离(即时间距离、物理距离、社会距离和假设性距离)所影响。特别是随着心理距离的增加，相对于具体化、情境化及低层次的构建方式来说，消费者将会采用更为抽象化、非情境化、高层次的构建方式来指导他们的想法和行为。

以前的研究发现时间距离可以影响人们构建方式(Liberman et al.，2002；Förster et al.，2004；Liberman and Trope，1998)。例如，在一个研究中，Liberman 和 Trope(1998)让被试描述不同的行为，他们发现被试倾向于采用抽象的、主要的(superordinate)及高层次的词汇来描述将来发生的事情，而采用具体的、次要的(Subordinate)及低层次的词汇来描述正在发生的事情。

此外，物理距离(spatial distance)也可以影响消费者的构建方式(Fujita et al.，2006；Henderson et al.，2006)。在一个研究中，研究者要求被试观看一部学生相互交流的视频，这些学生来自于纽约大学华盛顿广场校区，或是意大利佛罗伦萨纽约大学(Fujita et al.，2006)。通过采用语言识别模型(linguistic categorization model)，他们发现，相对于物理距离较近的学生，被试倾向于采用抽象的语言描述物理距离较远的事情。

1.2 广告导向

以前的文献倾向于把广告类型分成情感型诉求与理性型诉求两类(Papavassiliou and Stathakopoulos，1997)，其中，情感型诉求广告强调个人的感觉和感受，而理性型诉求广告则强调产品的具体功能和给消费者带来的功效。这两种类型的诉求广告对消费者的影响作用是不一样的。研究证明，东西方文化差异及消费者的个人情感浓度等都会影响情感型和理性型诉求广告的有效性和说服力(Albers-Miller and Stafford，1999；Moore and Harris，1996)。

本文根据文献中有关信息导向的分类(Kim et al.，2009)，以及对实际房产广告的分析，把广告区分为抽象导向与具体导向两种类型。其中，抽象导向的广告强调使用某种产品的价值所在，以及使用该产品的最高目的,即主要强调"为什么"(Why)。具体导向的广告则关注产品的可行性方面,即如何通过该产品达到某个目的,强调过程和方法,即"如何"(How)。以房产广告为例,抽象的房广告强调"为什么会给你带来幸福";而具体导向的房产广告则强调"如何会给你带来幸福"。

采用具体和抽象导向对广告进行分类,有以下几个原因:首先,可以了解消费者在什么条件下更关心"为什么",而在什么情况下更关注"如何";其次,本文采用心理距离的角度对广告说服力进行研究,而心理距离的远近会直接影响消费者对可行性与期求性方面的权重(Liberman and Trope,1998),采用具体和抽象导向的广告分类方法可以有效地了解心理距离是如何影响广告说服力的;最后,这种分类方法与之前的理性和情感诉求广告分类之间并不冲突,只是从不同的角度对广告内容进行解释。

1.3 感知流畅与构建匹配

现有文献已经发现个人的主观感受会作为一种信息来源影响消费者的决策制定和判断(Schwarz and Clore,1983)。如果消费者在决策过程中感觉正确,那么信息的说服力就会增大(Cesario et al.,2004;Cesario and Higgins,2008;Reber et al.,2004)。在这种情况下,消费者会更加流畅地处理相关信息,而且在处理信息过程中,主观感觉非常好,这种状态被称为感知流畅(experienced fluency)。众多文献已经发现,感知流畅会被决策者错误地归结为这是由信息的说服力所造成的。

许多研究都验证了消费者的这种错误归因,比如说调节匹配性(regulatory fit)(Cesario et al.,2004;Cesario and Higgins,2008;Higgins et al.,2003;Labroo and Lee,2006;Lee and Aaker,2004;Lee and Higgins,2009)。Higgins等(2003)研究发现,当被试的调节倾向与战略相互匹配时,倾向于支付更高的价格。而Cesario和Higgins(2008)也发现人们的身体语言与调节倾向匹配时,会使消费者感知良好,从而影响信息的有效性。Labroo和Lee(2006)同样也证明,品牌与被试目标的流畅性或匹配会提高被试对该品牌的评价。

更重要的是,除了调节匹配性外,Kim等(2009)发现当信息内容与构建水平相互匹配时,会有效促进被试对候选人信息的处理,并给予更为正面的评价。相比较调节匹配性而言,由信息构建水平引发的心理表征(mental representation)与信息内容的匹配性研究相对较少。为了与调节匹配性作区别,本文称为信息构建匹配性(construal fit)。

根据心理距离理论,时间距离只是心理距离的一个维度(Liberman et al.,2007)。其他维度包括物理距离、社会距离及假设性距离等,因此,至少存在四种构建水平的匹配性。以前的研究分别探讨了时间距离对于信息说服力的影响(Kim et al.,2009),以及社会距离对于消费者评价的影响(Kim et al.,2008)。本文主要探讨物理距离与信息内容的匹配与否是如何影响消费者评价的。本文主要以房产广告作为研究内容,一方面是由于房产消费是居民一生中最大的支出之一;另一方面,房产消费具有天然的物理距离特征,可以很好地帮助我们研究物理距离和广告内容的匹配度问题。

以前的研究已经验证,当时间距离与信息内容相互匹配时,消费者在处理信息时会感知流畅,进而提高信息的说服力(Kim et al.,2009)。同样地,我们认为当消费者所要处理的信息与物理距离相一致时,消费者会感知流畅,进而倾向于作出更为正面的评价。对于房地产广告来说,当物理距离较远时,抽象导向的房产广告对消费者的说服力更大,而当物理距离较近时,具体导向的房产广告对消费者的说服力更大。这是因为,随着心理距离的增加,相对于具体化、情境化及低层次的构建方式来说,消费者将会采用更为抽象化、非情境化、高层次的构建方式来指导他们的想法和行为。因此,我们的假设如下。

假设1:当物理距离与房产广告相互匹配时,消费者倾向作出更为正面的评价。

假设1a:当物理距离较近时,具体导向的房产广告对消费者态度的影响作用更大。

假设1b:当物理距离较远时,抽象导向的房产广告对消费者态度的影响作用更大。

假设2:当物理距离与房产广告相互匹配时,消费者在处理信息时感知到更高的流畅性,进而作出更为正面的评价,即感知流畅性会作为中介变量影响消费者的态度。

2 实验一

实验一的目的是验证构建匹配性对信息说服力的影响。

2.1 研究方法

这是一个2(广告导向:抽象与具体)×2(物理距离:近与远)的组间设计,94名(65%是女性,平均年龄是22.6岁)来自某中国公办大学的学生通过预约参加了本次实验。根据文献,我们通过改变房产广告的标题和内容来控制广告内容的导向(Trope and Liberman,2003)。本次操控的广告内容从楼盘开发商的角度出发,其中,在抽象广告的导向情境中(图1),房产广告的标题是"为什么生活更美好",内容是有关生活的目标和价值;而在具体广告的导向情境中(图2),房产广告的标题是"如何使生活更美好",内容是达到美好生活的具体过程和行动。

宁静致远 *为什么生活更美好*

当结束繁忙的工作
有这样一方空间
让您疲惫的身体得到放松
在这里,您可以享受思绪飞跃的自由
在这里,您可以领略与家人团聚的温馨
在这里,您可以忘记一切烦恼
当然会有音乐,也有烛光相随
更重要的是宁静的温馨

选择这里,就选择了美好生活!

图1 抽象导向广告

小区特色 *如何使生活更美好*

成熟社区:毗邻大型超市、购物中心、医院、幼儿园、中小学校等
交通便利:距离地铁站和公交车站仅几步之遥
安全防护:各出入口、楼梯口均设闭路监控,同步红外线防盗系统,消防联动系统,住户紧急呼叫系统
配套设施:健身房、老人活动中心、棋牌室、儿童乐园、家政服务中心等,充足的车位和车库,以及储藏间

选择这里,就选择了美好生活!

图2 具体导向广告

首先,参加实验的被试被随机分配到4个实验情境中。然后,他们被要求设想他们的一个朋友要在距离他们生活和工作很近(或很远)的城市买房,在其他条件都一样的情况下,让他们提供购买建议。接下来,被试会看到一则房产广告,广告内容或是强调具体的可行性方面,或是强调抽象的期求性因素。在阅读完房产广告之后,被试需要在一个9分的语义量表上(表1)表明他们对该房产的态度(Singh et al., 2000)。最后,他们需要填一些有关操控检验的问题和个人信息。

2.2 操控检验

通过操控检验发现,相比具体导向的房产广告来说,人们认为抽象导向的房产广告更加强调价值与目标($M_{abstract}=5.23$ vs. $M_{concrete}=4.45$; $F(1, 90)=9.88, p<0.01$);相比抽象导向的房产广告,具体导向的房产广告更强调过程和行为($M_{abstract}=4.54$ vs. $M_{concrete}=5.17$; $F(1, 90)=6.74, p<0.05$)。

2.3 结果与讨论

有关房产态度的指标是通过对态度量表中四个问题的得分平均得来的,其信度达到了可接受的水平(Cronbach's $\alpha=0.897$)。通过方差分析,广告导向的主效应显著($F(1, 90)=7.48, p<0.01$)。更为重要的是,广告导向与物理距离

之间产生了显著的交互作用($F(1, 90) = 5.77$, $p < 0.05$)，见图 3。通过进一步的分析发现，在距离被试很近的一个城市购买房屋时，相对于抽象导向的房产广告，被试对广告为具体导向的房子表现出更为积极的态度($M_{abstract} = 5.96$ vs. $M_{concrete} = 7.36$; $F(1, 48) = 10.30$, $p < 0.01$)。因此，假设 1a 得到了验证。然而，当在一个距离被试很远的城市购买房屋时，被试对于广告为具体或抽象导向的房子所表现出的态度并没有显著性的差异($M_{abstract} = 6.51$ vs. $M_{concrete} = 6.60$; $F(1, 42) = 0.09$, $p > .7$)，因此，假设 1b 并没有得到验证。

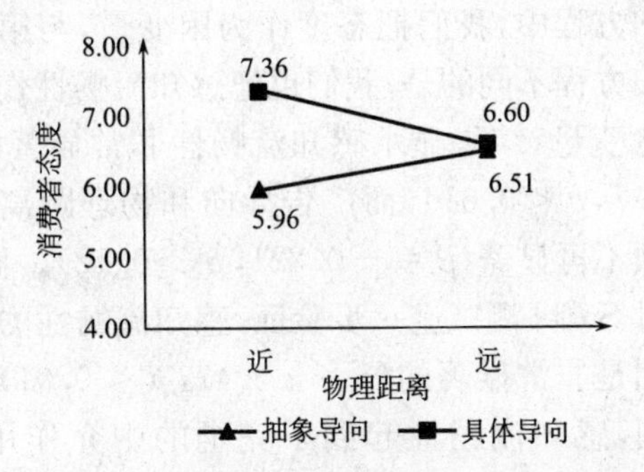

图 3 广告导向和物理距离对房产态度的交互作用(实验一)

从实验结果得知，当物理距离很近时，人们对具体导向的房产广告表现出更为支持的态度。然而，当物理距离很远时，结果并没有反映人们对抽象导向的房产广告表现出更为积极的态度。原因可能是被试对于物理距离比较远的购买决策投入程度比较低，所以对抽象或具体导向的广告并没有仔细区分。

3 实验二

实验二的目的主要有三个，一是因为实验一并没有验证假设 1b，所以我们试图通过实验二来继续检验假设 1；二是为了验证感知流畅性的中介作用，即检验假设二；三是采用真实消费者作为被试，来提高研究的外部效度。

3.1 研究方法

与实验一类似，这是一个 2(广告导向：抽象与具体)×2(物理距离：近与远)的组间设计，70 名(57.1%是男性，平均年龄是 28.6 岁)真实消费者参与了本次实验。在这些被试中，约有一半(53.3%)的消费者已经购房，有 20%的消费者正在考虑购房，其余的消费者正在租房。实验步骤与实验一完全一样，广告内容的操控方法也与实验一一样。在实验二中，被试被要求设想他们的一个朋友要在距离他们生活和工作很近(或很远)的城市买房，购房之后，他们的朋友打算在购房之后去这个城市生活和工作，在其他条件都一样的情况下，让他们提供购买建议。另外，在实验二中我们增加了测量感知流畅性的量表(Kim et al., 2009)(表 2)，用来检验感知流畅性的中介作用。

3.2 操控检验

和预期一样，被试认为抽象导向的房产广告更多的是强调价值与目标($M_{abstract} = 4.69$ vs. $M_{concrete} = 3.54$; $F(1,68) = 10.35$, $p < 0.01$)；而具体导向的房产广告更多的是强调过程和行为($M_{abstract} = 3.40$ vs. $M_{concrete} = 4.63$; $F(1,68) = 10.17$, $p < 0.01$)。此外，在物理距离的操控方面也是符合预期的($M_{near} = 3.82$ vs. $M_{distant} = 5.08$; $F(1,68) = 8.44$, $p < 0.01$)。

3.3 结果与讨论

在实验二中，房产态度指标的信度也达到了可接受的水平(Cronbach's $\alpha = 0.919$)。通过方差分析，广告导向与物理距离之间产生了显著的交互作用($F(1, 66) = 6.75$, $p < 0.05$，如图 4 所示。通过进一步的分析发现，在距离被试较近的城市购买房屋时，相对于抽象导向的房产广告，被试对广告为具体导向的房子表现出更为积极的态度($M_{abstract} = 4.16$ vs. $M_{concrete} = 5.78$; $F(1, 32) = 7.21$, $p < 0.05$)，假设 1a 再一次得到了验证。然而，当在距离被试较远的城市购买房屋时，被试对广告为具体或抽象导向的房子所

表现出的态度并没有显著性的差异($M_{abstract}$ = 6.22 vs. $M_{concrete}$ = 5.72; $F(1, 34) = 0.82, p > .31$),假设 1b 没有得到支持。这与实验一的结果是一样的。

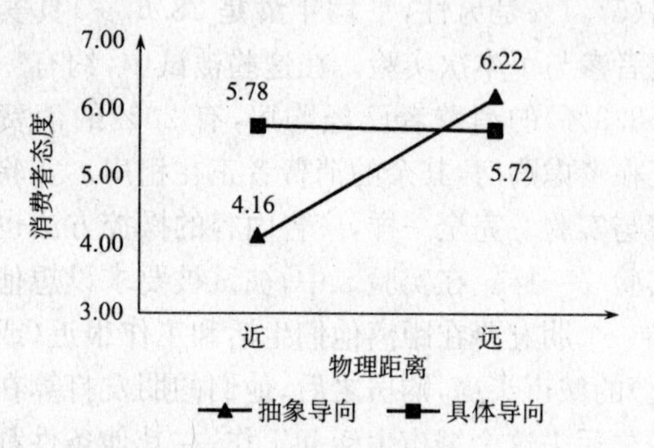

图 4 广告导向和物理距离对房产态度的交互作用(实验二)

感知流畅性指标的信度也达到了可接受的水平(Cronbach's $\alpha = 0.899$)。通过方差分析,广告导向与物理距离对被试的感知流畅性具有显著的交互作用($F(1, 66) = 4.32, p < 0.05$),见图 5。通过进一步分析发现,当物理距离很近时,被试处理具体导向的房产广告时感知到的流畅性程度更高($M_{abstract}$ = 3.22 vs. $M_{concrete}$ = 5.08; $F(1, 32) = 9.28, p < 0.01$),因此对广告为具体导向的房子表现出更为积极的态度。而当物理距离很远时,被试在处理具体导向和抽象导向的房产广告时所感知到的流畅性程度并没有显著的差别($M_{abstract}$ = 5.04 vs. $M_{concrete}$ = 5.17; $F(1, 34) = 0.05, p > 0.82$)。这也从侧面说明了,被试在考虑购买物理距离较远的房屋时,具体导向和抽象导向的房产广告对消费者的说服力是一样的。

根据 Baron 和 Kenny(1986)的建议,我们通过三个回归方程来检验感知流畅性的中介作用。首先,在第一个回归方程中,我们把消费者态度作为因变量,把广告导向、物理距离及他们的交互项作为自变量,结果显示交互项非常显著($\beta = -0.497, p < 0.05$)。其次,在第二个回归方程中,我们把感知流畅性作为因变量,自变量仍然与第一个回归方程一样,结果显示交互项也非常

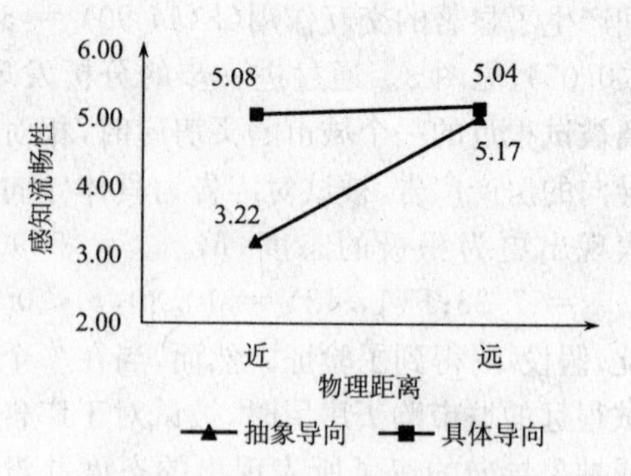

图 5 广告导向和物理距离对感知流畅性的交互作用(实验 2)

显著($\beta = -0.396, p < 0.05$)。最后,在第三个回归方程中,我们把态度作为因变量,与第一个回归方程不同的是,我们也把感知流畅性作为一个自变量,结果显示感知流畅性非常显著($\beta = 0.697, p < 0.01$),而广告导向和物理距离的交互项不再显著($\beta = -0.221, p > 0.12$)。而且,通过 Sobel 测试进一步验证,感知流畅性的中介作用是非常显著的($z = -3.47, p < 0.01$)。这说明,感知流畅性起到了完全的中介作用(图 6),假设 2 得到了支持。

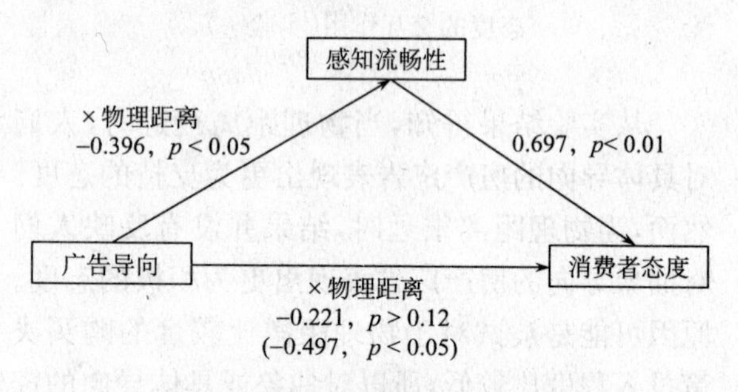

图 6 感知流畅性的中介作用

虽然我们的样本来自真实的消费者,而且有 70%多的消费者已经或正在购房,但是,与实验一的结果类似,当被试感知到所要购买的房屋距离较近时,具体导向的房产广告比抽象导向的房产广告更有说服力;而当被试感知到所要购买的房屋距离较远时,具体导向和抽象导向的房产广告对消费者态度的影响力没有显著的差异。这可能是由以下原因引起的。首先,被试在评价距离较远的房屋时,由于心理距离较远,被试可能以自己

所在城市(距离较近)的房屋为参照蓝本,对距离较远的房屋进行评价;其次,由于具体导向的房产广告所强调的是房屋的可行性方面,包括交通情况、地理位置、附属设施等,而这些因素可能是被试在购买房屋时的基本要求,估计只有当这些基本要求达到满足以后,才会考虑高层次方面的需求。当然,这还需要进一步的研究和验证。

此外,虽然感知流畅性的中介作用被证实了,但是我们却发现,在物理距离较远时,被试在处理抽象导向和具体导向的房产广告所感知到的流畅性并没有显著的差异。这也从另一个角度验证了我们的猜想,即房屋的可行性方面是一个最基本的要求,只有当具体方面得到满足以后,高层次的需求才会被考虑。同样,由于被试在处理抽象导向和具体导向的房产广告时所感知到的流畅性没有差异,所以,这两种类型的房产广告对消费者态度的影响作用也没有显著的差异。

4　总结与讨论

本文以房产广告为例,探讨了广告导向和物理距离的远近是如何影响消费者的感知流畅性,进而影响消费者对房屋的态度的。结果验证了我们大部分的假设,即消费者在考虑购买物理距离很近的房屋时,相对于抽象导向的广告来说,具体导向的广告对消费者判断和决策的影响作用更大。而当物理距离较远时,抽象导向与具体导向的广告对消费者的影响力是没有差别的。虽然实验一和实验二都没有支持假设 1b,但是该结论无论在理论上还是实践中还是具有一定的意义的。此外,我们还通过实验 2 验证了感知流畅性的中介作用。结果显示,感知流畅性是房产广告导向与消费者态度之间的完全中介变量。

本文的研究成果对于理论和实践都有一定的贡献。首先,本文的研究拓展了心理距离的研究领域,将物理距离与信息处理联系在一起,特别探讨了心理距离的其中一个维度,即物理距离与广告类型的交互影响作用。而且,本文也对广告领域的研究具有一定的贡献,特别是本文和前文的研究不同,把广告区分为抽象导向和具体导向两大类别,为将来广告效果的研究提供了新的思路。其次,本文的研究成果对于消费者和房产商都有一定的借鉴意义。对于消费者来说,虽然物理距离会影响决策制定过程,但是如果让消费者设想在居住过程中所要面临的问题,或是让消费者参照物理距离较近的房屋作参考,那么物理距离的影响作用可能会消失,从而使之作出更为理性的决策。对于房产商来说,可以根据不同地域的消费者选择具体导向或抽象导向的广告设计,从而更有效地吸引消费者的注意力,提升消费者的正面评价。

但是本文也有一些不完善的地方需要改进。首先,房产广告非常复杂,不仅仅包括抽象的广告内容,也会包括具体的广告内容,而不是只简简单单地提供一个方面的信息。因此,将来可以考虑研究具体和抽象信息的组合方式对决策的影响作用。

其次,本文只是通过量表的方式探讨了感知流畅性的中介作用,将来的研究可以通过直接操控被试感知到的流畅性程度的高低,进而直接验证感知流畅性在构建匹配性影响中的中介作用。

再次,本文是以房产广告为研究对象的,房屋消费相对来说比较特殊,不仅支出要远远大于其他方面的花费,其消费过程也很漫长,一般都长达几十年。因此,本文的研究结论是否能够扩展到其他的消费领域,比如耐用品、快速消费品、奢侈品等消费领域,还需要进一步的验证。

最后,房屋购买不仅仅牵涉到物理距离,也会涉及时间方面的要求。因此,将来可以研究这两种心理距离的交互影响作用。一种可能的结果是,当这两种距离同时存在时,物理距离的匹配的会比时间距离的匹配的影响力更大,这是因为物理距离是一种最基本的影响因素(Zhang and Wang,2009)。

参考文献

[1] 李雁晨, 周庭锐, 周琇. 2009. 解释水平理论:从时间距离到心理距离[J]. 心理科学进展, 17(4), 667-677.

[2] 孙晓玲,张云,吴明证. 2007. 解释水平理论的研究现状与展望[J]. 应用心理学. 13(2),181-186.

[3] Albers-Miller D N, Stafford R M. 1999. An international analysis of emotional and rational appeals in services vs goods advertising [J]. Journal of Consumer Marketing, 16 (1): 42-57.

[4] Baron R M, Kenny D A. 1986. The moderator-mediator variable distinction in social psychological research: conceptual, strategic, and statistical considerations [J]. Journal of Personality and Social Psychology, 51 (6): 1173-1182.

[5] Cesario J, Grant H, Higgins E T. 2004. Regulatory fit and persuasion: transfer from "feeling right" [J]. Journal of Personality and Social Psychology, 86 (3): 388-404.

[6] Cesario J, Higgins E T. 2008. Making message recipients "feel righ" [J]. Psychological Science, 19 (5): 415-419.

[7] Förster J, Friedman R S, Liberman N. 2004. Temporal construal effects on abstract and concrete thinking: consequences for insight and creative cognition [J]. Journal of Personality and Social Psychology, 87 (2): 177-189.

[8] Fujita K, Henderson M D, Eng J, et al. 2006. Spatial distance and mental construal of social events [J]. Psychological Science, 17 (4): 278-282.

[9] Henderson D, Fujita K, Trope Y, et al. 2006. Transcending the "here": the effect of spatial distance on social judgment [J]. Journal of Personality and Social Psychology, 91(5): 845-856.

[10] Higgins E T, Idson L C, Freitas A L, et al. 2003. Transfer of value from fit [J]. Journal of Personality and Social Psychology, 84 (6): 1140-1153.

[11] Kim H, Rao A R, Lee A. 2009. It's time to vote: the effect of matching message orientation and temporal frame on political persuasion [J]. Journal of Consumer Research, 35 (6): 877-889.

[12] Kim K, Zhang M, Li X. 2008. Effects of temporal and social distance on consumer evaluations [J]. Journal of Consumer Research, 35 (4): 705-713.

[13] Labroo A, Lee Y A. 2006. Between two brands: a goal fluency account of brand evaluation [J]. Journal of Marketing Research, 43 (8): 374-385.

[14] Lee Y A, Aaker L J. 2004. Bringing the frame into focus: the influence of regulatory fit on processing fluency and persuasion[J]. Journal of Personality and Social Psychology, 86 (2): 205-218.

[15] Lee A Y, Higgins E T. 2009. The Persuasive Power of Regulatory Fit, in Frontiers of Social Psychology: Social Psycholgoy of Consumer Behavior [M]. Michaela Wänke, New York: Psychology Press. 319-333.

[16] Liberman N, Sagristano M D, Trope Y. 2002. The effect of temporal distance on level of mental construal [J]. Journal of Experimental Social Psychology, 38(6): 523-534.

[17] Liberman N, Trope Y. 1998. The role of feasibility and desirability considerations in near and distant future decisions: a test of temporal construal theory [J]. Journal of Personality and Social Psychology, 75 (1): 5-18.

[18] Liberman N, Trope Y. 2008. The psychology of transcending the here and now [J]. Science, 322 (11): 1201-1205.

[19] Liberman N, Trope Y, Stephan E. 2007. Psychological Distance[M]//Kruglanski A W, Higgins E T. Social Psychology: Handbook of Basic Principles. Vol. 2. New York: Guilford Press. 353-383.

[20] Moore D J, Harris D W. 1996. Affect intensity and the consumer's attitude toward high impact emotional advertising appeals [J]. Journal of Advertising, 25 (2): 37-50.

[21] Papavassiliou N, Stathakopoulos V. 1997. Standardization versus adaptation of international advertising strategies: toward a framework [J]. European Journal of Marketing, 31 (7): 504-527.

[22] Reber R, Schwarz N, Winkielman P. 2004. Processing fluency and aesthetic pleasure: is beauty in the perceiver's processing experience [J]. Personality and Social Psychology Review, 8(4): 364-382.

[23] Schwarz N, Clore G L. 1983. Mood, misattribution, and judgments of well-being: informative and directive functions of affective states [J]. Journal of Personality and Social Psychology, 45 (3): 513-523.

[24] Singh M, Balasubramanian S, Chakraborty G. 2000. A comparative analysis of three communication formats: advertising, infomercial, and direct experi-

ence [J]. Journal of Advertising, 29(4): 59-75.

[25] Trope Y, Liberman N. 2003. Temporal construal [J]. Psychological Review, 110 (3): 403-421.

[26] Trope Y, Liberman N. 2010. Construal-level theory of psychological distance [J]. Psychological Review, 117 (2): 440-463.

[27] Trope Y, Liberman N, Wakslak C. 2007. Construal levels and psychological distance: effects on representation, prediction, evaluation, and behavior [J]. Journal of Consumer Psychology, 17(2): 83-95.

[28] Zhang M, Wang J. 2009. Psychological distance asymmetry: the spatial dimension vs. other dimensions [J]. Journal of Consumer Psychology, 19 (3): 497-507.

Advertising Orientation and Persuasion: A Psychological Distance Perspective

Ji Wenbo, Peng Siqing
(Guanghua School of Management, Peking University)

Abstract This research investigates the interactive effect of spatial distance and housing advertising orientation (abstract vs. concrete) on consumer attitude toward the target house. Results of study 1 and 2 reveal that when the target house is spatially close, concrete advertising has a greater impact on consumer attitude than abstract advertising, whereas when the target house is spatially distant, concrete and abstract advertising have no significantly different effect on consumer attitude. Furthermore, the mediating effect of experienced fluency is also investigated in study 2. This implies that the interactive effect of spatial distance and advertising orientation on consumer attitude is mediated by experienced fluency.

Key words Psychological Distance, Advertising Orientation, Construal Level Theory, Construal Fit

专业主编:王海忠

附录

请表明你对该房子的态度。

附表1 消费者态度量表(Singh et al., 2000)

态度	分数								态度
负面的	1	2	3	4	5	6	7	8	9	正面的
不喜欢的	1	2	3	4	5	6	7	8	9	喜欢的
不支持的	1	2	3	4	5	6	7	8	9	支持的
不感兴趣的	1	2	3	4	5	6	7	8	9	感兴趣的

你在评价房子的过程中,你认为该房子的宣传语如何。

附表2 感知流畅性量表(Kim et al., 2009)

感觉	分数									感觉
感觉不对劲的	1	2	3	4	5	6	7	8	9	感觉还不错
较为平庸的	1	2	3	4	5	6	7	8	9	抓人眼球的
没有说服力的	1	2	3	4	5	6	7	8	9	有说服力的

董春艳[1]，郑毓煌[2]，夏春玉[3]

摘　要　本文对于无交流状态的社交情境下，其他陌生人存在与否及其存在人数对消费者自我控制的影响进行了探索。研究结果表明：第一，在消费环境中，相比于没有其他消费者存在的情况，在有其他消费者存在的情况下，消费者更易于自我控制失败，并且随着在场其他消费者人数的增加，消费者自我控制水平递减；第二，在上述作用关系中，消费者的印象管理倾向与消极负向情绪发挥着中介作用；第三，上述印象管理倾向的中介作用会受到商品类型的调节。

关键词　陌生人存在，自我控制，印象管理，情绪

陌生人存在对消费者自我控制的影响[4]

0　引言

某消费者在逛街时看到一款 Swatch 限量手表，觉得很喜欢，但是因为不在购买计划之内，所以正在犹豫是否要购买。如果当时在其周围并没有其他消费者，其购买这款手表的可能性有多大？其他条件相同，如果在其周围还有其他消费者，那么在这种情况下，其购买这款手表的可能性又是多大？两者是否有区别？上述情境所描述的是消费者需要进行自我控制的一个情境，也是我们在日常生活中经常碰到的情况。根据传统研究，自我控制主要受到消费者个体自身因素的影响，如自我控制资源（Muraven et al.，1999）、动机（Muraven and Slessareva，2003）等，那么在上述两种情境下，仅改变周围是否有其他消费者在场这一条件，最终自我控制决策的结果应差异不大。但是，人的社会属性决定，消费者的行为不仅会受到个体自身因素的影响，还会受到周围其他人的影响，即社会影响。那么在进行上述购买决策时，周围是否存在其他陌生消费者，以及其他陌生消费者的存在人数是否会影响消费者最终的购买决策呢？本文将对这一问题进行探索。

由于自我控制是消费者的一种个体行为，所以关于自我控制的传统研究多聚焦于个体层面，而关注群体层面上他人因素对消费者自我控制影响的研究却很少（Luo，2005；董春艳等，2010；张正林和庄贵军，2008）。并且，在分析他人对消费者自我控制的影响的现有研究成果中，多数是以参照群体理论为基础，研究群体规范对消费者的信息处理、态度形成及购买行为的影响（例如，Bearden et al.，1989；Childers and Rao，1992；Luo，2005；张正林和庄贵军，2008）。但是上述研究并未涉及其他陌生消费者的存在与否对消费者自我控制的影响。然而，已有研究表明，在

① 董春艳，东北财经大学工商管理学院博士研究生，E-mail：dongchunyan_yan@163.com。
② 郑毓煌，清华大学经济管理学院副教授，E-mail：zhengyh@sem.tsinghua.edu.cn。
③ 夏春玉，东北财经大学工商管理学院教授，博士生导师，E-mail：xiachunyu@dufe.edu.cn。
④ 真诚感谢匿名评审专家对本文的改进和完善所提供的建设性意见。本研究受到国家自然科学基金（70972027）、教育部哲学社会科学研究重大课题攻关项目基金（08JZD0019）和清华大学经济管理学院小林实中国经济研究基金的资助。

消费活动中，其他陌生消费者的存在会对消费者产生影响，并且这种影响是多方面的如对消费者情绪的影响（Dahl et al.，2001；Zhou and Soman，2003；Argo et al.，2005）、对消费者印象管理倾向的影响（Argo et al.，2005）等。而在自我控制研究领域所关注的冲动购买问题、奢侈品与实用品的两难选择问题，以及有害品与有益品的选择问题等的决策中，消费者均在一定程度上受到印象管理倾向与情绪的影响。

本文主要分析其他陌生消费者的存在如何通过影响消费者的印象管理倾向和情绪来影响消费者的自我控制，并在此基础上分析商品类型对于印象管理倾向中介作用的调节作用。结果表明，在消费环境中，其他陌生消费者存在与否及存在人数会影响消费者的自我控制。这种影响是通过影响消费者的印象管理倾向与消极负向情绪而间接发挥作用的，即在其他陌生消费者存在与否及存在人数与消费者自我控制的作用关系中，印象管理倾向与消极负向情绪发挥着中介作用。此外，对于印象管理倾向的中介作用，商品类型（奢侈品与必需品）具有调节作用。

1 文献回顾

1.1 消费者自我控制的定义和测量

消费者自我控制是近年来心理学、社会学、营销科学特别是消费者行为研究中的一个跨学科热点研究领域。消费者在日常生活中，经常会面临长期利益与短期诱惑之间的两难选择。例如，学生经常面临将时间花在努力学习还是玩电子游戏上的困难决定上，注重身材的女生经常面临吃美味但不健康的巧克力蛋糕还是吃健康但不美味的蔬菜沙拉的两难选择；刚刚工作的白领经常面临将工资积蓄起来用于将来购房、医疗等重要方面，还是及时享乐、冲动购物、月月花光等。由于短期诱惑能够带来立即的快乐，所以消费者在当前时间点通常喜欢短期诱惑，虽然他们心里清楚选择短期诱惑对他们的将来并无益处或者甚至带来危害。换句话说，消费者的偏好在不同的时间点上是存在差异的，当前时间点上的偏好从长期来看并不是最优选择（Hoch and Lowenstein，1991；Khan et al.，2005；Mischel et al.，1989）。消费者在不同时间点上的这种偏好矛盾通常就引发了自我控制问题。因此，文献中大多数关于消费者自我控制的研究将自我控制定义为消费者为了实现长期利益，而牺牲短期能够带来即时快乐的选择。相应地，消费者自我控制失败通常是指消费者选择了短期即时快乐而牺牲了长期利益（Hoch and Lowenstein，1991；Khan et al.，2005；Kivetz and Zheng，2006；Mischel et al.，1989）。

关于自我控制的测量，较为经典的测量方法包括以下五种。①即时小奖励（sooner but smaller rewards）与延迟大奖励（larger but later rewards）之间的两难选择。例如，当场可得的10元与2周之后可得的15元、同一商品在即时可得与延后获得两种情况下的不同支付意愿（Fujita et al.，2006；Mischel and Ebbesen，1970；Mischel et al.，1972，1989）。②短期收益与长期收益之间的两难选择。例如，对长期有益但短期痛苦的体检实验的支付意愿（Trope and Fishbach，2000）。③有害品（vice）和有益品（virtue）之间的两难选择。例如，巧克力和苹果（Hong and Lee，2007）。④享乐品（hedonic products）与实用品（utilitarian products）之间的两难选择。例如，巧克力和电池（Kivetz and Zheng，2006）、等值的户外音乐会门票与书店购书券（O'Curry and Strahilevitz，2001）等。⑤消耗自我控制资源的任务。例如，解答难解的数学题目（Vohs et al.，2005）、测量重物抓握的持续时间（Muraven et al.，1999；Fujita et al.，2006）等。在大多数国家的历史、社会、宗教和文化中，选择延迟大奖励、长期收益、实用品、有益品或者任务表现优秀都比选择即时小奖励、短期利益、有害品、享乐品或者任务表现较差更符合社会道德规范（Weber，1958），因此上述文献中的各种对自我控制的测量方法基本上是一致的。

在本文的研究中，我们遵从文献中大多数研究对自我控制的定义，即自我控制是指消费者为了实现长期利益而牺牲短期能够带来即时快乐的选择。同时,我们对自我控制的测量将采取测量冲动购买、最高支付意愿等多种前人采用过的测量方式。

1.2 群体层面的自我控制研究

如前文所述,关于自我控制的研究主要集中于个体层面,例如,研究个体自我控制资源(Muraven et al.,1999)、动机(Muraven and Slessareva,2003)、情绪(Tice et al.,2001,2007)等个体因素对消费者自我控制的影响。此外,也有研究发现,决策情境也会对消费者的自我控制产生影响,例如,单独评估与联合评估会导致不同的自我控制行为(Okada,2005),单次决策与系列决策会导致不同的自我控制结果(Khan and Dhar,2006),决策中断也会对自我控制决策产生影响(郑毓煌和董春艳,2011)等。

相比于个体因素与情境因素的研究成果,关于社会因素对消费者自我控制影响的研究成果则相对较少。并且,关于社会因素对消费者自我控制影响的研究主要以参照群体理论为基础,来研究群体规范对消费者自我控制的影响。例如,Luo(2005)发现对于年轻的消费者而言,在同龄同伴在场的情况下,消费者更易于冲动购买,即自我控制失败;在家人在场的情况下,消费者更易于自我控制。又如,张正林和庄贵军(2008)发现在场同伴的信息性功能会降低消费者冲动购买的可能性,而社会规范性影响会提高消费者冲动购买的可能性,消费者的面子倾向在上述作用关系中发挥中介作用。前人基于参照群体理论的研究,主要关注的是熟悉的其他个体(如朋友、家人)对消费者自我控制的影响,并且一般包含两点前提假设:第一,对消费者施加影响的其他个体归属于某一特定的社会子群体,因此在消费者进行自我控制决策时,其他个体的存在强化了这一社会子群体的群体规范对消费者行为的影响(Luo,2005;张正林和庄贵军,2008);第二,其他个体与消费者之间存在着直接或者间接的交流,因此消费者会受到其他个体的信息性影响(Childers and Rao,1992;张正林和庄贵军,2008)。但是,其他陌生消费者的存在与否对消费者自我控制的影响并不符合上述条件,第一,在其他陌生个体存在的情境下,其他个体的社会角色进一步抽象化,其他个体所归属的社会子群体不确定,从而避免或削弱了群体规范对消费者自我控制的影响;第二,消费者与在场其他个体之间没有任何形式的信息交流,也就是Argo等(2005)所定义的无交流状态的社交情境(noninteractive social situation),从而避免了社会信息性影响问题。因此,对于无交流状态的社交情境下,其他陌生个体存在与否及存在人数对消费者自我控制的影响,现有研究成果并未予以解答。而本文的目的就是对这一问题进行探讨。

2 理论基础与研究假设

2.1 印象管理倾向的中介作用

印象管理(impression management)是指个体试图控制其他人对其印象的过程(Leary and Kowalski,1990)。由印象管理的定义可知,印象管理的前提条件是行为的公开性,行为的公开性越高,则个体进行印象管理的倾向性越强。而公开性又可进一步划分为两个维度,即个体行为被他人观察到的可能性,以及可能观察、了解到这一行为的人数(Leary and Kowalski,1990)。所以,相比于没有其他个体在场的情况,在有其他个体在场的情况下,消费者行为的公开性更高,消费者更倾向于进行印象管理,并且随着在场人数的增加,消费者进行印象管理的倾向性逐渐增强(Argo et al.,2005)。

事实上,在消费过程中,消费者的决策常常受到印象管理倾向的影响。因为在现代社会中,消费文化已成为影响社会行为和评价标准的一条重要途径(Firat and Venkatesh,1995),所以个体要塑造自我形象,消费是不可避免的一个环节(Elliott,1997)。因此,为了给他人留下良好的印象,提高个人形象,在消费活动中,消费者会尽可能地强化对其有利的特征,于是就出现了象征性消费(symbolic consumtion)(Wattanasuwan,2005),失实陈述(mispresentation)(Sengupta et al.,2002)等现象。

根据马斯洛需求层次理论,个体都存在着被尊重的需求,这包括自身的成就感与社会地位等多个方面,而成就感与社会地位往往与财富相联系(Mandel et al.,2006),因此个体往往追求富有的社会形象,并试图通过购买奢侈品等消费行为来表达、构建这种社会形象。但是个体的这种消费行为显然与崇尚节俭的社会规范相矛盾,因此这就回到了自我控制研究领域所关注的一个经典问题——消费者在节俭的社会原则与个人享乐(消费行为所带来的个人优越感以及由他人的关注所带来的愉悦情绪等)之间的两难选择问题。Leigh 和 Gabel(1992),以及 Lichtenstein 等(1993)发现,消费者对于商品所支付的价格往往被认为是消费者所拥有财富及社会地位的一种象征。因此,对于某一商品,在有其他人在场的情况下,消费者进行印象管理的倾向性增强,与周围没有其他消费者的情况相比,消费者为了塑造一种富有的个人形象,往往愿意支付更高的价格,更易于自我控制失败。或者对于某一商品,在有其他人在场的情况下,与周围没有其他消费者的情况相比,消费者购买的倾向性更强,更易于自我控制失败。据此,我们提出如下假设:

H1a:周围其他陌生消费者的存在会弱化消费者的自我控制。

H1b:周围其他陌生消费者人数的增加会对消费者的自我控制产生负向(弱化)影响。

H2:在其他陌生消费者存在与否及存在人数与消费者自我控制的作用关系中,消费者印象管理倾向发挥着中介作用。

此外,关于象征性消费的研究发现,商品类型会影响消费者的印象管理倾向。与必需品(necessities)相比,奢侈品(luxuries)更有利于传递个体所拥有的财富、社会地位等信息(Leigh and Gabel,1992)。并且,不论个体的实际经济地位如何,奢侈品均有助于提升个体的优越感,这一点是必需品所无法实现的(Schwartz,2004)。所以在所面对商品是奢侈品的情况下,消费者进行印象管理的倾向性更强。例如,Sengupta 等(2002)发现,消费者在与其他个体交流购买经历时,在谈论的对象是奢侈品的情况下,个体更倾向于失实陈述,隐瞒以折扣价格购得奢侈品的事实,以塑造富有的社会形象;但是在所购商品是必需品的情况下,个体失实陈述的倾向性显著地降低。因此,在所面对商品是奢侈品的情况下,消费者可能出于印象管理的需要而购买原来不打算购买的奢侈品,从而导致自我控制失败。据此,我们提出以下假设:

H3:与必需品相比,在所购商品是奢侈品的情况下,消费者进行印象管理的倾向性更强,并且更易于导致消费者的自我控制失败。

2.2 情绪的中介作用

消费者的情绪会受到其他陌生个体的存在状态的影响,这种影响即使在双方没有任何交流的情况下仍然存在。Argo 等(2005)发现,与没有其他个体存在的情况相比,有一位陌生的其他个体存在于消费环境中,消费者积极正向的情绪(如快乐)显著增强,这是因为作为社会人,消费者需要人际间的联系。但是,当在场的其他陌生个体超过一位时,那么随着在场人数的增加,消费者的积极正向情绪逐渐减弱,消极负向情绪逐渐增强,这是因为其他陌生个体的存在使消费者感到个人空间被侵入,消费者的压迫感在其他陌生个体与消费者之间的空间距离较近的情况下尤其强烈。此外,自我控制领域的相关研究表明,消费者的自我控制决策会受到自身情绪的影响。积极正向的情绪被认为有助于提升消费者的自我控制水平(Tice et al.,2007),而消极负向的情绪则会降低消费者的自我控制水平(Tice et al.,2001)。因此,随着在场的其他陌生个体的人数的增加,消费者的积极正向的情绪逐渐减弱,消极负向情绪逐渐增强,消费者的自我控制水平随之逐渐降低。据此,我们提出如下假设:

H4a:在其他陌生消费者存在与否及存在人数与消费者自我控制的作用关系中,消费者的积极正向情绪发挥着中介作用。

H4b:在其他陌生消费者存在与否及存在人数与消费者自我控制的作用关系中,消费者的消极负向情绪发挥着中介作用。

上述假设，我们将通过以下两个实验进行检验。

3　实验一

在实验一中，我们通过控制在消费环境中存在的其他消费者人数，来分析在场其他消费者人数对消费者印象管理倾向及自我控制的影响。某高校155名在校本科生参加了本次实验（被试均是大学二年级的学生，平均年龄20岁；其中女性占66%，男性占34%），这些被试被随机地分配到三个实验组：无人组（没有其他消费者在场的情境），一人组（有一位其他消费者在场的情境）以及三人组（有三位其他消费者在场的情境）。其中，无人组包括53名被试，一人组包括50名被试，三人组包括52名被试。

3.1　实验设计

（1）在场其他消费者人数的控制。关于在场其他消费者人数的控制，我们是通过请被试设想相应的情境来实现的。心理学及消费者行为学的相关研究表明，其他个体对消费者行为的影响，并不必然以其他个体真实地存在于消费环境中为前提，其他个体的存在对消费者的影响也可以通过消费者的想象来实现（Edelmann，1981；Ratner and Kahn，2002）。并且实验证明，想象他人存在于消费环境中与他人真实地存在于消费环境中，具有同等的作用（Dahl et al.，2001；Luo，2005）。因此在实验一中，我们通过请被试想象相应数量的其他消费者存在于消费环境中来进行控制。在具体的操作中，我们参照Dahl等（2001）的实验设计，选取无人在场、一人在场与三人在场三种情境，即请被试想象在其选购商品的过程中，周围没有其他的消费者，或者周围还有一位或三位其他消费者也在选购商品，并且会观察到其购买行为。其中，以无人在场与一人在场的情况相比较，以说明他人存在与否的影响；以一人在场与三人在场的情况相比较，以说明他人存在人数的影响。

（2）自我控制的测量。在实验一中，我们以冲动购买行为来测量消费者自我控制。事实上，冲动购买与自我控制本是同一事物的两个方面，冲动购买对应于自我控制失败（Baumeister，2002）。对于自我控制与冲动购买之间的关系，Vohs和Faber（2007）通过实验进一步验证发现，在消费者自我控制资源被削减的情况下，消费者自我控制水平降低，冲动购买的可能性提高。因此在实验一中，我们以冲动购买行为来测量消费者的自我控制水平。具体的测量方法，我们采取Rook和Fisher（1995）所开发的测量冲动购买行为的量表进行测量。

（3）印象管理倾向的测量。对于消费者印象管理倾向的测量，本文借鉴Sengupta等（2002）的测量方法，以Fenigstein等（1975）的自我意识量表（self-consciousness scale）来测量消费者的印象管理倾向。

情绪的测量。我们采用Argo等（2005）关于情绪测量的量表，对消费者的烦闷、沮丧、尴尬、别扭、高兴及兴奋等多种情绪进行测量。

3.2　实验结果

3.2.1　他人存在与否及存在人数对消费者自我控制的主效应分析

首先，数据分析结果显示，在场其他陌生个体人数的操纵是成功的，各组被试所意识到的在场其他陌生个体人数的差异是显著的（无人组与一人组：$M_{无人组}=0.09$，$M_{一人组}=0.89$，$t(101)=-10.16$，$p<0.001$；一人组与三人组：$M_{一人组}=0.89$，$M_{三人组}=2.96$，$t(101)=-10.71$，$p<0.001$；无人组与三人组：$t(101)=-14.88$，$p<0.001$）。

在此基础上，我们对其他陌生个体存在与否对消费者自我控制的影响进行了检验。以无人组为基准，基于标准系数的回归分析参见表1。由表1可知，以一人在场与三人在场为自变量，以冲动购买为因变量进行回归，一人在场与三人在场对冲动购买的影响都是显著的，并且系数为正。这说明相比于没有其他陌生个体存在的情况，在有其他陌生个体存在的情况下，消费者更倾向于冲动购买，这与 H1a 相一致。

表 1　实验 1 中其他陌生个体存在与否对消费者自我控制的影响

	冲动购买	p 值
无人在场	—	—
一人在场	0.29	$p<0.001$
三人在场	0.58	$p<0.001$

那么，其他陌生个体人数的多寡是否会影响消费者自我控制的强弱呢？我们以一人组为基准，基于标准系数的回归分析参见表 2。由表 2 可知，三人在场对冲动购买的影响是显著的，并且系数为正，这说明，随着在场其他消费者人数的增加，消费者冲动购买的可能性增加。因此，H1b 得到支持。

表 2　实验 1 中其他陌生个体存在人数对消费者自我控制的影响

	冲动购买	p 值
一人在场	—	—
三人在场	0.33	$p=0.001$

3.2.2　印象管理倾向与情绪的中介作用分析

首先，情绪的因子分析的结果显示(表 3)，烦闷、沮丧、尴尬及别扭等情绪主要载荷在第一个因子上，而高兴、兴奋等情绪则主要载荷在第二个因子上。因此，我们将第一个因子称之为消极负向情绪，将第二个因子称之为积极正向情绪。因为两个因子之间是正交的，所以二者之间不存在相关性。此外，我们对印象管理倾向的量表也进行了因子分析，结果显示各题项均载荷于同一因子之上(累计可解释总方差的 78%)。在此基础上，我们将被试的打分进行加总，然后求均值，以最终的均值作为被试印象管理倾向的强度的反应。

表 3　情绪的因子分析结果

	消极负向情绪	积极正向情绪
烦闷	0.702	−0.352
沮丧	0.420	−0.01
尴尬	0.775	0.112
别扭	0.866	0.075
高兴	−0.026	0.954
兴奋	0.044	0.948

在上述分析的基础上，我们对消费者的印象管理倾向与情绪的中介作用进行了检验。在存在多个中介变量的情况下，自变量对因变量的直接影响、间接影响及总的影响的关系如下：

$$c = c' + \sum_{i=1}^{i}(a_i b_i)$$

式中，c 为自变量对因变量的总的影响；c' 为自变量对因变量的直接影响；$\sum_{i=1}^{j}(a_i b_i)$ 为自变量对因变量的间接影响；a_i 为自变量对中介变量 M_i 的影响；b_i 为中介变量 M_i 对因变量的影响；$a_i b_i$ 为自变量经由中介变量 M_i 对因变量的间接影响。

我们以无人组为基准，以一人在场为自变量，以冲动购买为因变量，以印象管理倾向、消极负向情绪及积极正向情绪为中介变量，进行回归分析。结果显示，1 人在场对消费者自我控制的主效用显著($c=0.92, p=0.01$)，但是，在加入中介变量后，一人在场对消费者自我控制的影响不再显著($c'=0.11, p>0.05$)。此外，一人在场对印象管理倾向与积极正向情绪具有显著影响。而印象管理倾向与消极负向情绪对消费者自我控制的影响是显著的，积极正向情绪对消费者自我控制的作用不显著。在此基础上，我们对各中介变量的中介作用进行检验，结果如表 4 所示，仅印象管理倾向的中介作用是显著的，至于消极负向情绪与积极正向情绪，二者的中介作用均不显著。因此，在其他陌生个体存在与否与消费者自我控制的作用关系中，印象管理倾向具有中介作用，H2 得到部分支持(此处说明在他人存在与否与消费者自我控制的作用关系中，印象管理倾向具有中介作用；对于在他人存在人数与消费者自我控制的作用关系中，印象管理倾向是否具有中介作用，我们将在以下的分析中进行检验），而在其他陌生个体存在与否与消费者自我控制的作用关系中，消极负向情绪与积极正向情绪的中介作用则不显著，H4a、H4b 未通过检验。

表 4 各中介变量的中介作用检验结果
（在他人存在与否与消费者自我控制作用关系中）

	a_i 值	b_i 值	a_ib_i
印象管理倾向	1.14***	0.56***	0.64**
消极负向主成分	0.21	0.38*	0.08
积极正向主成分	−1.05***	−0.08	0.09

*为 p-value<0.05，**为 p-value<0.01，***为 p-value<0.001。

以同样的方法，我们检验了在其他陌生个体存在人数与消费者自我控制的作用关系中，各个中介变量的中介作用。我们以一人组为基准，以三人在场为自变量，冲动购买为因变量，以印象管理倾向、消极负向情绪及积极正向情绪为中介变量，进行回归。结果显示，三人在场对消费者自我控制的主效用显著（$c=0.32$，$p<0.01$），但是，在加入中介变量后，三人在场对消费者自我控制的影响不再显著（$c'=0.06$，$p>0.05$）。此外，三人在场对印象管理倾向与消极负向情绪的影响显著，印象管理倾向与消极负向情绪对消费者自我控制的影响显著，积极正向情绪对消费者自我控制的作用不显著。在此基础上，我们对各中介变量的中介作用进行检验，如表 5 所示，印象管理倾向与消极负向情绪的中介作用显著，而积极正向情绪的中介作用不显著。因此，H2 得到进一步支持，即在其他陌生消费者存在人数与消费者自我控制的作用关系中，印象管理倾向也具有中介作用；H4a 得到部分支持，即消极负向情绪的中介作用在其他陌生消费者存在人数为自变量的情况下是显著的，但是在其他陌生消费者存在与否为自变量的情况下不显著；H4b 与分析结果不一致，即在其他陌生消费者存在与否以及存在人数与消费者自我控制的作用关系中，积极正向情绪不具中介作用。

表 5 各中介变量的中介作用检验结果
（在他人存在人数与消费者自我控制作用关系中）

	a_i 值	b_i 值	a_ib_i
印象管理倾向	0.30**	0.53***	0.16*
消极负向主成分	0.22*	0.36*	0.08*
积极正向主成分	−0.10	−0.26	0.02

*为 p-value<0.05，**为 p-value<0.01，***为 p-value<0.001。

实验一检验了印象管理倾向在其他陌生消费者存在与否及存在人数与消费者自我控制的作用关系中的中介作用，H1a、H1b 及 H2 得到支持，H4a 得到部分支持。而对于商品类型对印象管理倾向的中介作用的调节作用，我们将在实验二中进行检验。

4 实验二

在实验 2 中，我们要检验的是奢侈品与必需品这两种类型的商品对于印象管理倾向的中介作用的调节作用。实验二是一个 2（在场其他消费者人数：无人 VS. 三人）×2（商品类型：奢侈品 VS. 必需品）的组间实验。为了强化周围其他陌生消费者的影响，在有人在场的情境下，我们假定陌生个体的人数为三人。某高校 214 名大学一年级学生参加了这一实验（被试的平均年龄为 19 岁；其中，女性占 69.7%，男性占 30.3%），所有被试被随机地分成 4 组，每组 52～56 人。

4.1 实验设计

（1）刺激物的选择。因为被试是大学一年级的学生，所以我们需要确定在实验中所选择的刺激物对于被试而言是奢侈品或是必需品。因此我们进行了先后两次的预测试。在第一次预测试中，我们请 15 名大学一年级学生，就服装、鞋帽、配件饰品、电子商品四大类商品，每一类中写出一件其认为是必需品的商品及一件其认为是奢侈品的商品，并且要求分别注明其所填写的奢侈品与必需品的价格区间。此外，为了强化奢侈品对消费者自我形象塑造的影响，对于奢侈品，我们附加的限制条件是，这一奢侈品应是有助于提升其个人形象，或者彰显其个人品味的商品。在第一次预测试所获得数据的基础上，我们对实验刺激物进行了初步的筛选。所选择的刺激物需要保证对于男性与女性的通用性；此外，为了降低商品用途、商品品类等其他因素对购买决策的影响，所选择的必需品与奢侈品以同一品类商品为宜。基于上述思考，我们在被试所提出的商品中选择了三组商品，每组商品均属于同一品类的商品，但是由于商品功能属性及品牌等因素导致商品分别属于奢侈品与必需品。这三组商品分别是，阿迪达斯新款时尚运动鞋与双星运动鞋；CK 太阳镜与无品牌时尚太阳镜；苹果 iPhone 3GS 手机与诺基亚经济型手机。在第二次预测试中，我们请 27 名大学一年级的学生分别对上述三组商品进行评分，其中一分表示完全的必需品，七分表示完全的奢侈品。分析结果显示，阿迪达斯新款时尚运动鞋与双星运动鞋的差异显著（4.89vs. 1.78，$t(26)=-11.82$，$p<0.001$）；苹果 iPhone 3GS 手机与诺基亚经济型手机的差异也显著（5.22vs. 2.26，$t(26)=-10.22$，$p<0.001$）；CK 太阳镜与无品牌时尚太阳镜虽然商品属性的差异显著（$t(26)=-4.85$，$p<0.001$），但是被试对于无品牌时尚太阳镜是必需品这一点并不是十分认可（$M=3.74$）。根据上述分析，在实验二中，我们最终选择以阿迪达斯新款时尚运动鞋与双星运动鞋作为实验的刺激物。

（2）自我控制的测量。在实验二中，我们以被试对特定商品的最高支付意愿来测量其自我控制水平，在自我控制研究领域这是一种较为经典的测量方法（Vohs and Faber，2007；Vohs et al.，2008；Ackerman，et al.，2009）。因为在大多数国家的历史、社会、宗教、文化中，努力工作与节俭生活都是一种重要的道德规范（Weber，1958），换而言之，节俭对于绝大多数人而言是其所追求与坚持的目标（Baumeister et al.，2008），相应地会控制对商品的货币支出，因此对于特定商品，被试的支付意愿越高，则其自我控制水平越低。

（3）其他变量的测量与控制。实验二也是通过请被试想象相应数量的其他消费者存在于消费环境中来控制在场其他消费者人数的，在此不再重复。情绪及印象管理倾向的测量量表与实验 1 相同。

4.2 实验结果

首先，我们对在场其他陌生个体人数的操纵的有效性进行检验。结果显示，在场其他陌生个体人数的操纵是成功的，无人在场的实验组的被试与三人在场的实验组的被试所意识到的在场其他陌生个体人数的差异是显著的（$M_{无人组}=0.19$，$M_{三人组}=3.05$，$t(160)=-32.13$，$p<0.001$），这符合我们实验设计的预期。其次，我们比较了被试对于其所面对的实验刺激物的评分，分析结果显示，与实验刺激物为双星运动鞋的实验组的被试相比，实验刺激物是阿迪达斯新款时尚运动鞋的实验组的被试，对其所面对的实验刺激物的评分更高，并且二者之间差异显著（$M_{双星}=2.54$，$M_{阿迪达斯}=4.89$，$t(210)=-14.89$，$p<0.001$），这与我们实验设计的预期也基本吻合。

因为实验二所检验的是商品类型对印象管理倾向的中介作用的调节作用，而根据实验一的分析结果，消极负向的情绪具有中介作用，所以在实验二中我们需要对情绪因素的影响进行控制。在实验二中，我们根据烦闷、沮丧、别扭、尴尬、高兴及兴奋等情绪变量，对样本进行分组，从而将研究焦点集中于印象管理倾向的作用上。当然，也存在着其他控制情绪因素的方法，这里我们只是选择其中的一种。分析结果如表 6 所示，被试被分为两个子类：第一子类共包括 74 名被试，第一子类下的被试，消极负向情绪较强，积极正向情绪较弱；第二子类共包括 140 名被试，第二子类下的被试，积极正向的情绪较强，消极负向情绪较弱。各子类的被试在实验组间的分布如表 7 所示。

表6 聚类分析结果

被试	人数	比重/%	均值					
			烦闷	沮丧	别扭	尴尬	高兴	兴奋
第一子类	74	37.5	4.96	1.65	1.90	3.89	1.96	1.68
第二子类	140	62.5	1.72	1.39	1.36	1.79	4.84	2.38

表7 各子类下的被试在各实验组间的分布(实验二)

被试	无人×必需品	三人×必需品	无人×奢侈品	三人×奢侈品
第一子类	10	25	16	23
第二子类	42	31	37	30

此外,与实验一相同,我们对印象管理倾向的量表进行了因子分析,分析结果显示,各题项均载荷于同一因子之上(累计可解释总方差的80%)。在此基础上,我们将被试的打分加总,然后求均值,以最终的均值作为被试印象管理倾向强度的反应。

在上述分析的基础上,我们采取温忠麟等(2006)关于有调节的中介作用的检验方法进行检验。首先,将各个变量进行中心化,以避免多重共线性的影响。在此基础上,计算在场其他消费者人数与商品类型的交叉项,以及印象管理倾向与商品类型的交叉项。其次,以在场其他消费者人数、商品类型,以及在场其他消费者人数与商品类型的交叉项为自变量,以印象管理倾向为因变量进行回归分析,结果显示,商品类型与在场其他消费者人数的交叉项的作用是显著的,参见表8与表9。最后,以在场其他消费者人数、印象管理倾向、商品类型、在场其他消费者人数与商品类型的交叉项,以及印象管理倾向与商品类型的交叉项为自变量,以支付意愿为因变量进行回归分析,由表8、表9可知,商品类型与印象管理倾向的交叉项的作用是显著的。因此,商品类型对于印象管理倾向的中介作用具有调节作用,这与H3相一致。商品类型的调节作用分析参见图1。

表8 奢侈品与必需品对印象管理倾向的中介作用的调节作用(第一子类)

自变量	印象管理倾向	支付意愿
无人在场	—	—
三人在场	0.39**	0.08
商品类型(必需品)	—	—
商品类型(奢侈品)	0.24	-0.08
三人在场×商品类型(奢侈品)	0.33*	-0.06
印象管理倾向		0.71***
印象管理倾向×商品类型(奢侈品)		0.46**

*为 p-value<0.05, **为 p-value<0.01, ***为 p-value<0.001。

表9 奢侈品与必需品对印象管理倾向的中介作用的调节作用(第二子类)

自变量	印象管理倾向	支付意愿
无人在场	—	—
三人在场	0.30**	0.13
商品类型(必需品)	—	—
商品类型(奢侈品)	0.26**	-0.03
三人在场×商品类型(奢侈品)	0.28**	-0.05
印象管理倾向		0.70***
印象管理倾向×商品类型(奢侈品)		0.34*

*为 p-value<0.05, **为 p-value<0.01, ***为 p-value<0.001。

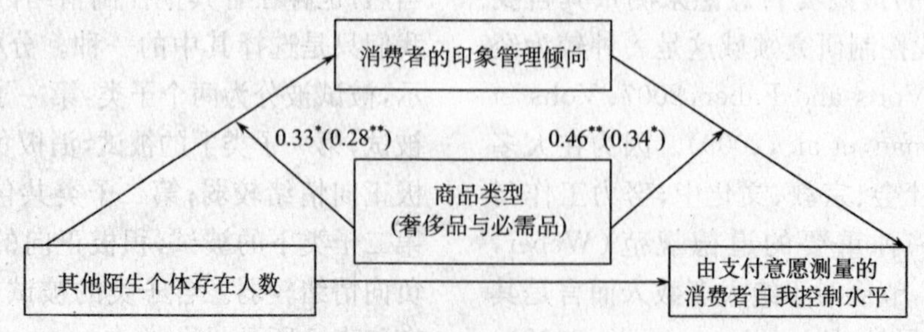

图1 商品类型(奢侈品与必需品)的调节作用

*为 p-value<0.05, **为 p-value<0.01, ***为 p-value<0.001。其中,括号外的数字对应于第一子类下的被试,括号内的数字对应于第二子类下的被试

5 结论与讨论

5.1 研究结论与理论贡献

本文对于在无交流状态的社交情境(noninteractive social situation)下,其他陌生个体的存在及其他陌生个体的存在人数对消费者自我控制的影响进行了研究。本文的研究结论主要包括以下两点:第一,实验一的数据分析结果表明,在消费环境中,相比于没有其他个体存在的情况,在有其他个体存在的情况下,消费者进行印象管理的倾向性更强,更易于自我控制失败,并且,随着其他在场个体人数的增加,消费者的印象管理倾向逐渐增强,消极负向情绪逐渐增强,这导致消费者自我控制水平逐渐降低,即在其他陌生个体存在与否与消费者自我控制的作用关系中,消费者的印象管理倾向发挥着中介作用。在其他陌生个体存在人数与消费者自我控制的作用关系中,消费者的印象管理倾向与消极负向情绪发挥着中介作用;第二,印象管理倾向的中介作用会受到商品类型的调节。实验二的分析结果表明,相比于必需品,在面对奢侈品时,消费者进行印象管理的倾向性更强,并且更倾向于自我放任(自我控制失败)。

本文的理论贡献在于,传统基于参照群体理论分析他人存在对消费者自我控制影响的研究成果,主要聚焦于在消费环境中熟悉的其他个体(例如,朋友、家人)对消费者自我控制的影响;而关于其他陌生消费者的存在对消费者自我控制的影响的研究,基本处于空白状态,本文的研究对于填补这一理论空白具有积极意义。

5.2 实践启示

本文的研究结论对于零售企业的经营实践也具有一定的启示意义。首先,由于消费者的自我控制会受到在消费环境中是否存在其他个体的影响,所以每一位到店的消费者为零售企业带来的收益都包括两个方面:一方面是消费者的直接消费行为为企业带来的收益;另一方面是消费者的存在所引发的其他消费者的消费行为为企业带来的收益。并且,消费者彼此间的这种影响,会随着在场人数的增加而逐渐增强。因此,在零售企业对店铺选址、商品组合、服务组合、价格组合等零售要素进行成本收益分析以确定提供的水平时,不仅应考虑到到店消费者的直接消费行为为企业带来的收益,还应考虑到到店消费者对企业收益的间接影响。通过对这种投入、收益更准确地认识与预测,将有助于企业优化其零售要素组合。其次,奢侈品相比于必需品更易于导致消费者的印象管理行为,进而导致消费者更倾向于自我放任(自我控制失败),因此零售企业应考虑奢侈品牌的引入,这不仅有助于零售企业树立店铺形象,更重要的是,可以使零售企业从每一位到店的消费者处获取更高的间接受益。

5.3 研究局限及未来研究方向

本文对其他陌生个体存在与否及存在人数对消费者自我控制的影响进行了初步的探索,在这一过程中,消费者的自身特质,如自我监控(self-monitoring)水平及印象管理策略等因素的影响,并未予以讨论,对这些因素的影响分析可作为未来研究拓展的一个方向。

除了本文所讨论的奢侈品与必需品这一商品分类,是否还存在其他因素会影响上述中介变量的中介作用,如有益品与有害品。由于消费不仅仅是为了满足消费者对商品的功能的需求,更重要的是消费行为本身是一种重要的社会信息传递渠道(McCracken ,1988),所以消费有害品的行为等同于向其他人传递了一种与消费者所期望建立的社会形象或者与其所期望的生活方式相悖的信号。对于这种与消费者所期望的自我形象相反的商品,在有其他人在场的情况下,出于印象管理的需要,消费者是否会更倾向于回避?又如,享乐品与实用品。享乐品能够使消费者感到快乐、愉悦,他人存在对于这种积极正向的享乐情绪是否会有影响?如果存在影响,那么其作用是正向的,还是负向的?这种影响对于消费者的自我控制又是怎样的?对于这些问题,在未来的研究中可以进一步探索。

此外,本文对于其他陌生个体存在人数的控

制是通过请被试想象相应数量的其他个体存在于消费环境中来实现的，但是在个体所想象的情境中，陌生个体的特征并未予以限定，即陌生个体的年龄、性别等变量我们并没有控制，而陌生个体的年龄可能会通过其所代表的社会规范对消费者施加影响，陌生个体的性别也可能会通过影响印象管理倾向、情绪作用于消费者。因此，在未来的研究中可以对在场其他陌生个体的特征进行控制，再进一步检验本文的研究结论，并在此基础上，检验其他陌生个体的各个特征因素对消费者自我控制的影响，这些都是值得深入探索的问题。

参考文献

[1] 董春艳，郑毓煌，夏春玉. 2010. 他人自我控制行为对观察者自我控制决策的影响[J]. 营销科学学报，6(2)：1-13.

[2] 温忠麟，张雷，侯杰泰. 2006. 有中介的调节变量和有调节的中介变量[J]. 心理学报，38(003)：448-452.

[3] 张正林，庄贵军. 2008. 基于社会影响和面子视角的冲动购买研究[J]. 管理科学，1(006)：66-72.

[4] 郑毓煌，董春艳. 2011. 决策中断对消费者自我控制的影响[J]. 营销科学学报，7(1)：1-14.

[5] Ackerman J M，Joshua M，Goldstein N J，et al. 2009. You wear me out：the vicarious depletion of self-control [J]. Psychological Science，20 (3)：326-332.

[6] Argo J J，Dahl D W，Manchanda R V. 2005. The influence of a mere social presence in a retail context [J]. Journal of Consumer Research，32：207-212.

[7] Baumeister R F. 2002. Yielding to temptation：Self-control failure，impulsive purchasing，and consumer behavior[J]. Journal of Consumer Research，28(4)：670-676.

[8] Baumeister R F，Sparks E A，Stillman T F，et al. 2008. Free will in consumer behavior：Self-control，ego depletion，and choice[J]. Journal of Consumer Psychology，18 (1)：4-13.

[9] Bearden W O，Netemeyer R G，Teel J E. 1989. Measurement of consumer susceptibility to interpersonal influence[J]. Journal of Consumer Research，15(4)：473-481.

[10] Childers T L，Rao A R. 1992. The influence of familial and peer-based reference groups on consumer decisions[J]. Journal of Consumer Research，19 (2)：198-211.

[11] Dahl D W，Manchanda R V，Argo J J. 2001. Embarrassment in consumer purchase：the roles of social presence and purchase Familiarity[J]. Journal of Consumer Research，28(3)：473-481.

[12] Edelmann R. 1981. Embarrassment：the state of research[J]. Current Psychological Reviews，1：125-138.

[13] Elliott R. 1997. Existential consumption and irrational desire[J]. European Journal of Marketing，34 (4)：285-296.

[14] Fenigstein A，Scheier M F，Buss A. 1975. Public and private self-consciousness：assessment and theory[J]. Journal of Consulting and Clinical Psychology，43：522-527.

[15] Firat A F，Venkatesh A. 1995. Liberatory postmodernism and the reenchantment of consumption [J]. Journal of Consumer Research，22 (12)：239-267.

[16] Fujita K Trope Y Liberman N，et al. 2006. Construal levels and self-control[J]. Journal of Personality & Social Psychology，90 (3)：351-367.

[17] Hoch S J，Loewenstein G F. 1991. Time-inconsistent preferences and consumer self-control [J]. Journal of Consumer Research，17(4)：492-507.

[18] Hong J，Lee A Y. 2007. Be fit and be strong：mastering self-regulation through regulatory fit[J]. Journal of Consumer Research，34 (5)：682-695.

[19] Khan U，Dhar R，Wertenbroch K. 2005. A behavioral decision theory perspective on hedonic and utilitarian choice[C]//Ratneshwars，Mick D G. Inside Consumption：Consumer Motives，Goals，and Desires. London：Routledge：144-165.

[20] Khan U，Dhar R. 2006. Licensing effect in consumer choice[J]. Journal of Marketing Research，43(2)：259-266.

[21] Kivetz R，Zheng Y. 2006. Determinants of justification and self-control[J]. Journal of Experimental Psychology：General，135 (4)：572-87.

[22] Leary M R, Kowalski R M. 1990. Impression management: a literature review and two-component model[J]. Psychological Bulletin, 107(1): 34-47.

[23] Leigh J H, Gabel T G. 1992. Symbolic interactioniam: its effects on consumer behavior and implications for marketing strategy[J]. Journal of Services Marketing, 9(1): 27-38.

[24] Lichtenstein D R, Ridgway N M, Netemeyer R G. 1993. Price perceptions and consumer shopping behavior: a field study[J]. Journal of Marketing Research, 30: 234-245.

[25] Luo X. 2005. How does shopping with others influence impulsive purchasing[J]. Journal of Consumer Psychology, 15(4): 288-294.

[26] Mandel N P, Petrova K, Cialdini R B. 2006. Images of success and the preference for luxury brands[J]. Journal of Consumer Psychology, 16(1): 57-69.

[27] McCracken G. 1988. Culture and Consumption: New Approaches to the Symbolic Character of Consumer Goods and Activities[M]. Bloomington: Indiana University Press.

[28] Mischel W, Ebbesen E B. 1970. Attention in delay of gratification[J]. Journal of Personality and Social Psychology, 16(2): 329-337.

[29] Mischel W, Ebbesen E B, Zeiss R. 1972. Cognitive and attentional mechanisms in delay of gratification[J]. Journal of Personality and Social Psychology, 21(2): 204-218.

[30] Mischel W, Shoda Y, Rodriguez M L. 1989. Delay of gratification in children[J]. Science, 244(4907): 933-938.

[31] Muraven M, Baumeister R F, Tice D M. 1999. Longitudinal improvement of self-regulation through practice: building self-control through repeated exercise[J]. Journal of Social Psychology, 139(4): 446-457.

[32] Muraven M, Slessareva E. 2003. Mechanisms of self-control failure: motivation and limited resources[J]. Personality and Social Psychology Bulletin, 29(7): 894-906.

[33] O'Curry S, Strahilevitz M. 2001. Probability and mode of acquisition effects on choices between hedonic and utilitarian Options[J]. Marketing Letters, 12(1): 37-49.

[34] Okada E M. 2005. Justification effects on consumer choice of hedonic and utilitarian goods[J]. Journal of Marketing Research, 42(1): 43-53.

[35] Ratner R, Kahn B. 2002. The impact of private versus public consumption on variety-seeking behavior[J]. Journal of Consumer Research, 29: 246-257.

[36] Rook D, Fisher R. 1995. Normative influences on impulsive buying behavior[J]. Journal of Consumer Research, 22: 305-313.

[37] Schwarz N. 2004. Metacognitive experiences in consumer judgment and decision making[J]. Journal of Consumer Psychology, 14: 332-348.

[38] Sengupta J, Dahl D W, Gorn G J. 2002. Misrepresentation in the consumer context[J]. Journal of Consumer Psychology, 12(2): 69-79.

[39] Tice D M, Baumeister R F, Shmueli D, et al. 2007. Restoring the self: positive affect helps improve self-regulation following ego depletion[J]. Journal of Experimental Social Psychology, 43(3): 379-384.

[40] Tice D M, Bratslavsky E, Baumeister R F. 2001. Emotional distress regulation takes precedence over impulse control: if you feel bad, do it[J]. Journal of Personality and Social Psychology, 80(1): 53-67.

[41] Trope Y, Fishbach A. 2000. Counteractive self-control in overcoming temptation[J]. Journal of Personality and Social Psychology, 79(4): 493-506.

[42] Vohs K D, Baumeister R F, Ciarocco N J. 2005. Self-regulation and self-presentation: regulatory resource depletion impairs impression management and effortful self-presentation depletes regulatory resources[J]. Journal of Personality and Social Psychology, 88(4): 632-57.

[43] Vohs K D, Faber R J. 2007. Spent resources: self-regulatory resource availability affects impulse buying[J]. Journal of Consumer Research, 33(4): 537-547.

[44] Vohs K D, Schmeichel B J, Nelson N M, et al. 2008. Making choices impairs subsequent self-con-

trol: a limited-resource account of decision making, self-regulation, and active initiative[J]. Journal of Personality & Social Psychology, 94(5): 883-898.

[45] Wattanasuwan K. 2005. The self and symbolic consumption[J]. Journal of American Academy of Business, 6(1): 179-184.

[46] Weber M. 1958. The Protestant Ethic and the Spirit of Capitalism[M]. New York: Scribner's Press.

[47] Zhou R, Soman D. 2003. Looking back: exploring the psychology of queuing and the effect of the number of people behind[J]. Journal of Consumer Research, 29(4): 517-530.

The Influence of Strangers' Presence on Consumers' Self-Control

Dong Chunyan①, Zheng Yuhuang②, Xia Chunyu①

(①School of Business and Administration, Dongbei University of Finance and Economics; ②School of Economics and Management, Tsinghua University)

Abstract This research explores the influence of strangers' non-interactive presence on consumers' self-control. Data suggests that, comparing to situations with no one around, a consumer is more likely to fail in self-control when strangers are present, even if there's no interaction between them. And the more strangers there are, the more likely the consumer's self-control is going to fail. Moreover, the authors find that, this "strangers' presence effect" is mediated by consumers' impression management inclination and negative mood. The mediation effect of impression management inclination is further moderated by product type.

Key words Self-Control, Strangers' Presence, Impression Management, Mood

专业主编：彭泗清

营销科学学报
第7卷第2辑:45－66

Journal of Marketing Science;
Vol. 7, No. 2, June 2011:45－66

韦　夏[1],涂荣庭[2],江明华[3],李　斐[4]

摘　要　在社交环境中,奢侈品承载了传递信息的作用,但仿冒品的大量充斥使消费者难辨真假。前人研究更多关注奢侈品/赝品使用者,即奢侈信息发出方,而忽略他人是如何解读该信息的,从而产生相互影响。结合探索性研究及定量研究,作者建立了奢侈品真实性感知机制的理论模型,并对引导中国消费者的消费理念、规范国内商品市场提出建议。

关键词　奢侈品,真实性,奢侈品真实性,认知图式,熟悉度

奢侈品真实性感知机制研究[5]

1　研究背景和目的

随着经济的急速发展,中国已经成为各大奢侈品牌的兵家必争之地。作为继日本之后的世界第二大奢侈品消费大国(世界奢侈品协会,2009),预计到2015年,中国将超过日本成为全球第一大奢侈品消费国(麦肯锡公司,2011)。经济的发展也使得中国社会阶级体系发生重大变化,对新兴阶级而言,如何将自己的经济实力转变为社会地位,是一个首要问题(许悦,2009)。而在社交场合携带奢侈品则无疑是一种简捷方式。在中国,有"佛靠金装、人靠衣装"的俗语,从穿着推测身份的思想广为流传。在北京、上海等城市,白领拎着LV包去挤地铁的场景时有发生,一些人为了获得更高的社会地位或社会认同,往往不惜超出消费能力,一掷千金。

但是,奢侈品消费者投注重金打造的奢侈感觉并不总能顺利实现。在奢侈品市场快速发展的同时,仿冒品也快速蔓延,发展成一个约占全球贸易量7%、金额超过6亿美元的庞大市场(Business Action to Stop Counterfeiting and Piracy, 2010)。在中国,奢侈品和仿冒品市场几乎是同时飞快成长,而且近几年仿冒品的质量精益求精,有时甚至可以以假乱真,令人难辨真假(安永会计师事务所, 2005)。

与一般的商品不同,奢侈品具有较强的社会性。许多消费者将奢侈品视做财富和地位的象征,非常关注奢侈品具有的社会价值(Vigneron and Johnson, 1999)。购买奢侈品可以满足消费者的社会需求,达到其从众、个性或炫耀等目的(Leibenstein, 1950),然而在一个奢侈品与仿冒品并存的市场,普通消费者已经越来越难以判断名牌产品的真假,有的人花费很多金钱购买的奢侈品却可能被别人认为是仿冒品,这让他们尴尬不已。Commuri (2009)指出,由于仿冒品的大量充斥,部分奢侈品消费者难以持续获得与众不同的尊贵感觉,从而放弃对该品牌的消费,尤其

① 韦夏,北京大学光华管理学院市场营销系,博士研究生,Email: weixia@gsm. pku. edu. cn。
② 涂荣庭,北京大学光华管理学院市场营销系,助理教授,博士生导师,Email: rungting@gsm. pku. edu. cn。
③ 江明华,北京大学光华管理学院市场营销系,教授,博士生导师,Email: jmh@gsm. pku. edu. cn。
④ 李斐,北京大学光华管理学院市场营销系,硕士,Email: lifei3@gsm. pku. edu. cn。
⑤ 本研究受国家自然科学基金项目(70872006)资助。感谢匿名评审专家给本文提供的宝贵建议。

是年龄在21～27岁、受过大学教育的年轻消费者。而与欧美国家奢侈品消费者集中在40～70岁的中老年群体不同，中国奢侈品消费人群年轻化，年龄集中在20～40岁，其中不乏盲目的时尚追求者和不惜透支消费的“月光族”(安永会计师事务所，2005)。奢侈品的消费群体往往集中于社会中产以上的财富者，包括富有阶层和中产阶级，而大学生等年轻群体将成为未来中产阶级和富有阶层的生力军(彭传新，2009)。

因此，面对中国这样的新兴市场，奢侈品牌要从战略上思考是否吸引和如何培育年轻的消费人群。有不少奢侈品牌就针对中产阶级①进行了产品延伸。例如，在中国市场，宝马、奔驰通过国产化进行了品牌向下延伸，分别推出了3系、C级车。再如，LV、Gucci推出了较为低价的系列(陈俊和李铮蕊，2009)。这样就带来了一个矛盾：一方面，20～40岁的奢侈品消费者长期消费潜力很大；但另一方面，他们也最容易为赝品所困扰，或者担心被别人认为自己用的是赝品，或者不满意那些赝品使用者使用“看起来”和自己一样的东西，或者觉得买真品不值得转而使用赝品(Commuri，2009)。

前人有许多关于奢侈品及赝品态度、动机和行为的研究(Albers-Miller，1999；Bloch et al.，1993；Cordell et al.，1996；Grossman and Shapiro，1988；Wilcox，et al.，2009；Zaichkowsky，2006)，但关于赝品大量存在对奢侈品真品消费者带来的冲击的研究明显不足(Commuri，2009)。而且，当奢侈品被作为一种社会对话的语言，就承载了信息传递的作用。前人往往是从奢侈信息发出方——奢侈品或赝品的使用人的角度进行研究(Albers-Miller，1999；Cordell et al.，1996；Leibenstein，1950；Matos et al.，2007；Vigneron and Johnson，1999；Wilcox et al.，2009)，但却鲜有从奢侈信息的接收方——其他人是如何解读该信息的角度进行研究。

对个体而言，奢侈品消费者往往关注能否将自己与那些赝品使用者区分开来，而赝品使用者则一般不希望被人识破。对此，奢侈品牌通常是加强产品研发以提高真品与赝品的识别度，而缺乏其他有效办法；但在现实社交场合中人们不大可能仔细甄别产品真假，而且赝品仿制水平的提高使得靠产品本身进行区分的力度受限。如果我们能建立一套有效的奢侈品真实性感知机制，指出赝品使用者可能存在的难以避免的高使用风险，并指导真品使用者更好达成奢侈信息传递的目的，就可以达到促进真品消费和抑制赝品泛滥的双重效果。

由此可见，研究消费者如何判断奢侈品的真实性，有着现实和理论的重要意义。本文试图探讨赝品充斥的社会环境对奢侈品和赝品消费行为的影响，着重研究人们在判断中国大城市里20～40岁的消费者所使用的奢侈品的真假时，是依据哪些线索进行感知的，这些线索的作用机制又是怎样的。希望从社会认知的角度拓展奢侈品消费行为研究，丰富奢侈品消费的社会动机及社会影响理论，引导消费者的理性消费观念，为奢侈品厂商如何更好引导顾客、规范市场予以启示。

接下来，本文首先对相关文献进行大致梳理，进而提出奢侈品感知机制的构成要素。研究一重点关注人们对不认识的人(后文简称“陌生人”②)使用奢侈品(赝品)的判断机制，结合深度访谈和问卷调查法进行实证研究。研究二则进一步探讨人们对认识的人(后文简称“熟人”③)的奢侈品真实性感知机制。由此总结出奢侈品真实性感知机制的构成及特点。最后提出具体的管理建议，总结文章的局限和未来研究方向。

---

① 中产阶层泛指一个社会中在经济上和身份上(或心理上)属于中等阶层的社群；它具有一些可观的经济标准，如收入水平或财产水平，也具有主观心理性特征，如在经济上尚达不到中产阶层标准，但心理上把自己认同为中产阶层(杨晓燕，2004)。6万～50万元是界定我国城市中等收入群体家庭年收入的标准，也就是用硬件标准来衡量的社会中产阶级(杨丽，2010)。

② 本文将相互之间完全不认识的人称为“陌生人”。

③ 本文将非完全不认识的人，即“陌生人”之外其他所有的人统称为“熟人”。

2 文献回顾

2.1 奢侈品及其消费动机

奢侈品在学术界尚未有统一的定义(刘刚和拱晓波,2007;郭姵君,2007),不同的学者对奢侈品有不同的解释,而且奢侈品的定义在不同的时期和地区都会有所变化(朱晓辉,2006)。广义来讲,奢侈品是指超出消费者基本需求之外的消费品,狭义上奢侈品则是指在消费者的消费结构中位于最高级别的商品。经济学、社会学等领域的学者普遍认为,奢侈品的特别之处不仅体现在产品本身的品质和功能上,它的特殊性更因为其包含的社会-经济价值(Danziger,2005;Dubois and Laurent,1995;Mason,1984)。一般认为,奢侈品是"一种超出人们生存与发展需要范围的,具有独特、珍缺、珍奇等特点的消费品,又称为非生活必需品"(朱晓辉,2006)。麦肯锡公司的报告指出,目前社会中的奢侈品主要包括香水、珠宝、钟表、服饰、红酒、礼物制造、汽车、高级餐具八个产业的产品(郭姵君,2007)。

消费者的奢侈品购买动机是奢侈品相关研究中的重要议题。Leibenstein(1950)很早就提出,功能性需求(functional needs)和非功能性需求(nonfunctional needs)都有可能成为消费者进行购买的动机。功能性需求指的是产品内在的品质,而非功能性需求主要是除产品本身品质以外的效用。在奢侈品的购买中,非功能性需求(社会需求)显得格外重要。非功能性需求包括跟潮效应(bandwagon effect)、逆潮效应(snob effect)和凡勃伦效应(veblen effect)三种类型。这三种类型的需求也可理解为从众、个性和炫耀,是导致消费者购买奢侈品的重要原因。从众指的是消费者希望和大多数其他个体保持一致,以获得认可;个性是指为了区别于他人,获得独一无二的价值;炫耀是指为了显示其财富与地位,达到炫耀的目的。Vigneron 和 Johnson(1999)总结前人的研究并提出了奢侈品消费行为的理论框架,提出了奢侈品消费的五个动机,包括从众性(bandwagon)、独特性(snob)、炫耀(veblenian)、享乐性(hedonist)和完美主义(perfectionist)。他们同时强调,奢侈品购买的这五个动机能够为消费者带来以下的利益,包括社会价值(social)、突出自我(conspicuous)、唯一性(unique)、情感价值(emotional)及高品质(quality)。

炫耀被认为是奢侈性消费的重要动机之一(Vigneron and Johnson,1999)。炫耀性消费,也被一些学者称之为"显眼的消费"、"装点门面的消费"或者"摆阔气的消费"。Veblen(1899)将炫耀性消费,看做是个人在社会中所处的地位决定其购买偏好、个体总喜欢模仿比自己高的社会阶层的消费方式。英国学者 Mason(1984)认为,炫耀性消费是消费者为了追求某种社会地位而进行的独特的消费行为。邓晓辉和戴俐秋(2005)也指出,炫耀性消费的动机就是谋求某种社会地位。炫耀性消费不以较高收入作为必要前提,目的是通过购买消费情景炫耀自己的面子、地位和身份。例如,奢侈品赝品的购买者未必具备奢侈性消费的能力,却有炫耀性消费的心理和动机。

除了实用性利益,产品中也包含象征性利益(Mano and Oliver,1993),拥有物在消费者生活中起到象征性作用(Belk,1988; Levy,1959; Solomon,1983)。象征性意即消费者认为特定品牌代表了其典型的购买和使用人群(Muniz and O'Guinn,2001)。人们从拥有物去判断其他人(Belk et al.,1982; Burroughs et al.,1991; Richins,1994a, b),从中推断他人成功与否(Richins,1994a)。Vickers 和 Renand (2003)指出,相较普通产品,奢侈品的象征价值是影响消费者感知的重要因素,奢侈品的实质是个人身份和社会地位的象征。

Wong 和 Ahuvia(1998),以及 Tsai (2005)在比较分析中国和西方消费者由于文化背景的不同而形成的"独立自我"和"他人依存的自我"两个自我概念,提出了中国消费者购买奢侈品的动机模型:社会性消费动机和个人性消费动机。社会性奢侈品消费动机包括炫耀、从众、领先、社交、身份象征;个人性奢侈品消费动机包括品质精致、自我享乐、表现内在自我、自我赠礼。中国人重视面子，更关注产品的公众性象征意义(Richins，1994b)。在儒家文化下的消费者更加重视“外在自我”及自己在别人眼中的形象，拥有物的可见性成了奢侈品消费的一个重要特征，个人消费奢侈品是为了完成家庭和群体的义务和规范，而不是自私的物质享受(朱晓辉，2006)。

2.2 赝品及其消费动机

世界范围内，赝品作为一种普遍的消费现象已经愈演愈烈。在美国，每年用于制造赝品的经济成本就已达 2000 亿美元(Chaudhry et al.，2005)。

学术领域对于赝品(或俗称的仿冒品)有不同的定义。Eisend 和 Schuchert-Güler(2006)将赝品定义为“对市场上已有的名牌商品进行复制而生产的产品”。Chaudhry 等(2005)将赝品定义为“未经授权而生产的某种产品，该类产品的某些重要特征作为知识产权受到保护(如商标、专利，版权等)”。

Wee 等(1995)的探索性研究概括了消费者购买赝品的原因，除价格低廉以外，还包括心理因素、产品因素和人口学变量。其中，心理因素包括对赝品的态度(attitudes towards counterfeiting)、品牌地位(brand status)、物质主义(materialism)、追求新奇(novelty seeking)和承担风险(risk taking)。产品因素包括耐用性、物理外观、质量、代表形象和感知的时尚元素。

Matos 等(2007)总结了影响消费者对赝品态度的因素，建立了赝品态度及其消费动机的理论框架，他们认为性价比推论(price quality inference)、风险厌恶程度(risk averseness)与感知风险(perceived risk)、主观规范(subjective norm)、道德水平(integrity)和赝品购买经历(prior purchase)会影响消费者对赝品的态度和购买意愿。他们提出，如果一个消费者在不相信高价格代表高质量的观念、感知风险较低、道德水平不高，同时周围的个体也支持的情况下，就更倾向于购买赝品。

2.3 奢侈消费的社会群体影响

在社交环境中的商品消费，已不是单纯的个人行为了，还包含用产品界定的社会化过程(Gallant and Kleinman，1983)。消费者不但受其所属群体的影响(Bearden and Etzel，1982；Whittler and Spira，2002)，还受到其想成为其中一员的群体影响(Escalas and Bettman，2003，2005)，而且他们希望避免被别人认为自己和某些群体有关联(White and Dahl，2006，2007)。研究表明，消费者常常通过选择某个品牌，以便与该品牌的典型使用群体靠拢或达成某种联结(Escalas and Bettman，2003，2005)。而且，出于自我表达需要，消费者为了避免和不喜欢的群体发生联系，会尽量不选择该群体常用的品牌(White and Dahl，2006，2007)。代祺等(2007)则提出，在权衡“求同”和“求异”两种社会需要带来的冲突时，不同自尊需要的消费者表现有所不同。Han 等(2010)研究发现，社会地位稳固、不需要靠奢侈品标榜自己的贵族(patrician)，为保持群体内部的一致性认同、减少和其他群体发生关系，喜欢使用奢侈品牌标志不显著(炫耀功能不明显)的奢侈品；而新贵一组(parvenu)为标榜身份地位，偏好使用能把他们和一般不富裕阶层区分开来的、品牌标志显著的奢侈品。与此同时，一部分想要用奢侈品向富裕阶层靠拢，却有没有足够经济实力的模仿者(poseur)，也喜欢购买品牌标志显著的奢侈品，且购买赝品的可能性更大。Bearden 等(1989)的研究表明，消费者在购买社会显著性高或者他人能看到的物品时(如购置客厅的家具电器或上班穿的衣帽服装)，参照群体的影响力更大。

与奢侈品类似，奢侈品赝品的消费也具有明显的社会性，因为购买奢侈品赝品的群体也是通过这样的购买行为来实现自身的社会需求(Bearden and Etzel，1982；Grubb and Grathwohl，1967)。他们希望通过奢侈品牌来向别人显示自己的社会地位，但当他们无力承担高额的价格时就有可能会转向购买赝品(Wee et al.，1995)。

风险感知是影响消费者购买行为的重要因

素。Huang等(2004)的研究证明了风险感知和态度之间的负向关系。尤其在赝品的购买过程中,有更多的不确定性,因此可能会伴随有较大的风险。在进行赝品购买时,消费者会考虑周围群体对他的看法。Albers-Miller(1999)指出,消费者购买赝品后会考虑周围群体是否会对他有负面的看法,这样的看法有可能对消费者形成一定的社会压力。Ajzen(1991)也指出,个体的某一社会行为会让其感知到一定的社会压力,这样的压力会成为主观规范(subjective norm);当消费者期望给别人留下较好的印象时,其行为便会受到社会群体意见的影响(Bearden et al.,1989)。Matos等(2007)等进一步指出,如果周围群体(包括亲戚、朋友)对个体的赝品购买行为持正面态度,消费者更容易接受赝品,对赝品持有更积极的态度。

2.4 社会认知与奢侈品真实性判断

奢侈品真伪判断涉及产品真实性的问题。营销学中的真实性通常指商品并非真品的模仿或复制,而是真实的(Bruner,1994;Huntington,1988)。Grayson和Martinec(2004)依据前人对符号学相关理论的研究,指出营销研究中的真实性又包括两种类型,即指示真实(indexical authenticity)和形象真实(iconic authenticity)。

指示真实指的是"真品、原作",它是由于一些特殊的线索(或者说某些重要指标)让消费者感知到商品的真实性,这些线索(cues/signs)与商品真实性之间存在着紧密的联系。而在另外一些情况下,真实性指"真实的复制品(authentic reproduction)",指的是物品与真品在物理特性(如外观)上非常相似,但不一定是真品,这时候我们说的真实便是形象真实(Costa and Bamossy,1995)。Grayson和Martinec(2004)指出指示真实和形象真实并不是彼此独立的,消费者所感知到的每个线索都有可能同时包含指示型属性和形象型属性。

奢侈品赝品即在许多物理属性上,如模仿真品生产出外观上几乎完全一样的仿冒品,虽然有形象真实,却不是真正厂商认可的真品,即没有指示真实,即所谓的"形似而神不似"。所以本文提出奢侈品真实性(Luxthenticity[①])的概念,来代表产品指示真实,即该产品是真正的奢侈品的可能性。

许多学者都从社会认知的角度来研究个体对事物真实性的判断(Bruner,1994;Delyser,1999;Peirce,1998),指出消费者对于商品和服务真实性的判断是一个复杂的感知过程(Belk and Costa,1998;Penaloza,2001)。判断商品的真实性可从不同的角度切入。Peirce(1998)研究发现,一些特定类型的线索会与个体的经验判断联系起来,这样个体会依据一些线索进行一定的推论,进而对事物的真实性做出评价。此外,有研究者强调不应该把事物的真实性作为物体本身具有的客观概念,而应该被当做是主体在特殊情景下所作出的一个主观评估(Bruner,1994)。因此,当场景主角携带奢侈品或赝品时,周围的人对该产品的真伪的判断主要是在特定的场合下根据场景主角的特征进行的主观判断。

2.5 认知图式与奢侈品真实性判断

对奢侈品的判断,消费者要依据一定的线索进行,社会学的理论指出,消费者在获得了这些线索之后,需要一定的机制与其经验进行关联才能作出判断,而认知图式在这一过程中扮演着重要的角色。

认知图式是主体对客体和事件进行解释与判断的框架,是"对过去反应或过去经验的一种积极组织"(Anderson,1980)。也有学者指出,"可以把图式看成是人脑中的知识单位,或进行认知活动时的认知结构"(乐国安,2004)。一般认为,认知图式由很多变量组成,主体可以根据一些可观察到的变量(线索)推测未知的变量。在信息不充分的条件下,主体需要依据自身的认知图式进行合理的推断来得出结论。张凯和张美红(2007)总结指出,社会图式包含几种基本形

① 作为新概念,"奢侈品真实性"对应原英文单词——Luxthenticity也是本文提出的。

式:人的图式、事件图式、场景图式和角色图式。

人的图式指的是"对人的人格进行描述的认知结构,用于形成认知主体对于他人人格的概念及对他人行为的期望(乐国安,2004)"。事件图式则"主要反映有关某类事件及其子事件发生、发展的认知结构,当认知主体受到外来事件变量刺激时,即调动对于该类事件的既有认知经验,并对该变量进行解释"。场景图式"主要反映对事件发生的地点和场合的认知结构"。角色图式是指"具有特定身份、职业、年龄等特质的人们(群体)在思维方式和行为习惯等方面所具有的认知"。角色图式的形成主要有两个途径:一方面是人们通过对该角色成员的直接接触形成的(Campbell,1967);另一方面往往也源于带偏向性地用社会角色作为参照系,对社会群体成员进行归类(Eagly and Steffen,1984)。

3 研究一 对陌生人使用的奢侈品的真实性感知机制

3.1 研究设计与方法

由于真实性感知的相关研究较少,参照前人的研究方法(Glaser and Strauss,1999; Zaltman et al.,1982),我们采取了探索导向的、发掘应用型理论的研究方法(a discovery-oriented, theories-in-use approach),通过定性的研究探讨消费者对真实性的反应(Beverland et al.,2008)。

我们采用深度访谈与被访者进行讨论,选择手提包作为研究刺激物,具体原因:第一,一般大众都非常熟悉并且会经常使用手提包(Wee et al.,1995);第二,手提包并非奢侈品中价格处于最高级别的商品种类(比如豪华轿车、珠宝等),即便不是非常富裕的人也可能承担得起,使用者的身份模糊性的空间较大;第三,不同于豪华轿车等商品,手提包相对容易仿制,因此市场中存在大量的赝品;第四,前期调研也发现,我们选取的奢侈品牌知名度高(贝恩公司,2009,2010),产品品牌标识明显、容易识别,而且在市场中存在大量的赝品。

我们首先进行了两轮深度访谈。第一轮通过方便性抽样,在北京某综合性大学对32名受访者进行了深度访谈,其人口学变量统计见表1。其中,47%的受访者(15人)曾经购买及使用过奢侈品真品,41%的受访者(13人)有过奢侈品赝品的购买及使用经历。

表1 研究一深度访谈对象样本特征

人口统计变量		频数/人	比重/%
性别	男	14	43.8
	女	18	56.2
学历	本科	2	6.3
	MBA	9	28.1
	硕士及以上	21	65.6
年龄	20～24岁	7	21.9
	25～29岁	18	56.2
	30～40岁	7	21.9

每位受访者的访谈时间约为30分钟,访谈分三个部分。

第一部分是半结构化的判别测验。我们首先向受访者出示预先在北京市区的不同场景随机拍摄到的四个真实场景照片,照片主角均为携带知名奢侈品牌手提包的女性。我们先询问受访者能否识别该手提包的品牌,94%的受访者(30人)能作出准确识别。随后向受访者出示真品包的外表图片和细部特征放大图片,并告知该产品在当地售价的大致金额(都在人民币1万元以上)。然后要求受访者对照片主角携带的奢侈品进行真假判断和评价,并说明其判断的过程。第二部分中,访谈员要求受访者列出他/她在判断一个陌生人所拿的奢侈手提包真假时可能依据的所有线索,并尽量多地描述细节。第三部分讨论的是受访者的奢侈品消费习惯。

访谈内容被详细记录并由几位学者分别独立分析、整理和归类,然后各人将研究结果进行对比分析,通过讨论对差异之处进行廓清,由此减少个体判断偏差,提高评分信度。接下来我们又进行了第二轮访谈,用类似的方法在北京某综合性大学对另外30位受访者进行了深度访谈。并增加了访谈的问题数量以提高信息量,如访谈最后部分询问受访者自己认为的判断依据都有哪几类等。访谈结果同样经过对比分析和联合讨论，第二轮访谈得到的结果验证了第一轮访谈结果的一致性和有效性。

3.2 奢侈品真实性判断理论框架

通过深度访谈，并结合已有文献，我们归纳出一般消费者在进行奢侈品（本研究中为手提包）真实性判断时所依据的理论框架或称线索框架（图1）。

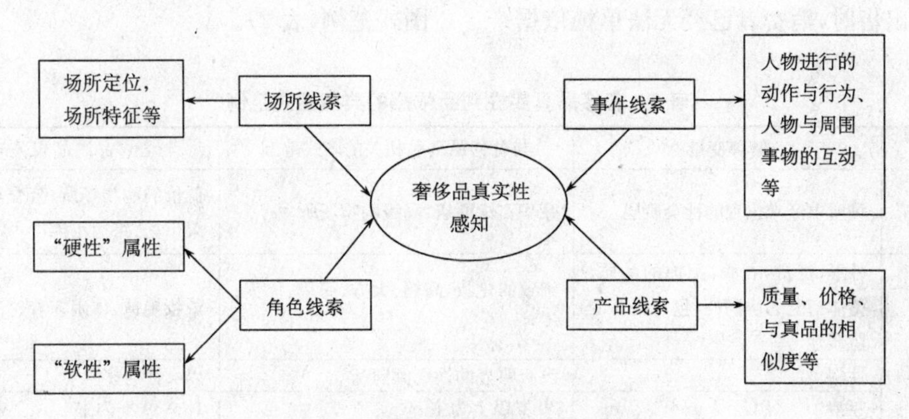

图1 奢侈品真实性判断理论框架

3.2.1 角色线索

角色线索指的是消费者从局部和整体进行多方面评价时，所依据的角色主体本身的特性。奢侈品真实性的判断离不开使用者本身所具有的特征。社会图式的一个重要部分是人的图式/个人图式。这是一种心理上的认知类型，它描述了典型的或者特别的个体，指我们对某一特殊个体的认知结构。研究显示，消费者对于角色信息的感知会从两个方面进行，包括角色的衣着打扮、年龄、性别、职业等“硬性”属性，以及角色的气质特征、举止谈吐等“软性”属性。

3.2.2 场所线索

场所线索指的是个体在遇到待测奢侈品时所处的场所特征。消费者会习惯性地将特定的场所与某些社会阶层联系起来。Adaval 和 Monroe(2002)认为，消费者所处的购物环境是高档还是低端会影响他们对商品价值的判断。特别是当购物地点是一个赝品充斥的地方，容易导致许多人认为看到的名牌包很可能是赝品。访谈发现，消费者倾向于将高级写字楼及豪华酒店等高收入人群经常出现的场所与奢侈品真品联系起来，而将公交车站、服装批发市场等低收入群体出入的场所与奢侈品赝品相联系。

3.2.3 事件线索

事件线索指的是场景人物正在进行的动作或行为。相比场所线索和角色线索，事件线索更为动态，包含了人物进行的动作与行为、与周围事物的互动等，因此对它的判断也更为复杂。访谈结果表明，大多数被访者会将典型的行为与奢侈品或赝品联系起来，比如将在高档商场里购物、在商务会议里交谈、在咖啡馆里等人等行为与奢侈品真品相联系，而将讨价还价、在路边摊吃东西等行为与奢侈品赝品联系。事件线索并非独立于其他线索，而是包含了场景、角色等信息。

3.2.4 产品线索

消费者也会依据所接触到的产品的特征，包括质量、价格、与真品的相似度等因素来对其真实性作出判断。对于产品真实性的判断本应聚焦于产品本身，但随着仿制水平的提高，质量对判断产品真假的作用已经越来越弱。在一些情况下,某些消费者可以依据真品与赝品之间非常细微的差别来进行合理的判断,但这需要消费者很有经验且实际去使用过或感受过产品(如翻看包里的标签)才能实现(Gentry et al.,2006)。以往的研究也发现,当真品和赝品在同样的场所以接近的价格出售时,消费者已经无法单纯依据产品质量来判断产品的真假(Freedman,1999)。研究显示,多数受访者在判断时较少考虑产品本身的特性,并且认为奢侈品已经超越了产品本身,具有很强的社会特征,因此更应该运用社会性线索进行判断。与此同时,我们总结了消费者进行奢侈品(手提包)真实性判断所依据的典型图式范例(表2)。

表2 奢侈品真实性判断依据的典型图式范例

认知图式		解释变量	与奢侈品真品相关的图式范例	与奢侈品赝品相关的图式范例
场所图式		场所中经常出现的社会阶层	豪华宾馆酒店、高级购物场所	低价的购物场所、公交车站、地铁站、菜市场、路边小摊
角色图式	主体"硬性"属性	外形,打扮,衣服、配饰的品质,整体搭配的协调性,包与场合的协调性	细致的化妆,高档、大方、简单、优美、大气	浓妆艳抹、休闲衣着、打扮不入时
		性别	没有明显的性别倾向	以女性居多
		年龄	30岁以上为主	18～30岁为主
		工作内容和地位、社会地位、社会角色	外企白领、领导、教授,有一定的经济基础与社会地位	学生、普通职员,收入不高的工作
	主体"软性"属性	气质类型、品味	高贵、典雅、自信,享受生活、注重外形、注重别人对他们的看法	刻意追求时尚、流行、前卫、个性、时髦
		举止、谈吐	有文化、讲话有礼貌、良好的教育	肤浅、现实
事件图式		旁边人的特征、正在进行的动作与行为	高档商场里购物、在商务会议里交谈	非正式的私人聚会、休闲场合、临时性的场合、特定场合
产品图式		产品的品质、价格等	看起来很有质感、优良的皮质	劣质的材质

3.3 场所线索与角色线索对奢侈品真实性判断的作用机制

3.3.1 理论框架和假设

通过深度访谈,我们系统归纳了消费者在感知奢侈品真实性时所依据的不同图式,但访谈结果有待进一步研究。例如,消费者如何对不同的图式赋予权重,不同线索的作用机制是怎样的。因此,我们用定量方法进行深入探讨。

在访谈中我们得出了和前人研究(Gentry et al.,2006;Freedman,1999)一样的结论,即当赝品仿制水平较高时,消费者难以直接从产品外观判断真假,而是更多依据社会性因素,所以产品图式成了相对次要的线索变量。而且,如果产品仿制水平低劣,很容易被认识该奢侈品牌产品的人看出来,该仿冒品就难以起到奢侈品的炫耀、标志身份等社交功能,对真品消费者的威胁相对很小,因此产品图式不作为本文研究的重点。而事件图式包含了角色的动作、语言、仪态、与周围人物的互动等,是一个动态的复杂过程,研究中较难清晰准确地向被试呈现,而且很难涵盖所有的事件类型。考虑到研究的可行性和代表性,我们重点关注角色图式和场所图式的作用。

许多研究表明,场所是消费者对商品进行价值感知的重要线索(Gentry et al.,2006;Adaval and Monroe,2002)。通过访谈发现,在对奢侈品的真实性进行判断时,场所是最重要的线索之一。消费者一般会依据场所的定位去推测其中人物的相关特征，进而判断奢侈品的真实性。不同的场所因其不同的目标客户、产品或服务特点而各有定位，消费者在场所图式中感知这种定位，并将其与奢侈品真实性判断联系起来。这种联系存在的逻辑是，在某些场所出现某类特定人群的可能性更大一些，而这些人群又有着某种普遍的消费习惯。这样的判断不一定正确，但个体能据此简化判断过程，迅速作出感知，因此作出如下假设：

H1：当使用者携带奢侈品出现在高端场所时（相对于出现在低端场所时），别人对该奢侈品的感知真实性越强。

主体展示的个人风貌也是影响奢侈品真实性判断的重要因素。基于探索性研究发现，我们主要考察角色图式中最重要的四个变量，包括两个“硬性”属性——外形形象美感、奢侈品与场合的协调性，和两个“软性”属性——主体的气质和时尚感。其中，外形形象美感主要指个体对主体外形形象的感知，是对主体外形特征的总体评价（Holbrook，2005）。Holbrook（2005）研究了消费者对事物美感的判断，指出虽然某些消费者会有专业性的判断，但一般消费者则更多地以非专业的眼光进行判断。一般人主要从事物是否具有美感（aesthetic excellence），是否看着舒服愉快（enjoyability）等方面进行考察。奢侈品使用者往往具有一定的经济实力和社会地位，非常在乎自己的社会形象，因此会注重衣着打扮，努力建立一个良好的外形形象。因此作出如下假设：

H2：当奢侈品使用者给别人展示的外形形象美感度比较高时（相对于外形形象美感度比较低时），别人对该奢侈品的感知真实性越强。

与场所的匹配度指的是个体的服装配饰，尤其是所携带的奢侈品与所在场所是否协调与匹配。很多奢侈品使用者会根据不同的场所选择合适的服饰搭配，因为不同的场合下会需要不同的外形格调。因此，在考量奢侈品真实性的时候，个体还会考虑这样的外形装扮与周围的环境是否协调。

H3：奢侈品与场所的匹配度越高，奢侈品使用者对外所展示的外形形象美感度也越高。

访谈结果表明，消费者在对主体进行感知时，气质是他们衡量的最为重要的“软性”属性。气质的涵义有两种：心理学中的气质通常是指人的一种比较稳定的个性心理特征；本文的气质则是指风格、气度，是一个人内在风度的综合体现（郭一红，2003）。良好的气质，是以人的文化素养、文明程度、道德品质为基础的；气质如同文化，不是奢华，是优雅（郭一红，2003）。奢侈品本身是不同于一般商品的特殊商品，体现尊贵的地位、优雅的生活情趣。能够购买奢侈品真品的消费者仅是很特殊的一小部分，其自身应该透露出尊贵气质。因此消费者也会把具备脱俗气质的个体与奢侈品真品联系起来。

H4：奢侈品使用者的气质越好，奢侈品使用者对外所展示的外形形象美感度也越高。

时尚感是消费者在进行奢侈品真实性感知时所考量的另一个重要“软性”属性。大多数的服装类奢侈品牌是时尚的指向标，与时尚密不可分，所以消费者也习惯性地将奢侈品的使用者与时尚感联系起来。精美的服饰、精心的打扮所带来的时尚感都能给人以美感。

H5：奢侈品使用者的时尚感越强，奢侈品使用者对外所展示的外形形象美感度也越高。

有研究显示，人们有“美的就是好的”的刻板印象（“beauty is good” stereotype）（Eagly et al.，1991），认为外表有吸引力的人更有能力、更值得信赖且更招人喜欢（Ahearne et al.，1999；Dion et al.，1972；Jackson et al.，1995）。由此我们认为，在产品本身真假难辨的情况下，人们对产品的判断很大程度上受到对使用者好感的影响，即人们倾向认为外观形象美感较高的人比较有能力或（且）有品德去消费真品奢侈品而非赝品，即心理学中的“光环效应（the halo effect）”。[①] 这也与访谈结果相一致，即人们从使

① 光环效应，又称“晕轮效应”（Kelley，1950），属于心理学范畴，指人们对他人的认知判断首先是根据个人的好恶得出的，然后再从这个判断推论出认知对象的其他品质的现象。

用者与场所的匹配度、气质、时尚感等角度形成一个整体印象，这个印象反映在对主体的“外形形象美感”的感知上，并通过它影响对奢侈品的真实性判断。

H6a：奢侈品的使用与场所的匹配度越高，奢侈品使用者对外所展示的外形形象美感度也越高，别人对该奢侈品的感知真实性也就越强。

H6b：奢侈品使用者的气质越好，对外所展示的外形形象美感度也越高，别人对该奢侈品的感知真实性也就越强。

H6c：奢侈品使用者的时尚感越强，对外所展示的外形形象美感度也越高，别人对该奢侈品的感知真实性也就越强。

综上，我们提出的理论框架如图2所示。其中，场所线索和角色线索都会对奢侈品真实性判断产生显著影响：场所定位感知直接影响奢侈品真实性判断，而时尚感、气质、场所匹配度通过使用者外形形象美感这一中介变量进而影响奢侈品真实性判断。

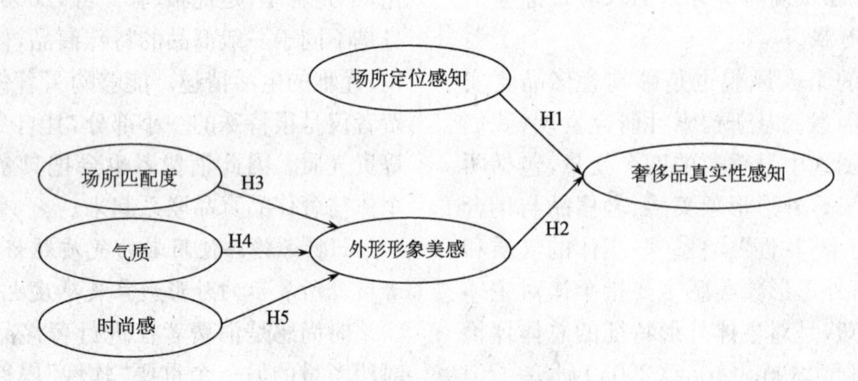

图2 实证研究的理论框架

3.3.2 研究设计与方法

从前期访谈中我们发现，使用者传递出的奢侈信息如何影响他人对其奢侈品真实性的判断，很大程度上取决于是否符合由社会规范决定的角色期望，即刻板印象。刻板印象是从社会习得的，奢侈品真实性的判断取决于使用者与社会规范决定的、大家心目中的奢侈品使用者应该有的形象——“原型”的匹配程度。访谈发现(表2)，人们普遍认为外企女白领是较为典型的奢侈品消费者，而年轻女大学生用的奢侈品更可能是赝品。由此，我们运用实验方法，通过两次小组访谈和两轮前测，形成最后问卷，并设计了2(场所：高端场所/无明显场所定位)×2(角色：白领/学生)共四组虚拟情境，将受访者随机分入不同组别。研究者选择实景拍摄的方式，截取了两个不同身份的人物在现实生活中的真实场景。

参考已有研究和经过数次前测，最终确定的测量量表(表3)，每个变量(见表3)都通过五个问题来进行测量，对每个问题采取七级量表打分(同意程度从1到7，1=完全不同意，7=完全同意)。

表3 研究一实验变量及其测量问题列表

测量变量	测量问题
奢侈品真实性感知(luxthenticity)	我觉得她背的包是一个真的名牌包
	她背的包看起来是一个仿冒品
	我认为她背的包品质很好，是真品
	我相信她拿着的是一个高价奢侈品牌手提包
时尚感(fashion)	她是一个时尚的人
	她应该非常关注最新的流行趋势
	我觉得她喜欢追求新潮的东西
	她对于时尚有敏锐的感觉

续表

测量变量	测量问题
外形形象美感(appearance)	她整体的服装搭配具有美感
	她的穿着让我感觉舒服
	她的衣着配饰有品位
	她的打扮给人感觉不错，能给人留下印象
场合匹配度(match)	在这种场合背这样的包是合适的
	她背的包与所在的场所是协调的
	在她所处的场所不适宜背这样的包
	这位女士懂得根据场合来选择合适的手提包
场所定位感知(place)	这位女士所处的场所看起来是一个高档场所
	到这个场所的人以有钱人居多
	在这个场所容易遇到精英阶层
	我觉得这一场所给人高档的感觉
气质(temperament)	她看起来有气质
	我觉得她气质高贵
	她看起来典雅大方
	她气质脱俗，与众不同

3.3.3 定量研究结果分析

研究人员在北京某综合型大学有偿募集学生受访者，对四组情境问卷进行随机发放，收集了236份问卷，剔除无效问卷11份，最后得到225个有效样本(有效率95.3%)，四组样本量均在50份以上，样本特征见表5。

3.3.3.1 测量量表检验

首先，对消费者感知机制的潜在变量进行探索性因子分析。经过正交旋转后各组测项分组情况良好，符合预期。经检查，各变量的Cronbach's alpha在0.7以上，各构念的测项有较高的内部一致性。

接下来，我们采用Anderson和Gerbing(1988)建议的两步验证性因子分析(confirmatory factor analysis)方法进行多测项测量的效度分析。用结构方程模型(SEM)分析结果显示，整体模型的RMSEA值小于0.08，GFI、AGFI、CFI值均大于0.9，模型整体拟合良好。而且各个测项与对应的潜变量的因子负载都远高于0.4的临界值，并且其t值在$p=0.01$的水平下都是显著的，表示测量具备收敛效度。

表4 实证研究框架的变量及其测量方法

变量	测量项设计
奢侈品真实性感知	参考Grayson和Martinec(2004)在其研究中的测量方法
场所定位感知	主要指消费者对于场所是高端场所还是低端场所的感知，根据探索性研究的结果，通过五个问题项来测量该变量
外形形象美感	参照Holbrook(2005)的量表，测量被试对事物美感的判断
气质	参考郭一红(2003)的研究，根据探索性研究的结果，提取了气质的测量维度，用典雅、高贵、自信、脱俗、有气质等特质进行测量
时尚感(fashion)	根据探索性研究的结果，提取了时尚度的测量维度
场所匹配度	与场所的匹配度包含服装本身的协调性，服装配饰与场所的协调性等，根据探索性研究的结果，通过五个问题项进行测量

表5 实验问卷样本特征

人口学变量		人数/人	比重/%
性别	男	103	45.8
	女	122	54.2
年龄	25岁以下	143	63.6
	25～30岁	72	32
	30～35岁	7	3.1
	35岁以上	3	1.3
月收入	3 000元以下	184	81.8
	3 000～5 000元	14	6.2
	5 000～10 000元	21	9.3
	10 000元以上	6	2.7
学历	大专及以下	1	0.4
	大学本科	76	33.8
	硕士/博士	148	65.8

最后，通过χ^2差异检验来确定测量的判别效度。具体方法是（Anderson and Gerbing，1988），分别固定模型中每一对潜变量之间的相关系数为1，根据这个限制模型得到新的χ^2值。然后计算限制模型和原来的非限制模型之间χ^2值的差异是否具有显著性（差异一个自由度）。在$p=0.05$水平下，卡方差异值均显著高于临界水平3.84，因此模型的各个潜变量之间具有良好的判别效度。

以上检验结果显示该测量量表具备一定的有效性和可靠性。在以下t检验和方差分析检验中，各个变量都取其各测项得分的简单平均值作为变量得分。

3.3.3.2 情境设置有效性检验

对角色操控变量进行t检验显示，公司白领相比学生而言，在外形形象美感方面的得分显著更高（$p=0.004$），表明角色设置符合预期；高端场所的定位感知得分明显高于无明显特征的普通场所的得分（$p<0.001$），支持了场所选择的有效性，建议情境操控成功。

3.3.3.3 场所和角色变量的方差分析

接下来检验角色类型和场所类型对奢侈品真实性判断的作用（图3），方差分析结果显示场所类型对真实性感知的主效用不显著（$p=0.384$）（H1未得到验证），角色类型对奢侈品真实性感知作用显著（$p<0.001$）（验证了H2），但角色类型和场所类型的交互项对奢侈品真实性感知的影响是显著的（$p<0.001$）。这在一定程度上说明，人们并不依赖于奢侈品所在的场所类型来判断奢侈品的真实性，而是结合使用者的外形形象感知，形成对奢侈品真实性的最终感知。也就是说，人们并不认为高档地方出现的奢侈品就是真的，只有该奢侈品被适当的人（使用者展示良好的外形形象）在适当的地方（高档场所）携带，才更可能被认做真品而非赝品。

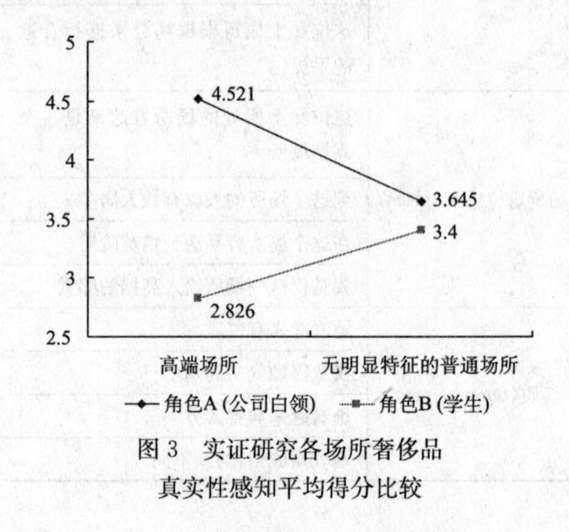

图3 实证研究各场所奢侈品真实性感知平均得分比较

3.3.3.4 基于结构方程模型的理论框架检验

接下来在前面实验结果分析的基础上，探讨奢侈品真实性感知过程中各变量的作用机制——不同变量之间的关系及它们对最终真实性判断贡献的差异。我们基于访谈结果设计了两个对比模型，并用结构方程模型的方法进行检验。在竞争模型中，奢侈品真实性感知、场所定位感知、外形形象美感、时尚感、气质、场合匹配度六个变量都直接影响奢侈品真实性感知。而检验模型中，时尚感、气质、场合匹配度这三个自变量，则通过外形形象美感的中介作用，间接影响奢侈品真实性感知。结果显示，从模型拟合指标来看，这两个模型都是可以接受的；但竞争模型中各个自变量对因变量的作用几乎都不显著，这在理论上是较难解释的；相比之下，检验模型中变量之间的关系更符合理论基础，结果如图4

所示。结果建议选择本文提出的检验模型(验证了 H6)。

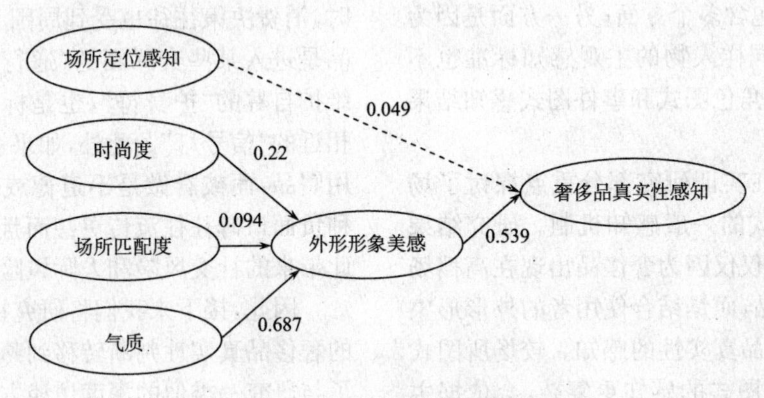

图 4 实证研究的理论模型

上述模型的拟合度指数 $\chi^2/df=2.312$,CFI=0.933;RMSEA=0.077,小于 0.08,在可接受的范围内,自变量与因变量之间的相关性检验显示,在置信度 Alpha=0.05 的条件下,时尚度、气质及场所匹配度都与外形形象美感存在显著的相关关系,同时外形形象美感与真实性判断之间也存在显著的相关关系。具体假设检验结果见表 6。

表 6 结构方程模型的标准化回归权重列表

路径	Estimate	S.E.	C.R.	p	拟验证假设	假设验证与否
场所定位感知 → 奢侈品真实性感知	0.049	0.056	0.741	0.459	H_1	否
外形形象美感 → 奢侈品真实性感知	0.539	0.078	7.479	***	H_2	是
场所匹配度 → 外形形象美感	0.094	0.049	2.082	0.037*	H_3	是
气质 → 外形形象美感	0.687	0.074	10.182	***	H_4	是
时尚感 → 外形形象美感	0.221	0.046	4.083	***	H_5	是

*** 代表显著性检定 $p<0.001$,* 代表显著性检定 $p<0.1$。

此外,表 7 列出了各自变量对因变量的总效用,可以看出,场所感知对真实性感知的总效用很小,消费者对真实性的感知主要是依据被感知主体的外形形象来判断的。在外形形象的三个影响因素中,气质对于真实性感知的贡献是最大的,其次是时尚感,而场所匹配度的作用相对很小。

表 7 结构方程模型的标准化总效用列表

因变量 \ 自变量	气质	场所匹配度	时尚感	场所定位感知	外形形象美感	奢侈品真实性感知
外形形象美感	0.687	0.094	0.221	<0.001	<0.001	<0.001
奢侈品真实性感知	0.370	0.051	0.119	0.049	0.539	<0.001

3.3.3.5 主要结论小结

个体对奢侈品真实性的感知是一个非常复杂的过程,个体会依据多个线索激发不同的认知图式,由此形成外在线索与奢侈品真实性之间的联系,最终形成对奢侈品的整体感知。

在对他人使用奢侈品真实性的判别中,场所、角色、事件及产品等图式都可能起作用,但不同图式的作用并不平衡。当产品本身真假难辨时,一般个体更多依据使用者的外形形象,并结合场所等社会性线索来作出判断。多数消费者对场景图式,即某些特定场所的感知趋同,但对于角色图式和事件图式的感知机制存在明显分化。这一方面是因为角色图式和事件图式的感知过程更为复杂,比如对角色图式的感知包含对场景人物"硬性"属性和"软性"属性的感知，对每个属性的感知又包含多个方面；另一方面是因为不同消费者对于同样人物的主观感知标准也不尽相同，这决定了角色图式和事件图式感知结果的分化。

接下来我们在实证研究部分重点探讨了场所图式和角色图式的一般感知机制。研究结果显示，人们并不会仅仅因为奢侈品出现在高档场所就认定其为真品，而是结合使用者的外形形象感知，形成对奢侈品真实性的感知。较场所图式而言，个体对角色图式的感知更复杂，会依据主体的气质、时尚度、产品与场所的匹配度等因素形成对外形形象的整体评估，进而判断奢侈品的真实性。总体来说，在角色图式中，对气质的评估对于最终的真实性感知起重要作用。

4 研究二 对熟人使用的奢侈品的真实性感知机制

上述研究表明，在信息不完全时消费者倾向于依据已有信息作合理推断。而且，认知对象的角色是影响社会知觉的一个关键因素。由于某类特定人群通常具有其稳定的行为习惯，若能通过角色的特点来分析其归属哪类社会人群，就能根据这类人群所具有的消费习惯来推断商品的真实性。

但在研究一中，判断者的评判对象是陌生人，判断依据和感知过程具有较大的不确定性。例如，陌生人的角色线索是模糊的，所以判断者只能从气质、时尚感等外在形象，结合所在场所，通过对比脑海中的奢侈品使用者的角色原型，从与原型的匹配程度猜测其奢侈品的真伪。但判断对象是熟人时，对方的工作、职位、社会背景等角色信息更加丰富，将不再需要对这些信息进行猜测，更深层的角色信息也会参与判断过程。

而且，交际圈内的社交需要和示范效应让奢侈品在熟人圈中的真实性研究显得尤为重要。社会认同感和群体归属感是人的普遍需要，群体学习效应普遍存在，致使人们会受到身边同伴的压力。当奢侈消费作为一种社会性的交互体验时，消费决策往往也受到周围人群的影响。奢侈品是进入某些交际圈的"通行证"，是彰显地位、维护自尊的"护身符"，也是标榜志趣相投、品味相近的"信号灯"。此外，如果被熟人认为自己在用赝品，而被看做是不道德或贪慕虚荣的人，这种负面口碑往往流传更甚而且具有长期效应，由此带来的社交风险和人际风险无疑更高。

因此，接下来我们将研究视角从陌生人之间的奢侈品真实性判断转移到熟人圈之中，并采取了与研究一类似的深度访谈方法。

4.1 研究设计与方法

4.1.1 研究方法

我们选择了与研究一相同的某知名顶级品牌的手提包作为研究对象。在北京某综合性大学，选取几位在日常生活中使用该品牌手提包（真品或赝品）、年龄在20～40岁的女性，作为研究场景的主角（即佩戴奢侈品/赝品的角色，奢侈信息发出方）并拍摄照片。然后访谈该主角身边认识她的人（奢侈信息接收方），考查熟人之间的奢侈品真实性判别依据。共访问受访者55人次，样本特征参见表8，其中，26.67%的受访者曾经购买并使用过奢侈品真品，16.67%的受访者有过奢侈品赝品的购买及使用经历。

表8 研究二访谈对象样本特征

人口统计变量		人数	比重/%
性别	男	13	43.3
	女	17	56.7
学历	本科	4	13.3
	MBA、硕士及以上	26	86.7
年龄	20～24岁	7	23.3
	25～29岁	21	70.0
	30～40岁	2	6.7

4.1.2 研究过程

每名受访者的访谈时间约30分钟。访谈分四部分。第一部分是半结构化的判别测验，要求受访者对来自真实场景的照片中的"奢侈品"（有真有假)分辨真伪,然后说明其判断的过程和所依据的线索,并给双方的熟悉程度打分(0～10分,从完全不认识到非常熟悉)。第二部分,为更进一步挖掘其他的认知依据,并对照检验受访者对已作判断的确定程度,我们询问受访者对可能出现的、与现有场景判别结果相反的情景的看法。例如,如果受访者判断该场景下主角用的是真品包,就请其想象什么场景下该主角会用仿冒品。第三部分是开放性问题,请被访者尽量详细地描述一个假想的情境,什么样的人在什么情况下会用奢侈品的赝品。第四部分是关于被访者的奢侈品/赝品相关经历和个人情况。

4.2 判别测验结果分析

研究二旨在获得消费者对熟人使用的奢侈品真实性判断时所依据的认知图式和认知过程。我们发现,人们对熟人的判断与对陌生人的类似,同样包括场景、角色、事件及产品四类图式。而且,消费者对于熟人的角色图式和事件图式的感知机制也存在明显分化。

除了印证研究一的发现,从研究二的访谈中我们得到了更丰富的信息,具体如下。

第一,熟悉度(familiarity)的调节作用。

熟悉程度不同的熟人判断奢侈品的真实性时,所依据的线索类型和判断准确程度会有所不同。以某场景为例,该主角所挎的奢侈品牌手提包是真品。参与评价的18位熟人中有13人(占72%)认为该主角所使用的包是真品,有五人则认为是仿冒品。较熟悉场景主角的人(即熟悉程度打分在六分及以上,满分为10分)全部判断准确,且较难想象主角带仿冒包的情景,对假想情景所作判断的确定性也很低,这说明熟悉她的人确定她的偏好,对自己的判断也很有信心。而与她不是很熟悉的人所作判断的正确率则大为降低,接近简单随机概率,约50%。

进一步分析后发现,受访者们提出的判断依据主要分为两类:①个人内在属性,即比较私人的信息,比如主角的个性、生活方式、人品、家庭条件等因素,这些都是需要对场景主角有一定深入的了解才可能获取的内在信息;②社会外在属性,即比较大众化的信息,如穿着打扮、气质、职业、环境场合、产品外观、交际圈里其他人等因素,这些则是一般人际交往中较容易得到的、公开的或表面的信息。

本文从判断依据的第一类因素,综合其他提及因素,来衡量和划分受访者作判断时主要是依据个人内在属性还是社会外在属性。对依据不同判断因素类型的受访者数量进行统计,结果如表9所示。

表9 举例场景的判断因素类型分析

判断因素类型	熟悉程度/人数			判断准确率/%
	小于或等于4分	5～6	7分及以上	
个人内在属性	0	2	5	100
社会外在属性	7	4	0	45.5

由此可见,和场景主角比较熟悉的人,会更多从个人内在属性进行判断;而对场景主角了解不深的人,则更多依赖社会外在属性。且随着熟悉程度的提高,判断依据更多由外在因素转向内在因素,判断的准确率也随之提升。对其他场景的分析也得出了类似的结论。

第二,奢侈品真实性认知图式及其权重的不平衡性。

在对奢侈品真实性进行判断时,不同图式在消费者的感知中所起的作用并不平衡。

某些信息会更有分量,其中强烈的身份信息在判断依据上起主导作用。例如,访谈中有两个场景主角身份信息强烈:分别是学生和部门主管。该学生虽然用的是真品,可受访者认为"作为学生目前没可能买真的包",都认为是假的,而且对此判断十分肯定。而这位部门主管即便使用赝品,也没人怀疑,因为受访者十分肯定"领导不可能买假包",也想象不出主角有主动用假包的可能。在熟人圈,身份是一个非常强的主导因素。有的人社会地位高,了解这点的熟人倾向于直接认定其使用的奢侈品是真品;而对于那些显然暂时没有足够奢侈品消费实力的人,如学生,知道情况的人容易直接就此判断其很可能用赝品。

奢侈品本身价格昂贵、一般人无法支付的特点，决定了相比提供消费意愿的信息而言，能提供有奢侈品消费能力的合理化信息。例如身份信息，是影响奢侈品真实性判断的关键因素。而多数人的身份往往处于并不极端的居中状态，或者真正的角色信息缺失（例如不熟识的人不知道），又或者当事人有意隐藏（例如有的人不露富），别人才会转而借助于其他相对次要的信息进行判断。

这时候，线索的指向一致性就决定了判断的难度。线索的指向一致性，指的是根据不同线索、依据得出的结论是否一致，或者说，可能带来的不同结论的冲突程度。例如，拥有高学历和良好外形形象暗示包是真的，但年纪轻和工作收入不高却暗示包可能是假的，这些冲突性的证据在同一主体身上可能并存。例如，有位场景的主角是美籍华人，日常穿戴朴素，由于判断线索的指向一致性冲突明显，即便是认识她的人，要作判断难度也很大，真品判断率接近完全随机概率，即50%。

总之，当使用者的身份比较极端，符合人们心目中合理或不合理的使用人群的印象，周围的熟人会直接拿身份信息作判断。而在大多数情况下，身份信息不足够强烈，人们会转而寻找其他因素进行判断，这时候这些因素有可能带来相对一致的结论，也可能会存在冲突，线索的指向一致性的强度就决定了判断的难度（表10）。

表10 身份的主导作用及判断依据指向一致性的判断错误率比较

身份	极端身份		中间身份				
场景	主角7	主角8	判断依据指向一致性较高			判断依据指向一致性较低	
			主角1	主角2	主角3	主角4	主角5
判断错误率/%	100	0	18.0	12.5	28.6	50	50

第三，判别因素相互影响作用。

我们也发现，判别因素不是孤立存在的，会相互影响。例如，角色图示中的外形形象、生活方式等个人印象，会影响别人对其消费能力的判断，进而去寻找归因。又如，有受访者推测主角“她看起来像是有一个很有钱的男友，所以男友会给她买包”、“家里应该很有钱”之类的其不了解、不确定的原因。每位使用者都具有多重属性，当线索的指向一致性差导致判断上的不确定，这时判断者对场景主角行为的归因，即是否能对该行为作出合理化解释，就决定了最终的判断结果。

第四，场景图示的作用。

我们还发现，场景图示的作用在陌生人和熟人的判断上有一定差异。对陌生人的判断，低档场所的负面暗示作用较强；而在熟人圈，高端场所的正面暗示作用较强，低档场所的负面暗示作用不突出。

5 研究结论与意义

5.1 研究结论

前人研究指出，当消费者开始注重其所处于或者希望加入的社会参照群体圈子的期望和偏好，并据此进行选择并消费商品时，其消费行为就受到了来自所属参照群体的社会文化准则和其所属社会群体成员（如家人、朋友、同事等）的期望的影响（Engel et al.，1993）。通过以奢侈品手提包（或赝品）的消费者为例的研究，我们发现，多数消费者希望并相信使用奢侈品（或赝品）可以让自己在社交场合更加自信和有魅力，“以包提升人”，展示自己的品味、实力和地位，让别人“以包识人”；而在判断他人用的奢侈品真假的访谈中，却发现只要产品本身仿制工艺不太差，人们往往是“以人识包”。如此可见，消费者的动机和初衷并不能简单靠携带奢侈品（或赝品）实现。只有在恰当的社交场合恰当地运用奢侈品，消费者才可能达到预期的效果。

本文探讨了人们在判断他人使用的奢侈品的真实性时所依据的感知线索，建立了奢侈品真实性判断的感知机制。研究发现：①个体对奢侈品真实性的感知是一个非常复杂的过程，认知图式从中起到重要作用。个人、角色、场所、事件和产品等使用者传递出的信息，都影响对使用者是否会用真品的判断。②不同类型的奢侈信息之间会互相影响，可能带来自相矛盾的判断，这时候线索的指向一致性的强度决定了判断的难度，而判断者对场景主角行为的归因则决定了最终的判断。③在不同熟悉度的判断者面前，需要展示的奢侈信息类型不同。对越陌生的人，越要依赖社会外在属性进行判断，这时候气质、外形形象美感作用显著；而对于熟人，只要使用者不是某些特殊身份的人，其生活方式、个性、人品等个人内在属性是判断的主要依据。

5.2 研究意义

奢侈品作为一种身份地位的社会符号，可以满足消费者向周围的人显示自己的财富与地位、品位的心理需求，仿冒品的大量充斥让周围的人在判断该产品的真实性方面产生困难。一方面，对奢侈品真品使用者而言，其权益和利益则无疑受到了侵害；另一方面，对奢侈品厂商而言，如果消费者认为周围的人对奢侈品真假难辨，没必要购买真品而转向购买赝品，或者减少真品的购买量，这对奢侈品厂商来说无疑是巨大的损失。奢侈品的泛滥也给政府带来了管理上的困难、税收的损失，降低了政府公信力。由此可见，消费者如何判断奢侈品的真实性，对奢侈品购买者、奢侈品生产厂商及整个社会都是重要的议题。

本文从社会认知角度，探讨社会个体如何感知奢侈品真实性的机制，填补了前人研究更多关注奢侈品/赝品使用人，而忽略对奢侈信息接收人和判断者角度进行研究的理论空白。奢侈品消费动机能在多大程度上得以实现，首先取决于他人如何判断和解读产品传递的信号。如果被别人认为在用仿冒品，奢侈品或赝品使用者的从众、个性或炫耀等社会需求动机（Leibenstein，1950）、彰显财富和地位的社会价值（Bearden and Etzel，1982；Grubb and Grathwohl，1967；Wee et al.，1995）都难以实现。产品的真实性判断也影响了奢侈品社会影响的方向和程度。因此，本文丰富了奢侈品消费的社会动机及社会影响理论，对赝品充斥如何影响奢侈品消费的研究领域也有一定的贡献。

在实践上，我们从两个角度提出建议。

第一，消费者角度。

面对奢侈品消费，消费者应该建立良好的消费习惯，这包括以下三个方面。

（1）在自身经济条件允许的情况下消费奢侈品。从社会导向的消费动机来说，消费奢侈品确实能满足个体炫耀、独特性等心理需求。但是自身的品味和社会地位并不是一两件奢侈品所能决定的，应该量力而行、不过分追求。对消费者来说，奢侈品消费在与自身社会地位一致的情况下，其效用是最大的。同时，社会应该倡导正确的价值观，人生实现自我的手段多种多样，并不一定要依靠拥有奢侈品来展现。

（2）正确合理地使用奢侈品，尽量获得品牌的最佳效用。从奢侈品的社会导向功能而言，由于熟人和陌生人对奢侈信息的解码依据存在差异，消费者需要随着周围判断者的熟悉度的变化作出调整。例如，一个富有的私企老板，知道他身份的熟人知道他买得起奢侈品，更会以为他所使用的奢侈品是真品；但他如果在陌生人面前，服饰搭配不妥、举止仪态不当，或者使用奢侈品的场所不恰当，使得整体外形形象美感欠佳，会容易让别人认为他用赝品。在陌生人场合，使用者本身传递出的奢华信息，主要是外表整体形象和气质——即人们常说的“贵气”（有富贵气质），才是决定他人奢侈品真实性判断的关键所在。可见了解别人如何判断自己所用奢侈品的真实性是有必要的，只有这样消费者才知道应该怎样做才能让别人更好地评价自己，不至于买了真品却被人怀疑是用仿冒品，维护了自己的合法权益。

（3）遵守社会道德规范和法律要求，不主动购买仿冒品，做一个有责任感的社会公民。虽然短期内消费者能通过购买仿冒品，较为廉价地享受到类似奢侈品的产品，看似占了便宜，其实并不尽然。对大多数使用赝品的人而言，由于其往往受经济条件、生活方式等带来的各种限制，在使用场所和外形形象美感等方面难以传递足够的奢侈信息，较难简单地靠携带奢侈品赝品来提升自己，甚至可能买了真的也被人看成是假的。在知道自己底细的熟人圈中，使用赝品的人则可能不但无法满足其炫耀的社交需求，反倒面临较大的社交风险。所以长期来看，购买仿冒品也会损害到消费者自身的利益。

第二，奢侈品厂商角度。

杜绝仿冒品一直是奢侈品厂商追求的目标。本文认为，对于仿冒品的打击应该有“堵”有“疏”。所谓“堵”就是对市场上的仿冒品进行打击，而且应该集中精力打击那些高仿产品，防止它们鱼目混珠，损害真品消费者的利益，破坏原品牌的形象。

所谓“疏”是指引导消费者，加强奢侈品消费教育，让更多人了解奢侈品的真实性感知机制，建立正确的消费观念和消费习惯。中国富裕阶层成长起来的时间不长，其奢侈品消费观念还不够成熟。不恰当的消费行为不仅损害了消费者自身的利益，从长期来看也不利于品牌的健康发展。倘若品牌因逐渐被某些消费者不恰当的使用而导致低俗化，那么仿冒品的出现就更加难以遏制，而完整的产品服务组合则能有效地避免品牌往低俗化发展。例如，商家不应仅仅出售奢侈品，也要主动帮顾客了解使用方法，让顾客知道别人怎么看待自己，怎样做才像是一个奢侈品真品的使用者。一方面可以提高产品附加值，在一定程度上减少顾客被误认做赝品使用者的担忧和尴尬，提升其消费体验，有利于维持客户；另一方面有利于保障产品在各种“交际圈”中起到良好的“勋章”、“符号”作用，从而吸引更多的优质客户，利于品牌建立良好的社会认知。奢侈品商家还应向社会普及产品使用知识，如与相关机构或政府合作，加强媒体宣传，向消费者展示使用仿冒品的认识误区和潜在风险。

总之，加深对奢侈品真实性感知机制的认识，对引导消费者正确的奢侈品消费理念、帮助奢侈品厂商提升客户关系管理和品牌管理水平、规范奢侈品市场健康发展，有一定的实践意义。

6 局限性与未来的研究方向

本文系统探讨了消费者对奢侈品真实性的感知机制，但仍存在问题有待探讨。

第一，奢侈品品类的选择。

奢侈品包含很多产品品类，本研究选择了对于一般大众来说都非常熟悉并且会经常使用的手提包作为研究对象。这与其他品类的奢侈品的真实性感知机制具有一定的共性，但也可能存在区别。未来可以研究更多种类的奢侈品，从而发现消费者对不同类型奢侈品的真实性感知机制的更多共性和特性。

第二，一些重要变量的测量。

文中涉及的部分重要变量，如气质、时尚度、场所定位感知等都没有广泛接受的成熟量表可以使用。本研究使用的量表是基于深度访谈编制的，虽然表现出较好的信度与效度，但希望未来研究探索出更加成熟的测量量表，包括所提出的“奢侈品真实性”、“贵气”等概念的验证及其运作机制，都是未来研究中需要进一步探讨的。

第三，市场环境及国别对判别机制的影响。

消费者对奢侈品真实性的感知很大程度上会受到整体市场环境的影响。访谈中，许多中国消费者认为购买奢侈品牌服饰的人年龄偏大、具有较高经济实力（比如30岁以上的公司白领），因此如果一个年轻的女士拿着一个奢侈品牌手提包时，它的真实性容易被怀疑；而在日本、韩国等一些国家，年轻的女孩已是公认的奢侈品牌服饰的重要消费群体，在这些国家消费者不会仅仅因为其太年轻而怀疑其奢侈品服饰的真实性。由此可见，消费者对于奢侈品真实性的判别机制也会因为某一国家或某一市场的整体环境而有所区别。

第四，对图式的进一步研究。

对奢侈品真实性的感知是一个非常复杂的

过程，本文虽然归纳了消费者在这一过程中可能依据的几类不同图式，但仍然需要对这些图式进一步阐释和分析。另外，研究一的定量研究仅限于对场所图式和角色图式的感知机制，而研究二也只作了定性研究。对于其他更为复杂图式的研究，包括验证熟悉度的调节作用等，也是未来应该考虑的方向。未来还可以在研究方法上采用更加贴近实际的实验方法，并加大调研范围和数据样本量。

参考文献

[1] 安永会计师事务所. 2005. 中国：新的奢华风潮[R/OL]. http://finance. sina. com. cn/luxury/luxthings/20050930/11092012790. shtml[2011-06-04].

[2] 贝恩公司. 2010. 2010 中国奢侈品市场调研报告[R/OL]. http://www. bain. com. cn/news. php?act=show&id=328[2011-06-04].

[3] 陈俊，李峥蕊. 2009. 新奢侈品的细分市场及消费者行为研究[J]. 上海管理科学，31(5)：66-71.

[4] 代祺，周庭锐，胡培. 2007. 消费者基本社会需要的冲突与权衡[J]. 营销科学学报，3(2)：43-55.

[5] 邓晓辉，戴俐秋. 2005. 炫耀性消费理论及其最新进展[J]. 外国经济与管理，27(4)：2-9.

[6] 郭姵君. 2007. 奢侈品理论的整合性框架研究[J]. 商业时代，5：4-6.

[7] 郭一红. 2003. 关于大学生气质变化的思考[J]. 零陵学院学报，24(4)：163-165.

[8] 乐国安. 2004. 图式理论对社会心理学研究的影响[J]. 江西师范大学学报(哲学社会科学版)，37(1)：19-25.

[9] 刘刚，拱晓波. 2007. 我国消费者奢侈品认知价值的分析框架初探[J]. 理论界，8：123,124.

[10] 麦肯锡公司. 2011. 崛起的中国奢侈品市场[R/OL]. http://www. mckinsey. com/locations/chinasimplified/[2011-04-29].

[11] 彭传新. 2009. 奢侈品牌文化研究[J]. 中国软科学，2：69-77.

[12] 世界奢侈品协会(WLA). 2009. 2009 年行业报告[EB/OL]. http://lux. hexun. com/2009-12-03/121900531. html[2002-04-15].

[13] 许悦. 2009. 解析中国为代表的东方新奢侈品市场的发展原因及效用[J]. 金融经济，1：22,23.

[14] 杨丽. 2010. 中产阶级社会奢侈品消费升华的供需关系[J]. 商业经济研究，16：27,28.

[15] 杨晓燕. 2004. 女性社会阶层认同对化妆品销售终端的影响[J]. 商业时代，15：34,35.

[16] 张凯，张美红. 2007. 认知图式：社会认知的偏差与重构[J]. 新西部(下半月)，4：208,209.

[17] 朱晓辉. 2006. 中国消费者奢侈品消费动机的实证研究[J]. 商业经济与管理，7：42-48.

[18] Adaval R, Monroe K B. 2002. Automatic construction and use of contextual information for product and price evaluations[J]. Journal of Consumer Research, 28(4): 572-588.

[19] Ahearne M, Gruen T W, Jarvis C B. 1999. If looks could sell: moderation and mediation of the attractiveness effect on salesperson performance[J]. International Journal of Research in Marketing, 16(4): 269-284.

[20] Ajzen I. 1991. The theory of planned behavior[J]. Organizational Behavior and Human Decision Processes, 50(2): 179-211.

[21] Albers-Miller N D. 1999. Consumer misbehavior: why people buy illicit goods[J]. Journal of Consumer Marketing, 16(3): 273-287.

[22] Anderson J R. 1980. Cognitive Psychology and Its Implications[M]. San Francisco: Freeman.

[23] Anderson J C, Gerbing D W. 1988. Structural equation modeling in practice: a review and recommended two-step approach[J]. Psychological Bulletin, 103 (3): 411-423.

[24] Bearden W O, Etzel M J. 1982. Reference group influence on product and brand purchase decisions[J]. Journal of Consumer Research, 9 (1): 183-194.

[25] Bearden W O, Netemeyer R G, Teel J E. 1989. Measurement of consumer susceptibility to interpersonal influence[J]. Journal of Consumer Research, 15(4): 473-481.

[26] Belk R W. 1988. Possessions & the extended self[J]. Journal of Consumer Research, 15 (2): 139-168.

[27] Belk R W, Bahn K D, Mayer R N. 1982. Developmental recognition of consumption symbolism[J]. Journal of Consumer Research, 9(1): 4-17.

[28] Belk R W, Costa J A. 1998. The mountain man

myth: a contemporary consuming fantasy[J]. Journal of Consumer Research, 25(3): 218-240.

[29] Beverland M B, Adam L V, Michiel W. 2008. Projecting authenticity through advertising[J]. Journal of Advertising, 37(1): 5-15.

[30] Bloch P H, Bush R F, Campbell L. 1993. Consumer "accomplices" in product counterfeiting: a demand-side investigation[J]. Journal of Consumer Marketing, 10 (4): 27-36.

[31] Bruner E M. 1994. Abraham lincoln as authentic reproduction: a critique of postmodernism[J]. American Anthropologist, 96(2): 397-415.

[32] Burroughs W J, Drews D R, Hallman W K. 1991. Predicting personality from personal possessions: a self-presentational analysis[J]. Journal of Social Behavior and Personality, 6(6): 147-163.

[33] Business Action to Stop Counterfeiting and Piracy. 2010. About BASCAP. International Chamber of Commerce[EB/OL]. http://www.iccwbo.org/bascap/id883/index.html[2010-04-28].

[34] Campbell D T. 1967. Stereotypes in the perception of group differences[J]. American Psychology, 22(10): 817-829.

[35] Chaudhry P, Cordell V, Zimmerman A. 2005. Modelling anti-counterfeiting strategies in response to protecting intellectual property rights in a global environment[J]. Marketing Review, 5(1): 59-72.

[36] Commuris. 2009. The impact of counterfeiting on genuine-item consumers' brand relationships[J]. Journal of Marketing, 73(3): 86-98.

[37] Cordell V V, Wongtada N, Kieschnick R L. 1996. Counterfeit purchase intentions: role of lawfulness attitudes and product traits as determinants[J]. Journal of Business Research, 35(1): 41-53.

[38] Costa J A, Bamossy G J. 1995. Marketing in a Multicultural World: Ethnicity, Nationalism, and Cultural Identity[M]. SAGE Publications: 341.

[39] Danziger P N. 2005. Let Them Eat Cake: Marketing Luxury to the Masses-as Well as the Classes[M]. New York: Dearborn Trading.

[40] Delyser D. 1999. Authenticity on the ground: engaging the past in a california ghost town[J]. Annals of the Association of American Geographers, 89(4): 602-632.

[41] Dion K, Berscheid E, Walster E. 1972. What is beautiful is good[J]. Journal of Personality and Social Psychology, 24 (3): 285-290.

[42] Dubois B, Laurent G. 1995. Luxury possessions and practices: an empirical scale[J]. European Advances in Consumer Research, 2: 69-77.

[43] Eagly A H, Ashmore R D, Makhijani M G, et al. 1991. What is beautiful is good, but…: a meta-analytic review of research on the physical attractiveness stereotype[J]. Psychological Bulletin, 110 (1): 109-128.

[44] Eagly A, Steffen V J. 1984. Gender stereotypes stem from distribution of women and men into social roles[J]. Journal of Personality and Social Psychology, 46(4): 735-754.

[45] Eisend M, Schuchert-Güler P. 2006. Explaining counterfeit purchases: a review and preview[J]. Academy of Marketing Science Review, 10 (12): 1-25.

[46] Engel J E, Blackwell R D, Miniard P W. 1993. Consumer Behavior[M]. 7th ed. Chicago Dryden Press.

[47] Escalas J E, Bettman J R. 2003. You are what you eat: the influence of reference groups on consumers' connections to brands[J]. Journal of Consumer Psychology, 13 (3): 339-348.

[48] Escalas J E, Bettman J R. 2005. Self-construal, reference groups, and brand meaning[J]. Journal of Consumer Research, 32(3): 378-389.

[49] Freedman D H. 1999. Faker's Paradise[J]. Forbes, 5: 49-54.

[50] Gallant M J, Kleinman S. 1983. Symbolic Interactionism vs. Ethnomethodology[J]. Symbolic Interaction, 6(1): 1-18.

[51] Gentry J W, Putrevu S, Shultz II C J. 2006. The effects of counterfeiting on consumer search[J]. Journal of Consumer Behavior, 5(3): 245-256.

[52] Glaser B G, Strauss L A. 1999. The Discovery of Grounded Theory: Strategies for Qualitative Research[M]. New York: Alpine de Gruyter.

[53] Grayson K, Martinec R. 2004. Consumer perceptions of iconicity and indexicality and their influence on assessments of authentic market offerings[J]. Journal of Consumer Research, 31(2): 296-312.

[54] Grossman G M, Shapiro C. 1988. Foreign counterfeiting of status goods[J]. Quarterly Journal of Economics, 103(1): 79-100.

[55] Grubb E L, Grathwohl H L. 1967. Consumer self-concept, symbolism and market behavior: a theoretical approach[J]. Journal of Marketing, 31(4): 22-27.

[56] Han Y J, Nunes J C, Drèze X. 2010. Signaling status with luxury goods: the role of brand prominence[J]. Journal of Marketing, 74(4): 15-30.

[57] Holbrook M B. 2005. The role of ordinary evaluations in the market for popular culture: do consumers have "good taste"[J]. Marketing Letters, Boston, 16(2):75-86.

[58] Huang J H, Lee B C Y, Ho S H. 2004. Consumer attitude toward gray market goods[J]. International Marketing Review, 21(6): 598-614.

[59] Huntington J. 1988. Philip K. Dick: authenticity and insincerity (Philip K. Dick: l'authentique et l'insincérité)[J]. Science Fiction Studies, 15(2): 152-160.

[60] Jackson L A, Hunter J E, Hodge C N. 1995. Physical attractiveness and intellectual competence: a meta-analytic review[J]. Social Psychology Quarterly, 58 (2): 108-122.

[61] Kelley H H. 1950. The Warm-cold variable in first impressions of persons[J]. Journal of Personality, June, 18(4): 431-439.

[62] Leibenstein H. 1950. Bandwagon, snob, and veblen. effects in the theory of consumers' demand[J]. The Quarterly Journal of Economics, 64 (2): 183-207.

[63] Levy S. 1959. Symbols for sale[J]. Harvard Business Review, 37: 117-124.

[64] Mano H, Oliver R L. 1993. Assessing the dimensionality and structure of the consumption experience: evaluation, feeling, and satisfaction [J]. Journal of Consumer Research, 20(3): 451-466.

[65] Mason U E. 1984. The Organization as a reflection of its top managers[J]. The Academy of Management Review, 12(8): 171-214.

[66] Matos C A D, Ituassu C T, Rossi C A V. 2007. Consumer attitudes toward counterfeits: a review and extension[J]. Journal of Consumer Marketing, 24(1): 36-47.

[67] Muniz A M, O'Guinn T C. 2001. Brand community [J]. Journal of Consumer Research, 27: 412-432.

[68] Peirce C S. 1998. Collected Papers of Charles Sanders Peirce[M]. Bristol: Thoemmes.

[69] Penaloza L. 2001. Consuming the american west: animating cultural meaning and memory at a stock show and rodeo[J]. The Journal of Consumer Research, 28(3): 369-398.

[70] Richins M L. 1994a. Special possessions and the expression of material values[J]. The Journal of Consumer Research, 21(3): 522-533.

[71] Richins M L. 1994b. Valuing things: the public and private meanings of possessions[J]. Journal of Consumer Research, 21(3):504-521.

[72] Solomon M R. 1983. The role of products as social stimuli: a symbolic interactionism perspective[J]. Journal of Consumer Research, 10(3): 319-329.

[73] Tsai S. 2005. Impact of personal orientation on luxury-brand purchase value an international investigation[J]. International Journal of Market Research, 47(4): 429-454.

[74] Veblen T. 1899. Mr. cummings's strictures on "the theory of the leisure class"[J]. The Journal of Political Economy, 8(1): 106-117.

[75] Vickers J S, Renand F. 2003. The marketing of luxury goods: an exploratory study three conceptual dimensions[J]. The Marketing Review, 3(4): 459-478.

[76] Vigneron F, Johnson L W. 1999. A review and a conceptual framework of prestige-seeking consumer behavior[J]. Academy of Marketing Science Review, 99(1): 1-15.

[77] Wee C-H, Tan S-J, Cheok K-H. 1995. Non-price determinants of intention to purchase counterfeit goods: an exploratory study[J]. International Marketing Review, 12(6): 19-46.

[78] White K, Dahl D W. 2006. To Be or not Be? The influence of dissociative reference groups on consumer preferences[J]. Journal of Consumer Psychology, 16 (4): 404-413.

[79] White K, Dahl D W. 2007. Are all out-groups created equal? Consumer identity and dissociative in-

fluence[J]. Journal of Consumer Research, 34 (4): 525-536.

[80] Whittler T E, Spira J S. 2002. Model's race: a peripheral cue in advertising messages [J]. Journal of Consumer Psychology, 12 (4): 291-301.

[81] Wilcox K, Kim H M, Sen S. 2009. Why do consumers buy counterfeit luxury brands [J]. Journal of Marketing Research, 46(2): 247-259.

[82] Wong N Y, Ahuvia A C. 1998. Personal taste and family face: luxury consumption in confucian and western societies[J]. Psychology & Marketing, 15 (5): 423-441.

[83] Zaichkowsky J L. 2006. The Psychology behind Trademark Infringement and Counterfeiting[M]. Mahwah, NJ: Lawrence Erlbaum Associates.

[84] Zaltman G, LeMasters K, Heffring M. 1982. Theory Construction in Marketing: Some Thoughts on Thinking[M]. New York: Wiley.

The Perception of the Authenticity of Other Consumers' Usage of Luxury Goods

Wei Xia, Tu Rongting, Jiang Minghua, Li Fei
(Guanghua School of Management, Peking University)

Abstract In a social setting, luxury goods can sometimes signal the user's desired "status". Previous studies mostly focus on the behavior and psychology of consumers' luxury consumptions. However, in a market where both authentic and counterfeit luxury goods co—exist, how the consumers determine and perceive the authenticity of the luxury items can potentially be an important issue, not only for the consumers themselves, but also for the firms, as well as the whole society. This article aims to explore how the usage of subjects' luxury goods is interpreted by other consumers. We find that the perception formation of the authenticity of the luxury items is a complicated process, and four cues/schemes play important roles in helping consumers determine the authenticity of the subject's luxury items. These four cues are places, characters, events, and products. We conduct several exploratory and empirical studies to help provide explanations to the process of consumers' perception formation.

Keywords Luxthenticity, Authenticity, Luxury goods, Cognitive Scheme, Familiarity

专业主编：彭泗清

营销科学学报
第7卷第2辑:67－80

Journal of Marketing Science;
Vol. 7, No. 2, June 2011:67－80

刘凤军[1],李敬强[2]

摘　要　本文基于归因理论,采用结构方程模型对消费者感知的企业赞助动机与购买意愿的关系进行实证分析。结果表明,消费者可以清晰地区分出企业利己驱动、价值观驱动、战略驱动和利益相关者驱动的赞助动机。其中消费者感知的利己驱动和利益相关者驱动的赞助动机显著地负向影响消费者信任和购买意愿;价值观驱动和战略驱动的赞助动机显著地正向影响消费者信任和购买意愿;消费者信任在企业赞助动机影响购买意愿的过程中起到部分中介的作用。最后,分析了消费者个人特征、企业类型对消费者归因的影响,并给出了企业在赞助营销中的一些建议。

关键词　归因理论,体育赞助,赞助动机,信任,购买意愿

消费者感知的企业体育赞助动机与购买意愿关系的实证研究[3]

0　引言

赞助已经成为体育运动、文艺及社会事件等活动的重要资金来源(Speed and Thompson,2000)。赞助营销经过30多年的发展,已经成为一个全球化产业,被认为是一项商业化的投资行为(冯文滔等,2008)。为了提高品牌的影响力,国内外大型企业每年销售额的12%～16%用在了赞助活动上,据全球权威赞助研究机构IEG(The International Events Group)的赞助商报告显示,2009年北美地区企业赞助总额为165.1亿美元,该机构预测在2010年北美地区的企业赞助将比2009年增长3.4%,达到170.8亿美元,其中体育赞助所占比重维持在70%左右。以北京奥运会为例,赞助商的赞助规模比2004年的雅典奥运会增加了33%,总额达到了8.66亿美元。然而一项针对北京奥运合作伙伴和赞助商广告效果的调查研究显示,消费者购买意愿并没有因为奥运合作伙伴和赞助商的广告活动而有太大改变,仅有23%的受访者回答比以前买得更多(王菲,2008)。国内体育赞助市场规模不断扩大,但国内有关它的基础性研究还显得非常薄弱(卢长宝,2009),且现有研究多以经典条件反射理论(classical conditioning theory)为基础,在实践中已经很难解释上述现象。因而本研究以归因理论(attribution theory)为基础,发展并检验体育赞助营销对消费者购买意愿影响的研究模型,探索消费者感知的企业赞助动机是否及以何种方式直接影响消费者对赞助的反应,为理解赞助营销的作用机制及改善企业管理者进行体育赞助营销决策提供理论支持。

---

① 刘凤军,中国人民大学商学院教授,E-mail:liufj@263.net。

② 李敬强,中国人民大学商学院博士研究生,E-mail:lijingqiang@ruc.edu.cn。

③ 真诚感谢匿名评审专家在本文改进和完善过程中的建设性意见,同时感谢刘铮编辑在此过程中提供的协调帮助,当然文责自负。本研究受到国家自然科学基金项目(70772089)和国家体育总局体育哲学社会科学研究项目(1376SS09065)的资助。

1 研究背景

1.1 体育赞助

赞助在英文中为“sponsorship”，其含义是“主办、帮助”，包括文艺、体育、慈善及科研赞助等多种形式。这种多样性也导致了人们对赞助营销本质认知的诸多分歧(卢长宝，2005)，主要体现在赞助本质上是商业赞助还是慈善捐助。例如，Meenaghan(1983)将商业赞助与慈善捐助进行了严格区分，认为赞助是“商业组织向某一活动提供金融或实物支持以达到商业目的”，而企业向一些组织、个人捐赠产品，以及不图回报的资助并不能算做真正意义上的赞助，Otker(1988)从管理角度进一步指出，“商业赞助是购买和利用与某一事件的关系，以实现特殊营销(传播)的目的”，目前国内研究学者多倾向于采用该观点。但赞助的公益性也受到一些学者的认可，他们认为赞助的企业在主观上并不是为了获得商业利益，而是被动间接地获得了这些利益(Abratt et al.，1987；Gardner and Shuman，1987)。

体育赞助是企业(赞助商)与体育组织(被赞助商)联姻，企业向体育组织提供金钱、事务或劳务等支持，体育组织则以广告、冠名、专利等无形资产作为回报，使两者平等互利，共同获益的商业活动(IEG，2000)。尽管从定义上分析，体育赞助作为商业赞助的一种主要形式，其目的是借助“他人拥有的事件”，通过提供资金或实物支持以换取自我营销的机会，具有明显的商业利己动机，然而在体育赞助的实际运作中，体育赞助也具有明显的社会公益色彩，因为一些体育赛事，如残奥会、日本最大的综合体育运动会——日本国民体育大会及我国堪称“国内奥运会”的中华人民共和国运动会(简称全运会)等综合体育赛事，其社会公益性质使企业赞助在具有商业目的的同时，也具有发展当地体育事业、提高民众身体素质等性质。因而仅将体育赞助视为以换取利益回报的商业活动就使体育赞助丧失了公益慈善性质。

1.2 文献回顾

对赞助的学术研究涉及了一系列问题，从内容上看，主要涉及赞助的本质、赞助营销管理、赞助效果评估、赞助营销策略的应用及赞助的伦理和法律研究五个方面(Cornwell and Maignan，1998；Walliser，2003；卢长宝，2005)，其中前四个方面的研究文献占据了主流，在这四个方面又以赞助效果的评估为主，在 Cornwell 和 Maignan(1998)分析的 80 篇论文中有 19 篇涉及赞助效果，在此基础上 Walliser(2003)新增加的 153 篇赞助研究文献中有 83 篇是以赞助效果评估为研究主题的文献，其中 1996 年以后出版的文献就有 54 篇，本研究就属此类。

从对企业赞助效果研究主题的偏重程度看，该领域的研究经历了两个阶段：前期研究的关注点主要是赞助企业或者赞助品牌市场知晓度等的提升，后期的关注点转变为赞助品牌形象的建立、加强或者改变(张黎等，2007)，采用的技术主要是追踪衡量方法、曝光法及实验方法，大量实证研究表明，体育赞助有助于提高消费者对赞助品牌的回忆(Barros et al.，2007；Cornwell et al.，2006)、知晓(Javalgi et al.，1994；Sandler and Shani，1993)、熟悉和偏好程度(Carlos Pestana et al.，2007；Danylchuk and MacIntosh，2009；Dees et al.，2010；Pope et al.，2009)，消费者对赞助品牌的购买意愿(Dees et al.，2008；Kostas et al.，2007；Speed and Thompson，2000)及财务回报(Olson and Mathias Thjømøe，2009)。尽管这些研究在方法上有差异，但基本理论以经典条件反射理论为基础，结合形象转移(image tranfer)理论和图式理论(schema theory)研究消费者对企业赞助活动的认知过程及反应。在该框架下，消费者对体育赞助的认知过程及反应受到以下三方面因素的影响：①对事件(体育赛事)的态度及其拥有的有关该事件的知识水平和结构；②对赞助商的态度；③赞助商与事件之间一致性(或匹配性、关联性、相似性等)的感知(Becker-Olsen and Hill，2006；Cornwell et al.，2005；Gwinner and Eaton，1999；Gwinner and Bennett,2008;Sirgy et al.,2008;Roy and Cornwell,2004;Smith,2004;Speed and Thompson,2000;Stipp and Schiavone,1996;何云和陈增祥,2009;肖珑和李建军,2008;徐玖平和朱洪军,2008)。

在经典条件反射理论框架下,上述研究对指导企业如何选择体育赛事、如何进行赞助营销传播以提高企业形象,消费者购买意愿及品牌忠诚等方面起到了很好的作用,但企业在体育赞助营销传播上的费用支出与体育赞助费用之比不断攀升,其比值已从2001年的1.2∶1增加到了2007年的1.9∶1(Weeks et al.,2008),消费者已被淹没于铺天盖地的赞助商媒体广告之中,原有的刺激——反应效应大大降低,消费者也许对企业做什么要比企业为何这样做关注得要少一些(Gilbert and Malone,1995),赞助背后的企业动机逐渐成为消费者关注的重点,原有理论已很难全面解释这一现象,而归因理论则恰好能对其进行较好的解释。

2 理论基础与研究假设

2.1 归因理论及研究框架

归因是个人认知过程的结果,是个人对可观测事件确定潜在原因或解释的过程(Kelley,1973;Kelley and Michela,1980)。归因非常重要,因为它是形成、修正和更新持久的、主要的消费者判断(如品牌评价)的基础(Folkes,1988),人们总是尝试对某一行为发生的原因提出合乎常情的解释并作出因果推理。归因理论预测在归因与归因之后的态度和行为之间存在关联(Kelley and Michela,1980),消费者可能根据提供者(企业)的外表推断企业的动机,而这种推断反过来又会影响他们对企业的评价(Ellen et al.,2006)。研究显示,消费者可以熟练地对产品为何失败、他们为何转换品牌、明星为何代言及企业员工缘何罢工等现象作出归因(Folkes,1988;王海忠等,2010)。

赞助要远比通过传统营销组合与不同受众进行单向沟通复杂得多,它可被看做互惠互利企业关系和网络的推动者和促进者,因而属于关系营销的范畴(Yang et al.,2008)。信任是关系营销理论的关键概念(Aurier and N'Goala,2010),"当一方对其交易对象的可靠性(reliability)和诚实性(integrity)有信心时便会出现"(Morgan and Hunt,1994),其作为中介变量已经在社会心理学(Kramer,1999)、管理学(Cropanzano and Mitchell,2005)和组织领域(Gulati and Sytch,2008)的研究中得到确认。市场中,只要交易具有时间跨度,双方就必须要有一定的信任来消除交易过程的不确定性(姚公安和覃正,2010),因此大量营销文献(Aurier and N'Goala,2010;Grayson et al.,2008;Vlachos et al.,2009,2010;Luo et al.,2008;蒋青云等,2007)显示信任在不同情境下对消费者的态度和行为具有中介作用。①

综上,我们可以构建并进一步检验图1的概念框架,在该框架下消费者感知的企业赞助动机会影响消费者对赞助企业的信任,并进一步影响到消费者对赞助企业产品的购买意愿。相对于以往将消费者感知的企业赞助动机简单地分为外在动机和内在动机或利已动机和利他动机的研究(Dean,2002;Rifon et al.,2004;万翠琳,2010),最近的有关善因营销及企业社会责任的研究(Ellen et al.,2006;Vlachos et al.,2009)发现消费者对企业动机的归因要比以前认为的复杂得多,消费者能够将企业的动机归因为自利驱动的动机、利益相关者驱动的动机、战略驱动的动机及价值观驱动的动机。因而本研究也认为消费者对企业赞助动机的归因同样是一个从利已主义动机(自利驱动的动机)到利他主义动机(价值观驱动的动机)的连续集,其中自利驱动的

① 信任在关系营销中的作用,可参见Castaldo(2007)的*Trust in Market Relathionships*一书,该书详细回顾了基于关系、网络方式的信任的兴起、信任的价值、信任在各学科的作用及局限性,特别地,作者回顾了信任在市场营销中的作用(第83-117页),文献显示信任在营销中具有较好的中介作用。

动机是指企业纯粹是为了利用体育赛事而不是帮助该赛事的赞助动机，战略驱动的动机是指赞助企业在帮助体育赛事的同时获得商业目标（如增加市场份额、创造良好形象等）的动机，利益相关者驱动的动机则是指企业之所以赞助体育赛事是因为来自利益相关者的压力而赞助体育赛事的动机，而价值观驱动的动机则是与企业自身善心相关以援助体育赛事为目的的动机。

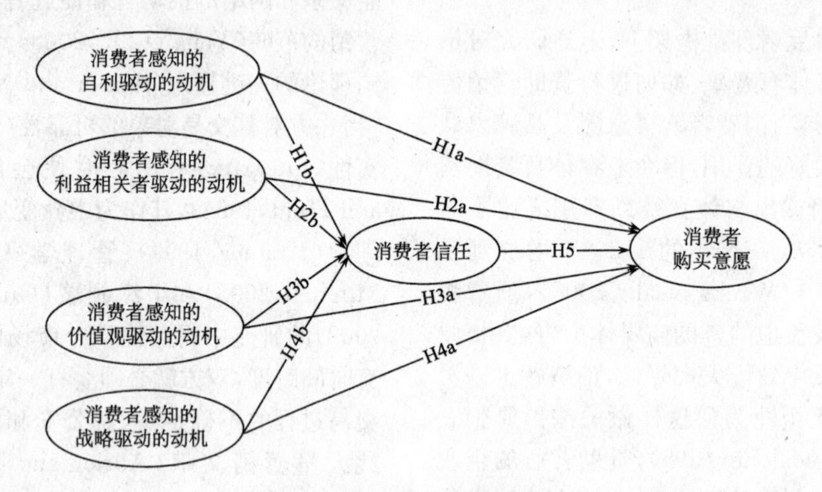

图1 概念模型及研究假设

2.2 研究假设

根据归因理论，消费者如果感知企业赞助体育赛事纯粹出于自利的动机，仅仅是利用体育赛事来获得商业利益，那么企业的体育赛事赞助就被消费者认为是“不道德的”或是“被操控的”行为（Vlachos et al.，2009），从而对赞助企业产生不良的情感（Rifon et al.，2004），对企业产生负面的评价，如赞助企业是个“自私”、“没有企业社会责任”、“只追求商业利益”的市场主体。基于此，提出如下假设：

H1a：消费者感知的企业自利驱动的赞助动机负向影响消费者购买意愿。

H1b：消费者感知的企业自利驱动的赞助动机负向影响消费者信任。

消费者倾向于认可价值观驱动的动机归因，因为他们认为企业是从真挚、慈善的意图出发，他们相信企业规划体育赞助活动是因为企业关心相应的体育赛事及民众的身体素质，并且将体育赞助活动看成是起源于企业经营哲学与价值观的道德行为。另外，消费者倾向于将利益相关者驱动的动机视为消极和负面的，他们认为企业的行为是为了避免来自利益相关者的报复及在下一个经济低迷期企业失去有价值的系统（Franklin，2008）。同时，符合理论为这些效应提供了正式的、理论上的支持，价值观驱动的动机符合归因，代表了企业的真情和倾向，被认为是主动积极的；相反，利益相关者驱动的动机是不符合归因的，代表了与企业真情相反的行为，被认为是被动消极的（Smith and Hunt，1978）。因此，提出如下假设：

H2a：消费者感知的企业利益相关者驱动的赞助动机负向影响消费者购买意愿。

H2b：消费者感知的企业利益相关者驱动的赞助动机负向影响消费者信任。

H3a：消费者感知的企业价值观驱动的赞助动机正向影响消费者购买意愿。

H3b：消费者感知的企业价值观驱动的赞助动机正向影响消费者信任。

与企业生存固有的战略目标相关的归因被广泛地接受（Ellen et al.，2006），这种观点得到了互惠强化的社会交换理论规则的支持。因为企业生存需要保留消费者，所以消费者可能将利益驱动的赞助合法化，从而使战略驱动的赞助归因能正向影响行为结果，但由于企业体育赞助营销传播费用支出与体育赞助费用之比的不断攀升，铺天盖地的赞助商广告日益强化了消费者的怀疑与公共猜疑，同时，国内过去几年企业不道德的行为已经引起了大量媒体的报道并增加了公众对人类缺点及堕落的关注，所以我们预期消极负面的直接效应将占有优势，从而提出假设：

H4a：消费者感知的企业战略驱动的赞助动机负向影响消费者购买意愿。

H4b：消费者感知的企业战略驱动的赞助动机负向影响消费者信任。

信任能使消费者和企业之间建立长期的关系承诺，并影响其行为（Morgan and Hunt，1994），是影响消费者重复购买意愿与推荐意愿的关键中介变量。更为具体地，研究显示对企业从事社会责任行为动机的归因通过信任这一中介变量影响消费者的重复购买意愿与推荐意愿（Vlachos et al.，2009），以及企业销售人员的忠诚承诺与积极口碑传播（Vlachos et al.，2010）。体育赞助作为企业社会责任活动形式之一，往往会使赞助商与体育的健康、活力、青春与积极向上等正面形象联系在一起，从而提高消费者对赞助商的感知可信度，进而影响消费者的购买意愿，但如果企业赞助体育的背后动机被消费者归因为仅为利用该赛事获取企业利益亦或是受社会压力的影响而非出自企业自身战略需要和价值观，消费者就会降低对赞助企业的信任，从而降低购买意愿。据此有如下假设：

H5：消费者信任正向影响消费者购买意愿，即消费者信任至少在消费者感知的企业赞助动机与消费者购买意愿中起部分中介作用。

3 研究设计与数据分析

3.1 研究设计

本文选择第十一届全运会为研究对象，主要是因为全运会作为我国水平最高、规模最大、影响最广的综合性赛事，被称为中国的“奥运会”，在促进我国运动竞技水平、推动体育事业全面发展、提高国民身体素质方面，发挥了重要作用，因而具有很高的商业价值和公益性质，有利于研究消费者对企业进行赞助动机的归因。由于受时间与经费等因素的限制，研究样本选自第十一届全运会的主办城市济南。

本文涉及的构念测量均来自成熟量表，其中消费者对企业赞助动机归因的测量来自 Ellen 等（2006）和 Vlachos 等（2009）的量表，共 13 个问项，消费者信任来自 Sirdeshmukh 等（2002）的量表，共四个问项，消费者购买意愿来自 Zeithaml 等（1996）的量表，共四个问项（详见表 2）。其中问卷测量问项互译由两位营销学博士研究生、一位 IMBA 学生及一位英语专业硕士完成，完成后的问卷由四名知晓第十一届全运会的 MBA 学生进行试填，并根据反馈意见对测量语句进行修改，最后的问卷由两位营销学教授审核后确定。

整个问卷分三部分，第一部分设计了两个问题以便对回收的问卷进行筛选，分别是“您是否知道第十一届全运会”和“您首先想到的全运会赞助商是______”。第一个问题的目的在于筛选样本，即如果被调查对象不知道第十一届全运会，对全运会及其性质不了解，那么对企业赞助全运会的动机归因就会有所偏差；第二个问题的目的在于使消费者通过大脑中的信息搜索，在自己所具有的知识背景和认知范围内采用更多的信息全面分析企业的赞助行为，使归因更精确，即不针对特定企业采用非提示性回忆法，让消费者自由回忆，有利于真实反映消费者的认知，同时将该题中消费者提及的企业与第十一届全运会的赞助商名单进行比对，如果在赞助商之列则在问卷回收时视为有效问卷，否则视为无效问卷。如果这两个问题有任何一个问题没有回答，均视为无效问卷。第二部分为研究主体量表，其中“该企业”即为第一部分第二个问题提及的企业（问卷中有特别说明“第二部分的该企业是指您在第一部分中第二个问题提到的企业”）。第三部分是被调查对象的基本资料，包括消费者的性别、年龄、教育程度和收入水平等。

3.2 数据收集及样本描述

本文在2009年10月22～25日第十一届全运会期间在济南市进行了便利抽样调查，调查的地点是泉城广场、泉城公园、大明湖、全运会主要比赛场周边及济南主干街道，总共发放问卷500份，回收435份，去除问项缺失或填写有误的问卷，最后有效问卷为378份，详情如表1所示。

表1 样本人口统计特征分析

项目		人数	比重/%
性别	男	193	51.1
	女	185	48.9
年龄	24岁及以下	177	46.9
	35～44岁	39	10.3
	55岁及以上	5	1.3
	25～34岁	146	38.6
	45～54岁	11	2.9
教育程度	高中、中专及以下	21	5.6
	大学本科	178	47.1
	大专	79	20.9
	硕士及以上	100	26.5
职业	政府/事业单位	23	6.1
	个数工商户	17	4.5
	企业职工	124	32.8
	学生	187	49.5
	其他	27	7.1
收入水平	2 000元及以下	220	58.2
	3001～3999元	33	8.7
	5 000元以上	13	3.4
	2001～2999元	85	22.5
	4001～4999元	27	7.1

在消费者提及到的赞助商企业中，体育用品企业特步被提及最多，为101次（26.7%），非体育用品企业中被提及最多的是中国石化（85，22.5%）、中国移动（67，17.7%），三者均为全国知名企业，占总样本的66.9%；剩余企业中山东地方企业，如山东航空（22，5.8%）、潍柴动力（21，5.6%）被提及次数靠前，但已远远低于前三个企业。①

3.3 数据分析

本文利用结构方程模型软件LISREL 8.70，主要使用最大似然估计法来验证测量模型及路径分析。

1）信度效度检验

在对模型进行路径分析之前，首先要对测量模型的内部一致性信度、收敛效度和区分效度进行检验，以确保构念和数据适合进一步的分析。如表2、表3所示。

内部一致性信度用Cronbanch's α 系数来判别，其值最好在0.7以上；收敛效度使用AVE和CR来检验，AVE值超过0.5，CR值大于0.7，则说明各构念之间具有良好的收敛效度；区分效度通过比较AVE值的平方根和相应构念间的相关系数的大小来检验，如果AVE值的平方根大于两个构念之间的相关系数，则表示两个构念之间具有较好的区分效度（Fornell and Larcker，1981；吴明隆，2009）。

从表2和3中的结果可以看出，本研究的测量模型具有很好的内部一致性信度、收敛效度和区分效度，并且测量模型的验证性因子分析的拟合指标$\chi^2=359.52$，df＝174，RMSEA＝0.048，CFI＝0.977，NFI＝0.957，均满足各指标的最低标准（吴明隆，2009）。

① 剩余被提及的企业分别是中国联通（19）、中国人寿（12）、民生银行（11）、山东钢铁（7）、别克（5）、中国石油（4）、银泉科技（4）、浪潮（3）、国人西服（3）、扳倒井（2）、华帝（1）。

表 2　收敛效度结果分析结果

构念	测量指标	标准化因子负荷	α系数	AVE	CR
自利驱动动机	该企业赞助全运会是为了避税	0.76*	0.842	0.589	0.811
	该企业赞助全运会是为了利用全运会拓展生意	0.80*			
	该企业赞助全运会是为了利用赞助全运会事件拓展生意	0.75*			
价值观驱动动机	该企业感觉有责任帮助全运会	0.76*	0.777	0.597	0.816
	该企业长期关注体育事业的发展	0.79*			
	该企业在试图回报社会	0.77*			
战略驱动动机	该企业希望通过赞助全运会留住更多的顾客	0.81*	0.821	0.588	0.810
	该企业希望通过赞助全运会获得更多新顾客	0.77*			
	该企业希望通过赞助全运会增加企业利润	0.72*			
利益相关者驱动动机	该企业认为他们的员工希望企业赞助全运会	0.80*	0.865	0.590	0.852
	该企业认为他们的顾客希望企业赞助全运会	0.78*			
	该企业认为他们的股东希望企业赞助全运会	0.75*			
	该企业认为社会公众希望企业赞助全运会	0.74*			
消费者信任	该企业是非常不可靠的，无法信任(R)	0.80*	0.855	0.670	0.890
	该企业竞争力非常强	0.82*			
	该企业非常不规范(R)	0.82*			
	该企业通常是诚实可信的	0.82*			
消费者购买意愿	我会考虑购买该企业的产品(服务)	0.76*	0.877	0.593	0.853
	如果在赛场上看到该企业的新产品(服务)，我将尝试它	0.77*			
	我会购买该企业更多的产品(服务)	0.78*			
	我对购买赞助商的产品持积极态度	0.77*			

* 表示 t 值大于 1.96，$P<0.05$。R 表示该项为反向问项；AVE 为平均方差提取果(average variance extracted)；CR 为组合信度(composite reliability)。

表 3　区分效度分析结果

构念	1	2	3	4	5	6
自利驱动动机	**0.767**					
价值观驱动动机	−0.205	**0.773**				
战略驱动动机	−0.283	0.369	**0.767**			
利益相关者驱动动机	0.410	−0.243	−0.375	**0.768**		
消费者信任	−0.435	0.424	0.400	−0.377	**0.819**	
消费者购买意愿	−0.445	0.434	0.407	−0.449	0.617	**0.770**

注：表格对角线中粗体数字为 AVE 值的平方根，其余为构念之间的相关系数。

2）结构方程模型分析

按照上文提出的概念模型，运用收集的数据进行结构方程模型分析，以验证所提假设，最终的结构方程模型如图 2 所示。

结构方程拟合指标中，$\chi^2/df=494.99/180=2.75<5$，RMSEA＝0.066＜0.08，CFI＝0.961，

NFI=0.940,IFI=0.961均大于0.90,所有拟合指标均满足各自最低标准(吴明隆,2009),说明整个数据和理论模型拟合得较好。

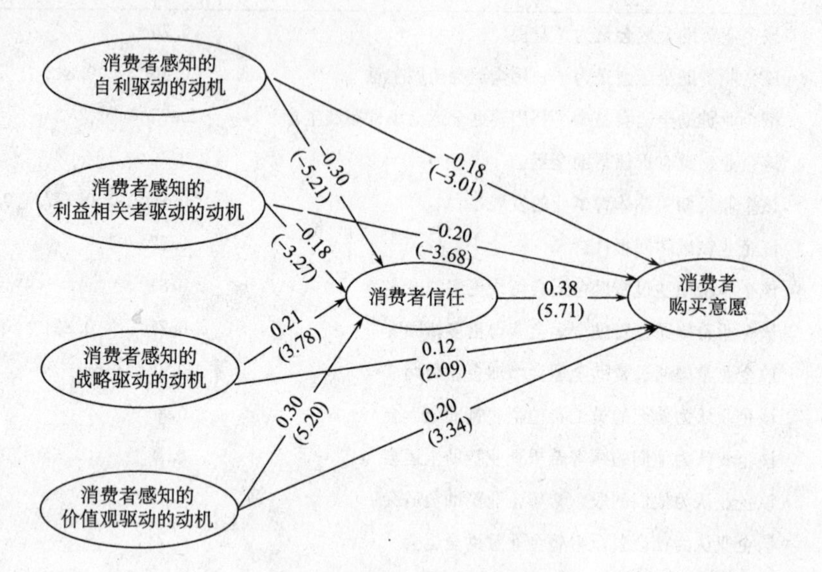

图2 本研究结构方程结果图

从图2可以看出,消费者感知的企业战略驱动的赞助动机对消费者信任($\gamma=0.21, t=3.78$)和消费者购买意愿($\gamma=0.12, t=2.09$)有显著的正向影响,与假设的方向相反,因而假设H4a和H4b没有得到支持,除此之外假设H1、H2和H3都得到了很好的支持。假设H4没有得到支持的原因可能是国内企业进行体育赛事赞助还处于向国外发达国家学习的过程中,还处于起步阶段,企业在体育赞助营销传播上的费用支出与赞助费之比可能还没有达到国际上的平均水平,尽管国内企业在最近几年出现了一些不道德行为,但基于互惠的社会交换原则下的战略驱动的归因的正向效应高出由此带来的消极负面效应,从而使得消费者对企业战略驱动的赞助动机归因在国内目前的赞助环境下有积极正向的行为影响。

表4给出了LISREL 8.70输出结果中的间接效应估计值、标准误差及t值,根据温忠麟等(2004)的方法和标准,所有间接效应的t值都大于0.97,再结合图2可以看出消费者信任在消费者对企业赞助动机的归因及消费者购买意愿中具有部分中介作用,因而假设H5得到了支持。

表4 结构方程中各构念总效应和间接效应结果

构念	总效应						间接效应		
	消费者信任			消费者购买意愿			消费者购买意愿		
	估计值	标准误	t值	估计值	标准误	t值	估计值	标准误	t值
自利驱动动机	−0.304	0.058	−5.205	−0.27	0.055	−4.882	−0.108	0.027	−4.012
价值观驱动动机	0.298	0.057	5.202	0.284	0.055	5.183	0.105	0.026	4.018
战略驱动动机	0.199	0.053	3.754	0.171	0.050	3.409	0.070	0.022	3.222
利益相关者驱动动机	−0.167	0.051	−3.269	−0.232	0.050	−4.676	−0.059	0.020	−2.914

3）不同样本的 T 检验及分析

为了进一步研究消费者不同的特征是否影响消费者对企业赞助动机的归因以及消费者对不同类型企业的体育赞助是否存在不同归因，本文将人口统计变量及企业类别作为分类变量进行独立样本的 T 检验，分析四类归因是否在不同类别中存在差异，检验结果如表 5 所示。

从表 5 中可以看出，消费者对企业赞助动机归因的评价因消费者个体特征的差异及赞助企业的类型不同而存在差异。具体看，女性消费者在对企业赞助动机的评价上往往高于男性，特别是在价值观驱动、战略驱动及利益相关者驱动的动机归因上表现显著，说明男性作为理性消费者对企业赞助活动的评价基本趋于中性，而女性表现得更感性，容易走向两个极端（如果认为企业赞助活动是价值观的驱动，则评价远远高于男性，若认为是利益相关者驱动的同样也显著高于男性）。

在年龄上，高年龄组的消费者在自利驱动动机与利益相关者驱动动机上的评价显著高于低年龄组，而在价值观驱动动机上显著低于低年龄组的消费者，说明消费者随着年龄的增长及生活经验的增加，对企业赞助动机归因的认识上更趋向于外部归因，对于高年龄组的消费者而言企业赞助更多的是企业出于自利或者在利益相关者的压力下（如部分政府的行政摊派、当地社区公众的期望等）进行的。

在不同教育程度的消费者对企业自利驱动和价值观驱动动机的归因上，高教育水平的消费者由于其知识的丰富及认知范围的扩大，对企业自利驱动动机的归因显著高于低教育水平的消费者，在价值观驱动动机的归因上则恰恰相反，而在战略驱动动机及利益相关者驱动动机的归因上差异不显著。同样的结论也出现在收入不同的消费者中间，高收入水平的消费者在价值观驱动动机归因和利益相关者驱动动机归因上显著低于低收入水平的消费者。

表 5　消费者归因在不同分类变量上的独立样本 T 检验

归因维度①	分类类别	性别		年龄②		教育程度③		收入水平④		企业类型⑤	
		男	女	低年龄	高年龄	低教育	高教育	低收入	高收入	体育类	非体育类
G1	均值	5.30	5.49	5.22	5.55	5.19	5.47	5.33	5.49	5.54	5.34
	标准差	(1.49)	(1.38)	(1.45)	(1.42)	(1.52)	(1.40)	(1.40)	(1.50)	(1.41)	(1.45)
	t⑥ 值	−1.31		2.195*		1.71		1.05		1.22	
G2	均值	4.02	4.84	5.04	3.88	4.89	4.26	4.79	3.92	4.96	4.23
	标准差	(1.60)	(1.53)	(1.43)	(1.58)	(1.43)	(1.65)	(1.53)	(1.60)	(1.50)	(1.62)
	t 值	−5.06**		−7.46**		−3.64**		−5.33**		3.97**	
G3	均值	5.40	5.78	5.64	5.54	5.53	5.61	5.63	5.53	5.68	5.56
	标准差	(1.27)	(0.94)	(0.98)	(1.26)	(1.15)	(1.13)	(1.04)	(1.26)	(1.12)	(1.14)
	t 值	−3.21**		−0.88		0.65		−0.88		0.93	
G4	均值	4.45	4.89	4.24	5.16	4.85	4.60	4.96	4.25	5.11	4.51
	标准差	(1.47)	(1.42)	(1.35)	(1.42)	(1.45)	(1.47)	(1.37)	(1.49)	(1.30)	(1.49)
	t 值	−2.99**		−6.24**		−1.42		−4.78**		3.58**	
样本量	N	193	185	177	201	100	278	220	158	101	277

* 表示 $P<0.05$（双尾）；** 表示 $P<0.01$（双尾）。

①其中 G1＝自利驱动动机，G2＝价值观驱动动机，G3＝战略驱动动机，G4＝利益相关者驱动动机；②年龄分组以 24 为界，24 岁及以下为低年龄组，高于 24 岁为高年龄组；③教育程度，本科及以上为高学历组，以下为低学历组；④2000 元及以下为低收入者群体，以上为高收入群体；⑤特步为体育类企业，其余企业为非体育类企业群；⑥t 值汇报是经过查看方差相等检验结果后根据统计汇报标准的值。

年龄、教育水平及收入水平上的差异很容易解释现实中的现象，高年龄、高教育水平和收入水平高的消费者不会因为企业赞助某项体育运动而增加对该企业的信任或购买意愿，相反低年龄、低教育水平和收入水平低的消费者由于经验及知识背景限制，更容易认为企业是在出于价值观动机而从事体育赞助事业，再加上某些体育赛事的“晕轮效应”，最终增强消费者的信任与购买意愿。

消费者针对不同类型企业从事体育赞助的归因在价值观驱动和利益相关者驱动动机上存在显著差异，对于体育类企业从事体育赞助，消费者更倾向进行价值观驱动和利益相关者驱动的动机归因，其平均值显著高于非体育类企业，体育类企业由于与体育活动高度相关，所以企业从事体育赞助很容易被消费者认为企业要么是从企业价值观出发，对体育产业作出贡献，要么是企业为满足利益相关者的期望而从事体育赞助。

4 研究结论及管理启示

4.1 研究结论

本文基于归因理论构建研究模型，并收集数据进行结构方程检验，验证了消费者对企业赞助的归因如何影响消费者对企业的信任，并进一步影响消费者行为的作用机制，通过实证可以得出如下三个结论。

(1) 消费者对企业赞助动机的归因比较复杂。通过表3可以看到，在验证性因子分析模型拟合较好的前提下，消费者归因各维度的AVE的平方根均超过四个维度之间的相关关系(AVE平方根的最小值为0.767，远大于各维度相关系数最大值0.410)，按照Fornell和Larcker(1981)的方法说明四个维度具有很好的区分效度，因而在模型拟合较好时说明研究提出的模型与现实数据拟合较好，从而可以得出消费者对体育赞助企业背后赞助动机的归因要比以前(Rifon et al.，2004；万翠琳，2010)复杂得多，消费者不仅能区分出企业利己驱动的赞助动机和利他驱动的赞助动机，而且还能区分出利益相关者驱动的赞助动机和战略驱动的赞助动机。

(2) 消费者的归因显著影响消费者购买意愿。进一步分析发现，消费者对利他驱动的赞助动机归因显著地正向影响消费者信任($\gamma=0.30$，$t=5.20$)和消费者购买意愿($\gamma=0.20$，$t=3.34$)，即消费者感知到的企业利他驱动的赞助动机越强，越能够有效提高消费者对赞助企业的信任感，从而提高消费者的购买意愿；而消费者感知到的企业利己赞助动机则显著地负向影响消费者对企业的信任($\gamma=-0.30$，$t=-5.21$)及购买意愿($\gamma=-0.18$，$t=-3.01$)，即消费者感知到的企业利己动机越强，消费者就越容易对赞助商产生厌恶等不良情感，消费者就会认为赞助商是“自私的”、“没有企业社会责任”，从而降低对赞助商信任及购买意愿，这两点结论与先前的研究结论相一致。消费者感知的企业利益相关者驱动的赞助动机显著地负向影响消费者信任($\gamma=-0.18$，$t=-3.27$)及购买意愿($\gamma=-0.20$，$t=-3.68$)，即当消费者感知到企业赞助体育赛事是出于满足利益相关者(员工、顾客或所在社区等)的期望，而非出于企业本身的内在动机时，消费者就会认为企业是为了避免来自利益相关者的报复或仅仅为了取悦利益相关者，消费者就降低对赞助商信任及购买意愿；而消费者感知到的企业战略驱动的赞助动机则显著地正向影响消费者信任及购买意愿，尽管这一结论和本文最初的假设相悖，但仍符合互惠强化的社会交换理论，因为企业要生存就需要保留消费者，所以在国内现有市场环境下消费者可能将利益驱动的赞助合法化，从而使战略驱动的赞助归因正向影响行为结果，但是从其对购买意愿的总效应看，其值仅为0.171，是所有动机中绝对值最小的一个，可以说其影响较小，说明在目前的赞助市场中，基于战略驱动的企业赞助仍被消费者所认可。

(3) 消费者信任具有部分中介作用。通过实证分析，信任正如其在社会心理学、管理学以及组织学中作用一样，再次起到了中介作用，从而验证了消费者信任在关系营销中具有显著的中介作用。

4.2 管理启示

现在企业赞助大型综合体育赛事的门槛越来越高，企业在获得赞助权益之后，投入一定比重的资金和人力等资源用于赞助营销的配套或激活宣传推广是非常必要的，这对提高品牌知名度、塑造品牌形象等方面具有关键作用，但在选择体育赛事及赞助营销推广的过程中应该注意以下五点。

第一，在赞助营销逐渐产业化背景下，消费者对体育赞助的认知与反应变得复杂多样，消费者不再是在赞助营销刺激下简单地决定“买或不买”赞助商企业的商品，而会根据所掌握的信息对企业赞助动机进行复杂的归因，因此在选择体育赛事时，企业不仅要考虑赛事本身所具有的商业影响力，还要考虑赛事本身所具有的社会公益性质及社会效应，仅将赛事的商业影响力作为赛事赞助考虑的因素，就会陷入消费者对企业利己赞助动机或利益相关者驱动动机的归因，从而影响消费者的信任和购买意愿，最终使付出高额代价获得的赞助权益付之东流，因此在实践中应选择一些公益色彩和社会效应强的体育项目或活动进行赞助。

第二，消费者对企业体育赞助动机的不同归因具有差异性影响，在获得体育赛事的赞助权益后，企业应当珍惜资源，充分合理利用而不是简单利用这些资源进行赞助营销推广。在赛事赞助营销的实践中，企业应突出实施赞助行为的利他倾向和意图，强调企业文化和提倡的理念与赛事所传递的精神理念及其所带来的社会效应的契合，强化企业赞助行为的履行企业社会责任、维护国家或民族利益、提倡公平公正、奋发向上的利他目的。例如，企业在获得赞助权益后可以以此为契机开展一些体育健身、改善社区锻炼条件等公益推广活动；另外，弱化企业因迫于利益相关者压力或仅为商业利用体育赛事而进行赞助行为的形象。

第三，尽管在目前的赞助营销市场环境下，消费者感知的企业战略驱动的赞助动机显著地正向影响消费者的信任和购买意愿，但企业在赞助营销推广中利用这一点时要特别注意将用于赞助营销推广的费用支出与赞助费用之比保持在合理的范围之内，过多的赞助营销推广费用支出只会增加消费者利己动机的归因，从而降低消费者信任与购买意愿，最终有可能适得其反，因而在逐渐激烈的体育赞助市场环境下，企业要格外注意这一点。

第四，消费者信任在体育赞助营销中仍是消费者动机归因与反应的中介变量，因此企业在体育赛事赞助和营销宣传推广过程中，应采取积极互动的方式提高消费者对企业的信任，通过减少企业赞助活动中的商业行为气息，增强消费者对企业的信任，使体育赛事所具有的积极向上、开拓创新、自强不息的精神理念转移到企业品牌上，最终增强消费者的购买意愿。

第五，不同类型的企业在赞助体育赛事及营销赛事推广过程中应针对不同的消费者采取不同的策略，特别是体育类企业，在对高收入水平、高教育程度及年龄较大的消费者进行宣传时应时刻注意宣传过程中力度的把握，在宣传推广过程中应突出企业对体育事业的贡献，这有助于增加消费者对企业价值观动机的归因，从而提高消费者的信任和购买意愿。

5 研究局限及未来研究方向

本文以第十一届全运会为研究对象，样本主要来自主办地济南，这有可能限制了研究结论的普适性。另外，本研究仅基于归因理论将消费者对企业赞助动机的归因划分四类，但对于其归因的前因变量没有考虑，同时消费者的动机归因和行为意愿之间只考虑消费者信任这一中介变量，从而使本研究的分析不够全面。因此，未来可以考虑更多体育赛事及扩大样本的选择，提高研究的普适性，另外考虑将消费者归因的前因变量，如消费者的卷入度、企业与赛事形象的匹配度等变量，以及其他中介变量引入研究框架内进行分析，使未来的研究更加全面。

参考文献

[1] 冯文滔，胡波，楼春永. 2008. 基于消费者行为的奥运赞助效果实证研究[J]. 软科学，22(8)：25-29,38.

[2] 何云，陈增祥. 2009. 赞助活动对赞助商公司形象及其产品信任感影响效应研究——基于2008北京奥运会赞助商的调查[J]. 营销科学学报，5(1)：77-85.

[3] 蒋青云，黄珣，陈卓浩. 2007. 消费者对电子中介的信任影响机制研究:以就顶预订网站为例[J]. 营销科学学报，3(2)：56-67.

[4] 卢长宝. 2009. 匹配与体育赞助事件的选择：基于品牌资产的实证研究[J]. 体育科学，29(8)：82-89.

[5] 卢长宝. 2005. 国外赞助营销研究新进展[J]. 外国经济与管理，27(5)：28-33.

[6] 万翠琳. 2010. 赞助动机与品牌忠诚的关系——基于中国企业体育赞助的实证研究[J]. 武汉体育学院学报，44(1)：41-45,50.

[7] 王菲. 2008. 北京2008年奥运合作伙伴/赞助商广告效果调查研究[J]. 广告大观(理论版)，(6)：17-21.

[8] 王海忠，江红艳，江莹，等. 2010. 品牌承诺和自我建构影响消费者对产品伤害危机的反应——归因理论视角[J]. 营销科学学报，6(1)：24-40.

[9] 温忠麟，张雷，侯杰泰，等. 2004. 中介效应检验程序及其应用[J]. 心理学报，36(5)：614-620.

[10] 吴明隆. 2009. 结构方程模型——AMOS的操作与应用[M]. 重庆：重庆大学出版社.

[11] 肖珑，李建军. 2008. 赞助传播度对赞助品牌的影响——基于中国企业赞助的实证研究[J]. 当代财经，(10)：100-105

[12] 徐玖平，朱洪军. 2008. 赛事赞助对企业品牌资产影响的实证研究[J]. 体育科学，28(9)：45-50.

[13] 姚公安，覃正. 2010. 消费者对电子商务企业信任保持过程中体验的影响研究[J]. 南开管理评论，13(1)：99-107.

[14] 张黎，林松，范亭亭. 2007. 影响被赞助活动和赞助品牌间形象转移的因素——基于蒙牛酸酸乳赞助超级女声的实证研究[J]. 管理世界，(7)：84-93.

[15] Abratt R，Clayton B C，Pitt L F. 1987. Corporate objectives in sports sponsorship [J]. International Journal of Advertising，6(4)：299-311.

[16] Aurier，P，N'Goala G. 2010. The differing and mediating roles of trust and relationship commitment in service relationship maintenance and development [J]. Journal of the Academy of Marketing Science，38 (3)：303-325.

[17] Becker-Olsen K L，Hill R P. 2006. The impact of sponsor fit on brand equity：the case of nonprofit service providers [J]. Journal of Service Research，9(1)：73-83.

[18] C P Barros C，Santos A，et al. 2007. Sponsorship brand recall at the euro 2004 soccer tournament [J]. Sport Marketing Quarterly，16(3)：161-170.

[19] Cornwell T B，Weeks C S，Roy D P. 2005. Sponsorship-linked marketing：opening the black box. [J]. Journal of Advertising，34(2)：21-42.

[20] Cornwell T B，Humphreys M S，Maguire A M，et al. 2006. Sponsorship-linked marketing：the role of articulation in memory [J]. Journal of Consumer Research，33(3)：312-321.

[21] Cornwell T B，Maignan I. 1998. An international review of sponsorship research [J]. Journal of Advertising，27(1)：1-21.

[22] Cropanzano R，Mitchell M S. 2005. Social exchange theory：an interdisciplinary review [J]. Journal of Management，31 (6)：874-900.

[23] Danylchuk K，MacIntosh E. 2009. Food and non-alcoholic beverage sponsorship of sporting events：the link to the obesity issue [J]. Sport Marketing Quarterly，18(2)：69-80.

[24] Dean D H. 2002. Associating the corporation with a charitable event through sponsorship：measuring the effects on corporate community relations [J]. Journal of Advertising，31(4)：77-87.

[25] Dees W，Bennett G，Villegas J. 2008. Measuring the effectiveness of sponsorship of an elite intercollegiate football program [J]. Sport Marketing Quarterly，17(2)：79-89.

[26] Dees W，Bennett G，Ferreira M. 2010. Personality fit in nascar：an evaluation of driver-sponsor congruence and its impact on sponsorship effectiveness outcomes [J]. Sport Marketing Quarterly，19

(1): 25.

[27] Ellen P S, Webb D J, Mohr L A. 2006. Building corporate associations: consumer attributions for corporate socially responsible programs [J]. Journal of the Academy of Marketing Science, 34(2): 147-157.

[28] Folkes V S. 1988. Recent attribution research in consumer behavior: a review and new directions [J]. Journal of Consumer Research, 14 (4): 548-565.

[29] Fornell C, Larcker D F. 1981. Evaluating structural equation models with unobservable variables and measurement error [J]. Journal of Marketing Research, 18(1): 39-50.

[30] Franklin D. 2008. Just good business: a special report on corporate social responsibility [J]. The Economist, January (19): 3-6.

[31] Gardner M P, Shuman P J. 1987. Sponsorship: an important component of the promotions mix [J]. Journal of Advertising, 16(1): 11-17.

[32] Gilbert D T, Malone P S. 1995. The correspondence bias [J]. Psychological Bulletin, 117(1): 21-38.

[33] Grayson, K. Johnson D, Chen D F R. 2008. Is firm trust essential in a trusted environment? How trust in the business context influences customers [J]. Journal of Marketing Research, 45 (2): 241-256.

[34] Gulati R, Sytch M. 2008. The dynamics of trust [J]. Academy of Management Review, 33 (1): 276-278.

[35] Gwinner K P, Eaton J. 1999. Building brand image through event sponsorship: the role of image transfer [J]. Journal of Advertising, 28(4): 47-57.

[36] Gwinner K, Bennett G. 2008. The impact of brand cohesiveness and sport identification on brand fit in a sponsorship context[J]. Journal of Sport Management, 22(4): 410-426.

[37] IEG. 2000. Thatlook. com sets sights on more sponsorship[J]. Sponsorship Report, 19(15):3.

[38] Javalgi R G, Traylor M B, Gross A C, et al. 1994. Awareness of sponsorship and corporate image: an empirical investigation [J]. Journal of Advertising, 23(4): 47-58.

[39] Kelley H H. 1973. The processes of causal attribution [J]. American Psychologist, 28(2): 107-128.

[40] Kelley H H, Michela J L. 1980. Attribution theory and research [J]. Annual Review of Psychology, 31: 457-501.

[41] Kostas A, Elisabeth T, Jeffrey J. 2007. Predicting sponsorship outcomes from attitudinal constructs: the case of a professional basketball event [J]. Sport Marketing Quarterly, 16(3): 130-139.

[42] Kramer R M. 1999. Trust and distrust in organizations: emerging perspectives, enduring questions [J]. Annual Review of Psychology, 50: 569-98.

[43] Luo X, Hsu M K, Liu S S. 2008. The moderating role of institutional networking in the customer orientation-trust/commitment-performance causal chain in China [J]. Journal of the Academy of Marketing Science, 36 (2): 202-214.

[44] Meenaghan J A. 1983. Commercial sponsorship [J]. European Journal of Marketing, 17(7): 5-73.

[45] Morgan R M, Hunt S D. 1994. The commitment-trust theory of relationship marketing [J]. Journal of Marketing, 58(3): 20-38.

[46] Olson E, Mathias Thjømøe H. 2009. Sponsorship effect metric: assessing the financial value of sponsoring by comparisons to television advertising [J]. Journal of the Academy of Marketing Science, 37 (4): 504-515.

[47] Otker T. 1988. Exploitation: the key to sponsorship success[J]. European Reseaxh, 16(2):77-86.

[48] Pope N, Voges K E, Brown M. 2009. Winning ways immediate and long-term effects of sponsorship on perceptions of brand quality and corporate image [J]. Journal of Advertising, 38(2): 5-20.

[49] Rifon N J, Choi S M, Trimble C S, et al. 2004. Congruence effects in sponsorship: the mediating role of sponsor credibility and consumer attributions of sponsor motive [J]. Journal of Advertising, 33 (1): 29-42.

[50] Roy D P, Cornwell T B. 2004. The effects of consumer knowledge on responses to event sponsorships [J]. Psychology & Marketing, 21 (3): 185-207.

[51] Sandler D M, Shani D. 1993. Sponsorship and the olympic games: the consumer perspective [J].

Sport Marketing Quarterly, 2(3): 38-43.

[52] Sirdeshmukh D, Singh J, Sabol B. 2002. Consumer trust, value, and loyalty in relational exchanges [J]. Journal of Marketing, 66(1): 15-37.

[53] Sirgy M J, Lee D, Johar J S, et al. 2008. Effect of self-congruity with sponsorship on brand loyalty [J]. Journal of Business Research, 61(10): 1091-1097.

[54] Smith G. 2004. Brand image transfer through sponsorship: a consumer learning perspective [J]. Journal of Marketing Management, 20(3/4): 457-474.

[55] Smith R E, Hunt S D. 1978. Attributional processes and effects in promotional situations [J]. Journal of Consumer Research, 5(3): 149-158.

[56] Speed R, Thompson P. 2000. Determinants of sports sponsorship response [J]. Journal of the Academy of Marketing Science, 28(2): 226-238.

[57] Stipp H, Schiavone N P. 1996. Modeling the impact of olympic sponsorship on corporate image [J]. Journal of Advertising Research, 36(4): 22-28.

[58] Vlachos P A, Theotokis A, Panagopoulos N G. 2010. Sales force reactions to corporate social responsibility: attributions, outcomes, and the mediating role of organizational trust [J]. Industrial Marketing Management, 39(7): 1207-1218.

[59] Vlachos P A, Tsamakos A, Vrechopoulos A P, et al. 2009. Corporate social responsibility: attributions, loyalty, and the mediating role of trust [J]. Journal of the Academy of Marketing Science, 37(2): 170-180.

[60] Walliser B. 2003. An international review of sponsorship research: extension and update [J]. International Journal of Advertising, 22(1): 5-40.

[61] Weeks C S, Cornwell T B, Drennan J C. 2008. Leveraging sponsorships on the internet: activation, congruence, and articulation [J]. Psychology and Marketing, 25(7): 637-654.

[62] Yangx Q S, Sparks R, Li M. 2008. Sports sponsorship as a strategic investment in China: perceived pisks and benefits by corporate sponsors prior to the Beijing 2008 olympics [J]. International Journal of Sports Marketing & Sponsorship, 10(1): 63-78.

[63] Zeithaml V A, Berry L L, Parasuraman A. 1996. The behavioral consequences of service quality [J]. Journal of Marketing, 60(2): 31-46.

Empirical Research on the Relationship between Consumer Perception of a Firm's Motives for Sports Sponsorship and Purchase Intention

Liu Fengjun Li Jingqiang

(School of Business Renmin University of China Beijing)

Abstract Based on attribution theory, this paper empirically analyses the relationship between consumer perception of a firm's motives for sport sponsorship and purchase intention by using structural equation model. The study reveals that consumer can clearly distinguish egoistic-driven, values-driven, strategic-driven and stakeholder-driven motives of sponsorship. Thereinto, egoistic-driven and stakeholder-driven motives have significantly negative influence on consumers' trust and purchase intention, while values-driven and strategic-driven motives have significantly positive influence on consumers' trust and purchase intention. Further, consumer trust plays a partial mediating role in the impact of a firm's motives for sports sponsorship on purchase intention. Finally, the paper analyses the impact of consumers' characteristics and corporate types on consumers' attribution, and gives some suggestions about sponsoring marketing for the managers.

Key words Attribution Theory, Sports Sponsorship, Sponsoring Motive, Trust, Purchase Intention

专业主编：彭泗清

赵 鑫[①],马钦海[②],郝金锦[③]

摘 要 在顾客心理契约违背与信任和满意关系的已有研究基础上,再思考三者的作用机理。通过餐饮业的实证研究表明,信任在顾客心理契约违背与满意关系上起着中介作用;顾客对自身义务的感知对顾客心理契约违背与信任关系具有调节作用。本文加深了已有关于顾客心理契约违背与信任和满意关系的作用机理的认识。

关键词 顾客心理契约违背,信任,满意

顾客心理契约违背与信任和满意关系的再思考[④]

0 引言

在西方组织行为和人力资源管理研究中,心理契约是一个热点问题。心理契约的研究有效地帮助企业改善员工工作态度、提高组织效率和员工的满意度。在消费行为研究领域,Roehling (1996)提出顾客与企业之间存在心理契约,即顾客对自己与企业之间互惠义务的感知和信念,包括顾客对自身义务的感知和顾客对企业义务的感知两个方面。顾客和企业在交易过程中,除了明码标价和售后服务条款等明确的书面契约之外,还存在着许多没有明确但被顾客所感知和期望的隐性条款,这就是顾客心理契约的内容。

继顾客心理契约概念提出后,有多位学者(Goles et al., 2009; Hill et al., 2009; Pavlou et al., 2004;罗海成和范秀成,2005;阳林,2010)开展了有关顾客心理契约方面的实证研究。这些研究主要关注顾客心理契约违背(对商家没有履行其承诺义务时的感知)所产生的后果,包括对顾客购物风险感知、顾客信任、顾客购买倾向、顾客满意的影响。这些影响都是作为顾客心理契约违背的直接作用来加以探讨的。考虑到Lin和Wang(2006)对信任和满意关系的实证研究结论以及Robinson(1996)关于信任作为心理契约基础的观点,我们认为顾客心理契约违背与顾客信任和顾客满意应是一条因果链,其中信任起着中介作用。此中介作用是部分中介作用还是完全中介作用尚不能清楚地判断。也就是说,三者之间的路径关系不清楚,有必要在现有研究的基础上,再思考它们之间的关系,以加深对三者之间作用机理的认识,指导企业通过控制信任降低顾客心理契约违背对满意的影响。

对每个顾客来说,心理契约的自身义务感知会是不同的。当顾客对自身义务感知程度强时,顾客与企业交易过程中会高标准要求自己,也希望从企业那里得到承诺。因此,我们进一步思考,在顾客心理契约的自身义务感知不同的条件

① 赵鑫,东北大学工商管理学院博士研究生,E-mail:wenya_zhx@hotmai.com。
② 马钦海,东北大学工商管理学院教授,E-mail:qhma@mail.neu.edu.cn。
③ 郝金锦,东北大学工商管理学院博士研究生,E-mail:haojinjin_sky@163.com。

④ 真诚感谢匿名评审专家为本文的改进和完善所提供的建设性意见。本研究受到国家自然科学基金(70772096)的资助。

下,顾客心理契约违背、顾客信任和顾客满意三者间关系是否有变化。现有的研究对这一问题没有涉及。通过对这一问题的探讨能够对三者间关系的解释更为精细,从而为企业寻求顾客信任和顾客满意的途径提供更有效的理论支持。

综上,本文的研究目的就是重新思考顾客心理契约违背、信任和满意三者间的关系,实证信任对顾客心理契约违背与满意关系的中介作用,进一步探讨顾客自身义务感知对三者间关系的调节作用。

1 文献回顾

1.1 顾客心理契约

20世纪60年代,组织心理学家 Argyris 首次将心理契约引入管理领域,用来研究雇员与雇主的关系。之后 Schein(1980)将心理契约定义为组织中每个成员和不同的管理者和其他人之间,在任何时候都存在的没有明文规定的一整套期望。20世纪90年代末,学者们对心理契约的研究产生了很大的分歧。以 Guest 为代表的“古典学派”,强调心理契约是雇佣双方对交换关系中彼此义务的主观理解。以 Rousseau 为代表的“Rousseau 学派”,强调心理契约是雇员个体对双方交换关系中彼此义务的主观理解。由于古典学派的观点在实证研究中的难度,从20世纪90年代末至今的实证研究大多基于“Rousseau 学派”对心理契约的理解。

自从 Roehling(1996)指出可将心理契约扩展到企业与外部顾客之间的关系中后,Lush 和 Browm(1996)、Llewellyn(2001)、Hill 等(2009)在营销渠道关系上开展心理契约的研究,Pavlou 和 Gefen(2004)、罗海成和范秀成(2005)、Kingshott(2006)、Goles 等(2009)、阳林(2010)探讨顾客与企业之间的心理契约,并将顾客心理契约定义为顾客对自己与企业之间互惠义务的感知和信念。

关于顾客心理契约的维度和内容,学者观点尚不统一。Kingshott(2006)参考 Rousseau 在员工心理契约的研究内容,提出了顾客心理契约包括顾客感知企业承诺的信任和公平对待的程度、条件关系、内在的关系特征和益处四个方面内容。Pavlou 和 Gefen(2004)、罗海成和范秀成(2005)、阳林(2010)等指出顾客心理契约包括交易契约和关系契约两个维度的内容,后者被学者们广泛采用。

本文赞同以往学者关于顾客心理契约概念的理解,认为顾客心理契约是顾客对自己与企业之间互惠责任和义务的感知和信念。结合这一定义,本文认为顾客心理契约包括顾客对企业义务的感知和顾客对自身义务的感知两个方面的内容,并且每个方面的顾客心理契约都包括交易心理契约和关系心理契约两个维度。交易心理契约是建立在短期回报和利益基础之上的;关系心理契约关注广泛的、长期的社会情感联系。

1.2 顾客心理契约违背

在心理契约理论的研究中有学者提出,心理契约正是因为心理契约违背现象的普遍性而被重视的。目前的研究主要集中在心理契约违背的影响。

Morrison 和 Robinson(1997)指出,在组织行为学中心理契约违背被定义为员工认为并且感知到他们所在的组织没有充分履行心理契约中的责任后的情绪和情感状态。Goles 等(2009)认为顾客心理契约违背是对委托人违背诺言的情感反应。Hill 等(2009)认为心理契约是参与者对对方义务的主观感知,当微小的或者严重的不道德行为发生,不能保护其权利和利益时,心理契约违背发生。从国内外学者的观点来看,顾客心理契约违背是一种主观体验,它是指一方认为另一方没有或没有完全履行自己的诺言。即顾客对商家未履行其承诺的义务的感知。

1.3 信任

信任是人们在社会活动和交往过程中形成的一种理性化的交往态度,在现代经济发展中的作用是不可忽视的。信任在营销领域中的研究是伴随着关系营销主题的发展进行的,且主要的研究集中在三个方面,即信任概念的含义、信任的前因和建立信任的机制(侯俊东等,2009)。关于信任的定义,学者的观点尚不统一。

Deutsch(1958)认为,信任是与人合作需求情况中的一个基本特征。Mayer 等(1995)认为,信任是一方信赖另一方,同时认为信任有助于改善或解决双方的权利冲突。Doney 和 Joseph(1997)认为,信任是信任者对目标对象可信赖性(reliability)与善意(benevolence)的知觉感受。

本文中的信任采用 Mayer 等(1995)学者的观点,认为信任是对合作另一方的信赖,并认为信任有助于改善双方的冲突。

1.4 满意

在市场营销领域中,第一次出现消费者满意的概念是在 20 世纪 60 年代。Cardozo 第一次将这一概念引入市场营销领域。在多年的研究中,学者对消费者满意的认识已经从一种简单的经营口号发展成为一种较成熟的经营管理模式。

对顾客满意的理解,学者从不同角度进行界定,广为采用的是 Oliver 和 Kotler 的观点。Oliver(1980)认为,满意是一种心理状态,是消费者根据消费经验所形成的期望与消费经历一致时产生的一种情感状态。Kotler(2010)指出,满意是指一个人通过对一种产品的可感知的效果(或结果)与他或她的期望值相比较后,所形成的愉悦或失望的感觉状态。换言之,满意是一种状态,它包含了认知和情感成分。

2 研究假设

在组织行为学的研究中,心理契约违背对员工的工作态度和行为都会产生重大的负面影响,心理契约违背会降低员工的组织承诺、工作满意度、留职意愿。在员工感知到组织违背心理契约后的工作行为反应中,情绪是行为的关键因子,当员工感觉到心理契约违背后,会产生强烈的不满情绪。

Morrison 和 Robinson(1997)指出,心理契约违背是一种主观的感知,当感知到心理契约违背后会对感知方的心理产生一定的影响。在营销情境中,学者们初步论述并实证了顾客心理契约和顾客心理契约违背与满意的关系。罗海成(2008)从顾客对企业义务的感知方面证实了顾客满意与交易心理契约和关系心理契约相关。雷亮(2008)论述了顾客心理契约违背与顾客满意负相关。

当顾客感知到企业没有完全履行其责任和义务时,顾客会因为自身的期望没有满足而对企业会产生负向的认知和情感,顾客的满意会因此而降低。当交易契约违背时,顾客的短期利益受到损害,随着交易心理契约违背程度的加深,满意会随之降低。当关系契约违背时,顾客感知到自己对企业的情感受到伤害,与企业建立起来的长期的关系受到危害,随着关系心理契约违背程度的加深,满意也会随之降低。因此,本文提出假设 1:

H1a:顾客交易心理契约违背负向影响满意。

H1b:顾客关系心理契约违背负向影响满意。

Robinson(1996)认为,心理契约是以对组织信任为基础而形成的,心理契约违背会降低员工对组织的信任和承诺,增强离开组织的意愿等。Robinson 和 Rousseau(1994)也指出心理契约是建立在双方信任的基础上。罗海成(2008)指出顾客的心理契约有助于他们建立起对企业的可信任性信任,有助于强化顾客与企业之间的情感纽带,传递企业的善意性信号,并证实了交易心理契约与可信性信任正相关,关系心理契约与善意性信任正相关。

心理契约理论主张,心理契约违背的影响不只是单纯的期望未被满足,也是对关系双方信任和基础的破坏(Robinson,1996)。当顾客感知到企业的承诺没有被履行时,顾客较容易感知到心理契约违背,因为期望落空而降低对商家的信任。在网上拍卖情境中,Pavlou 和 Gefen(2004)验证了心理契约违背与信任负相关,与感知风险正相关,与购买倾向负相关。Goles 等(2009)消费者网上购物行为也证实了顾客心理契约违背影响认知性信任和情感性信任。综合以上观点,提出假设2：

H2a：顾客交易心理契约违背负向影响信任。

H2b：顾客关系心理契约违背负向影响信任。

Robinson和Rousseam(1994)认为心理契约是建立在双方信任的基础上，没有信任顾客就不会与企业建立起心理契约。在信任与满意的关系研究中，Lin和Wang(2006)的研究结果表明，信任对满意具有显著的影响作用。结合假设1和假设2，我们推断，顾客心理契约违背会通过信任影响满意，据此提出假设3：

H3a：信任在顾客交易心理契约违背与满意的关系中起中介作用。

H3b：信任在顾客关系心理契约违背与满意的关系中起中介作用。

心理契约概念的理论基础是社会心理学中的交换理论和公平理论，其基本假设是组织与员工之间是一种互惠关系，双方均需要一定的付出和回报。组织行为学领域已经实证了员工感知的自身义务越高，越能采取更多的积极的行为。当其心理契约违背时，员工的负面行为反应越激烈(Morrison et al.，1997)。在营销情境中，当顾客感知自身义务强时，顾客会积极地配合企业的服务，同时，从交换和公平的角度，顾客对企业履行其义务的要求更强烈。因此，当顾客感知企业有未履行的义务时，顾客对企业的信任和满意也会严重地降低。相反，对于义务感不强的顾客，基于交换和公平的角度，对于企业义务的未履行感知不强，对企业的信任和满意的降低相对较小。顾客感知自身义务既包括顾客对自身在交易过程中应履行的义务的感知，即顾客感知自身义务的交易契约；又包括顾客对维护与企业长期关系的义务的感知，即顾客感知自身义务的关系契约。因此，提出假设4：

H4a：顾客感知自身义务的交易契约在顾客心理契约违背与信任和满意的关系上起调节作用。

H4b：顾客感知自身义务的关系契约在顾客心理契约违背与信任和满意的关系上起调节作用。

3 研究方法

3.1 样本

采用调查问卷方式收集数据。选择顾客参与度较高的介于纯服务与纯产品之间的餐饮业作为实证研究的行业。问卷包括顾客基本信息和核心问题两部分。我们在沈阳地区选择在餐饮业消费频率相对较高的高校学生和企业工作人员作为问卷调研的对象。数据收集于2010年10月，学生样本采用现场填写的方式，企业工作人员样本首先通过致电的方式，询问其是否愿意参与本次调查，对于愿意参与的人员通过邮件方式发放问卷。共发放500份，回收有效问卷426份，其中学生样本占90%，企业工作人员样本占10%。为了减少共同方法偏差带来的影响，我们在研究设计上尽量保证了问卷的匿名性。

有效问卷中被调查者46%为男性，54%为女性，数据的描述性统计详见表1。对于测量结果进行了Harman单因素检验，研究发现没有单一的因子解释了绝大部分变异量，表明测量结果受共同方法偏差的影响并不严重。

3.2 变量的测量

问卷主要涉及顾客心理契约违背、顾客感知自身义务、信任和满意。本次问卷调查使用的量表在现有文献量表的基础上编制，所有题项采用李克特七点尺度进行测量。

目前关于心理契约违背的测量很少。Pavlou和Gefen(2004)仅从交易心理契约违背的六个来源测量顾客对心理契约违背的感知，包括欺骗、产品阐述不实、条款违约、产品递送失败、未履行产品保证书、未履行支付条款内容。我国学者目前的测量基于罗海成(2006)的量表，通过判断商家履行义务程度和承诺的差异，直接计分即为心理契约违背得分。对于顾客感知自身义务的测量，目前只有阳林开发了量表。基于本文对顾客心理契约和顾客心理契约违背的定义和餐饮业的具体情景，参考Rousseau(1998)编制的心理契约问卷、罗海成(2006)和阳林(2010)的量表,设计顾客心理契约违背和顾客感知自身义务的测量量表。其中,顾客心理契约违背的测量,针对两个维度(关系心理契约和交易心理契约)分别设计了六个题项,让被试者判定商家履行义务程度和承诺的差异,从履行程度远高于承诺到履行程度远低于承诺,直接计算得分;顾客对自身义务的感知的两个维度(关系心理契约和交易心理契约)分别设计了六个题项,针对每个题项测量顾客的感知,从非常赞同到非常不赞同。

信任变量采用 Bansal 等 (2010)的量表,包括三个题项,分别是我非常信任服务商、服务商比较诚实和服务商关心顾客。

满意是顾客对服务提供商的总体评价,在已有满意的文献研究基础上设计了三个题项,分别对总体满意情况、与期望相比的满意情况及与其他服务商相比的满意情况进行评价。

据统计,近些年中文营销类文章采用最多的研究方法为结构方程模型(李东进等,2010)。因此,对所获数据,本研究采取 SPSS17.0 和 Amos5.0 进行变量间相关关系和结构模型检验及分析。

3.3 量表的信度与效度检验

(1) 信度。信度指测量对象的可靠性。本研究采用最常用的 Cronbach's α 系数来评估样本的信度。Cronbach's α 大于 0.7 表明测量是可靠的,信度检验结果见表 1。整个问卷的 Cronbach's α 系数为 0.765,说明整个问卷的可靠性和稳定性很好。对模型中测量的构念分析可知,构念的 Cronbach's α 均大于 0.7,表明本研究这些构念的内部一致性较好。

(2) 效度。效度指测量结果的有效性。本研究样本数为 426,大于题量的五倍,满足数据分析样本要求(侯杰泰等,2002)。运用 Amos5.0 对数据的完全标准化参数估计结果,除个别指标负荷值低于 0.5 以外,大部分指标对相应因子的负荷值都大于 0.5,所有拟合指标接近或达到理想标准,说明模型与数据有较好的拟合度,本研究所构造的变量的收敛效度较好。

表 1 描述性统计和信度、收敛效度检验结果

构念	题项	均值		标准差	方差	标准化因子载荷系数	*T* 值	AVE	Cronbach's α
		统计量	标准误	统计量	统计量				
顾客交易契约违背	卫生的餐具和菜肴,整洁的就餐环境	4.18	0.069	1.432	2.050	0.479***	—	0.552	0.855
	价格优惠或提供免费赠品	4.67	0.071	1.462	2.137	0.687***	80.62		
	快捷服务,不浪费我的时间	4.58	0.079	1.623	2.634	0.802***	46.61		
	不推荐不适合的菜肴和酒水	4.63	0.078	1.612	2.600	0.811***	46.82		
	熟悉我的餐饮喜好	5.08	0.075	1.558	2.427	0.677***	53.78		
	耐心解释我对饭菜的疑问	4.35	0.075	1.557	2.426	0.751***	53.15		
顾客关系契约违背	一旦出现就餐问题,主动承担责任	4.58	0.080	1.659	2.753	0.638***	—	0.519	0.862
	提供可靠、放心的优质服务	4.09	0.071	1.461	2.136	0.899***	167.21		
	服务人员真心尊重我	4.24	0.072	1.488	2.213	0.798***	170.73		
	提供长期的质量和信誉保证	4.14	0.069	1.421	2.019	0.758***	170.73		
	真心关心我的工作和生活	4.51	0.072	1.483	2.199	0.545***	118.54		
	真心重视与我的个人友谊关系	4.48	0.069	1.416	2.006	0.623***	148.33		

续表

构念	题项	均值		标准差	方差	标准化因子载荷系数	T值	AVE	Cronbach's α
		统计量	标准误	统计量	统计量				
顾客感知自身交易契约	尊重服务人员的劳动	4.85	0.089	1.838	3.378	0.912***	—	0.762	0.948
	自觉维护服务秩序	5.02	0.080	1.652	2.729	0.956***	1 316.15		
	自觉维护服务环境的整洁	5.08	0.081	1.666	2.776	0.870***	844.28		
	不损坏服务设施	5.23	0.088	1.810	3.276	0.915***	1 034.97		
	不浪费资源	5.27	0.076	1.576	2.485	0.810***	699.42		
	言谈举止不损害饭店形象	5.01	0.074	1.532	2.348	0.758***	523.39		
顾客感知自身关系契约	长期接受饭店服务	4.04	0.067	1.378	1.900	0.569***	—	0.476	0.759
	主动向周围人介绍饭店的消费体验	4.36	0.069	1.433	2.053	0.668***	57.32		
	认同饭店的企业文化	4.17	0.070	1.444	2.084	0.848***	59.43		
	愿意接受服务程序的调整安排	4.07	0.071	1.460	2.132	0.568***	85.84		
	不提出额外服务要求	3.64	0.069	1.430	2.044	0.351***	65.08		
	自觉遵守饭店的服务规程	4.65	0.071	1.470	2.161	0.516***	81.37		
信任	非常相信饭店	3.90	0.060	1.232	1.519	0.860***	—	0.762	0.819
	非常相信饭店比较诚实	3.45	0.069	1.425	2.031	0.924***	575.3		
	相信饭店关心顾客	3.42	0.066	1.367	1.867	0.832***	354.34		
满意	饭店的服务总体满意	3.87	0.066	1.365	1.863	0.571***	—	0.632	0.905
	饭店的服务和我的预期相比满意	3.50	0.068	1.401	1.964	0.924***	72.32		
	饭店的服务和其他店相比满意	3.51	0.068	1.401	1.963	0.846***	89.14		

**** 表示 $p<0.001$。

区别效度探讨排他性问题，指概念之间的差异程度。对于区别效度的验证，通过计算各变量之间的相关系数显示，各变量间的相关系数为0.341～0.737，各相关系数均小于对应析出平方根，表明各构造变量之间具有显著区别，区别效度达到要求。

4 假设检验结果

4.1 顾客心理契约违背与满意和信任的关系

将顾客心理契约违背的两个维度(关系心理契约违背和交易心理契约违背)与满意建立模型，并加以验证，模型见图1。模型的路径系数和拟合水平见表2。从表2可以看出，交易心理契约违背和关系心理契约违背均显著负向影响顾客的满意，模型拟合较好，假设H1a和H1b得到验证。

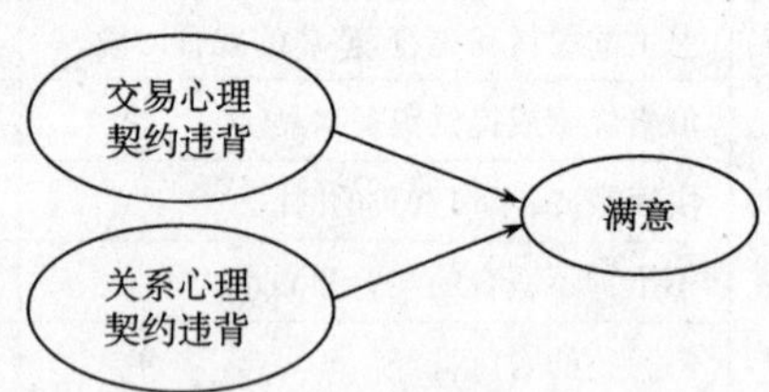

图1 心理契约违背与满意结构方程模型

表2 心理契约违背与满意模型路径系数和拟合水平

模型路径	路径系数	χ^2/df
交易心理契约违背与满意	−0.306**	2.108
关系心理契约违背与满意	−0.195**	

**表示 $p<0.01$。

将顾客心理契约违背的两个维度与信任建立模型，并加以验证，模型见图1。模型的路径系数和拟合水平见表 3。研究显示，交易心理契约违背和关系心理契约违背均显著负向影响信任，模型拟合较好，假设 H2a 和 H2b 得到验证。

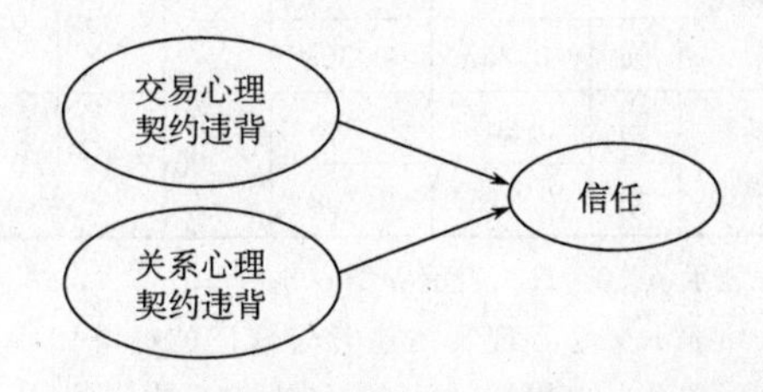

图 2　心理契约违背与信任结构方程模型

表 3　心理契约违背与信任模型路径系数和拟合水平

模型路径	路径系数	χ^2/df
交易心理契约违背与信任	-0.389^{***}	1.191
关系心理契约违背与信任	-0.216^{**}	

*** 表示 $p<0.001$；** 表示 $p<0.01$。

根据 Baron 和 Kenny(1986)提出的检验中介效应的三个步骤，本次研究中介变量需要满足三个条件：①顾客心理契约违背显著影响满意；②顾客心理契约违背显著影响信任；③当把信任加入顾客心理契约违背与满意的关系模型中时，顾客心理契约违背与满意的关系相比没加入前有所削弱(部分中介)，或者心理契约违背与满意的关系不显著(完全中介作用)，同时，信任对满意有显著影响。

条件①和条件②已经验证。为了验证条件③，我们构建了部分中介模型，如图 3 所示。模型路径系数及拟合水平如表 4 所示，模型拟合均较好。由于交易心理契约违背和关系心理契约违背与满意度的关系均不显著，说明信任在交易心理契约违背与满意度和关系心理契约违背与满意度的关系上起完全中介作用。

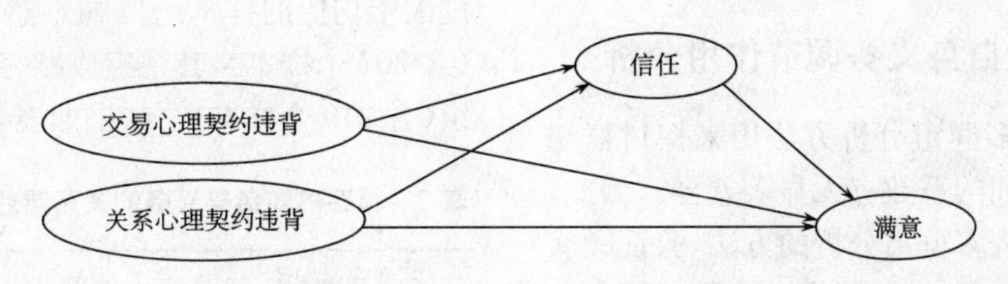

图 3　心理契约违背与满意、信任结构方程模型

表 4　心理契约违背与满意、信任模型路径系数和拟合水平

模型路径	路径系数	χ^2/df
交易心理契约违背与信任	-0.431^{***}	2.110
交易心理契约违背与满意	不显著	
关系心理契约违背与信任	-0.190^{**}	
关系心理契约违背与满意	不显著	
信任与满意	0.762^{***}	

*** 表示 $p<0.001$；** 表示 $p<0.01$。

根据上述研究结果，我们对心理契约违背与满意、信任结构方程模型进行调整，如图 4 所示。

本次调查选取了学生和企业工作人员两组样本。为了验证两组样本是否存在差异，我们先验证两组样本统计上的差异性，然后，验证两组样本在模型路径系数上的差异。首先，分别计算两组样本中各题项的均值，通过 SPSS 软件计算两组样本均值的相关系数。结果表明，两组样本

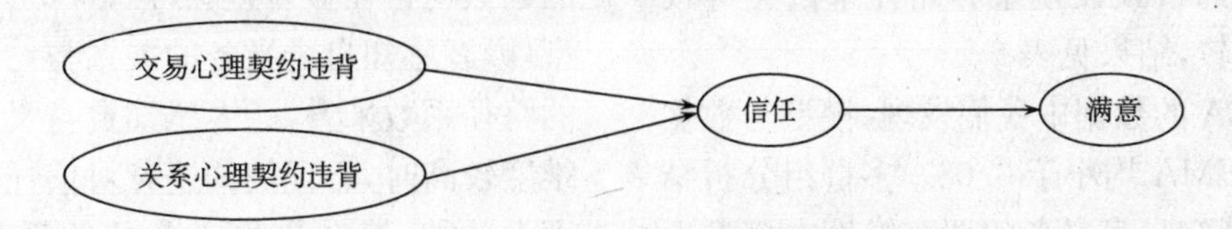

图 4　调整后的心理契约违背与满意、信任结构方程模型

均值具有较高的相关性，相关系数为0.651，说明两组样本在统计上差异较小。其次，分别将两组样本在调整后的心理契约违背与满意、信任结构方程模型上进行验证，两组样本均通过验证，结果如表5所示。从中可以看出，学生样本和企业工作人员样本在模型的路径系数上略有差异。

表5 学生和企业工作人员样本在调整后模型的路径系数和拟合水平

模型	路径	路径系数	χ^2/df
学生样本	交易心理契约违背与信任	−0.397***	2.377
	关系心理契约违背与信任	−0.206**	
	信任与满意	0.735***	
企业工作人员样本	交易心理契约违背与信任	−0.378**	1.526
	关系心理契约违背与信任	−0.320**	
	信任与满意	0.893***	

*** 表示 $p<0.001$；** 表示 $p<0.01$.

4.2 顾客感知自身义务调节作用分析

结构方程的多群组分析方法用来探讨群组之间在重要变量间的系数有无显著差异。因此，本文采用结构方程多群组分析的方法，验证顾客感知自身义务的交易契约和关系契约对顾客心理契约违背与信任关系的调节作用。首先，将顾客感知自身义务的交易契约转变为类别变量，并根据这一类别变量进行分组。顾客感知自身义务的交易契约测量采用含有六个题项的Likert 7级量表，计算每个被试六个题项的均值，作为被试者在顾客感知自身义务的交易契约新的得分。以新的得分的均值为标准，将样本划分为两组。顾客感知自身义务的交易契约维度大于均值的样本组成顾客感知自身义务强组（含226个样本），其余组成顾客感知自身义务弱组（含200个样本）。然后，通过预设模型和路径系数相等模型进行分析比较，结果见表6。

从RSMEA的数据中我们发现，模型与数据拟合较好，RSEMA均小于0.08。多群组分析结果显示，顾客感知自身义务的两个维度在模型上的系数均存在显著差异（$p<0.05$）。根据预设模型，顾客感知自身义务的交易契约维度高低两组

表6 顾客感知自身义务的交易契约调节作用分析结果

模型	组别	$\beta_{TV\text{-}T}$	$\beta_{RV\text{-}T}$	P	χ^2/df	RMSEA
预设模型	弱	−0.212*	−0.237**	—	1.959	0.048
	强	−0.258*	−0.303*			
路径系数相等模型	弱	−0.207**	−0.305**	0.000	2.437	0.058
	强	−0.215**	−0.308**			

** 表示 $p<0.01$；* 表示 $p<0.05$。

β_{TV-T}表示交易心理契约违背与信任的标准回归系数；β_{RV-T}表示关系心理契约与信任的标准回归系数。

的路径系数来看，顾客感知自身义务的交易契约维度较高时，心理契约违背对信任的负向影响程度大；顾客感知自身义务的交易契约维度较低时，心理契约违背对信任的负向影响程度小。

采用上述方法，验证顾客感知自身义务的关系契约对顾客心理契约违背与信任关系的调节作用。分组后顾客感知自身义务的关系契约维度大于均值的样本组成顾客感知自身义务强组（含207个样本），其余组成顾客感知自身义务弱组（含219个样本）。结果如表7所示。

表7 顾客感知自身义务的关系契约调节作用分析结果

模型	组别	βTV-T	βRV-T	P	χ^2/df	RMSEA
预设模型	弱	−0.207*	−0.209*	—	2.463	0.059
	强	−0.230*	−0.303*			
路径系数相等模型	弱	−0.213**	−0.267**	0.000	2.740	0.064
	强	−0.265**	−0.277**			

** 表示 $p<0.01$；* 表示 $p<0.05$。

β_{TV-T}表示交易心理契约违背与信任的标准回归系数；β_{RV-T}表示关系心理契约与信任的标准回归系数。

从RSMEA的数据中，我们发现模型与数据拟合较好，RSEMA均小于0.08。多群组分析结果显示，顾客感知自身义务的两个维度在模型上的系数均存在显著差异（$p<0.05$）。根据预设模型，顾客感知自身义务的关系契约维度高低两组的路径系数来看，顾客感知自身义务的关系契约维度较高时，心理契约违背对信任的负向影响程度大；顾客感知自身义务的关系契约维度较低时，心理契约违背对信任的负向影响程度小。

基于以上分析，顾客感知自身义务在顾客感

知企业心理契约违背与信任的关系上起调节作用。顾客感知自身义务越强,顾客感知企业违背心理契约对信任的影响越大。H4a 和 H4b 得到验证。

综合以上假设检验结果,我们总结出顾客心理契约违背与信任和满意的关系模型,如图 5 所示。

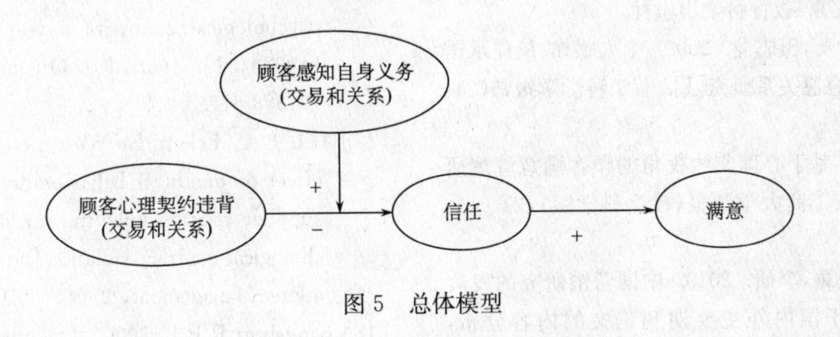

图 5 总体模型

5 结论与讨论

本文探讨了顾客感知企业违背心理契约与信任和满意的关系,以及顾客感知自身义务对三者之间关系的影响。研究发现,信任在顾客心理契约违背与满意的关系上起完全中介作用。顾客心理契约违背负向影响顾客对企业的信任,并通过信任影响顾客的满意。作为顾客心理契约的一个方面,顾客对自身义务的感知对顾客心理契约违背与信任的关系起调节作用。顾客感知自身义务越强,顾客心理契约违背与信任的负向关系越强。本文的两个假设全部得到了验证。同时,通过对学生样本和企业工作人员样本在顾客心理契约违背-信任-满意的模型对比发现,二者在模型的路径系数上略有差异。

本文验证了顾客心理契约违背与满意和信任的关系,对三者之间的作用机理作了深入的理解,修正了该领域已有的研究结果,为企业寻求顾客信任和顾客满意的途径提供更有效的理论支持。

本文对管理实践也有一些启示。首先,信任在顾客心理契约违背与满意的关系上起完全中介作用。企业在对契约违背进行补救时,最有效的补救方法不是采取措施实现顾客满意,而是重新树立顾客对企业的信任。例如,在餐馆里,顾客认为餐馆没有提供承诺的口味的菜肴,餐馆不是简单地采用打折或者赠送进行契约维护,而是要采取措施使顾客相信餐馆能够提供承诺的商品,如重新免费提供承诺口味的菜肴。打折或者赠送可以实现短期顾客的满意,但顾客可能依然认为餐馆没有提供承诺口味的能力而放弃再次消费。其次,根据顾客对自身义务的感知对顾客心理契约违背与信任关系的调节作用,企业需要关注顾客的哪些特征影响顾客对自身义务的感知,这样能帮助企业有效地降低顾客心理契约违背对信任的影响。

本文仍存在一些局限性。首先,样本人群针对高校学生和企业工作人员,研究结果是否适用于其他人群有待进一步的研究,未来的研究有必要在更广泛的人群中进行验证。其次,问卷调研结果仅源于对餐饮业的样本统计,使得本研究的普遍适用性受到影响。

未来的研究还可以在以下三方面开展:第一,针对不同人群验证模型,本次研究发现学生样本和企业工作人员样本在模型路径系数上的差异,未来有必要针对不同人群进行验证,并分析差异原因;第二,探讨影响顾客对自身义务感知的因素,从本研究的结论看,顾客对自身义务的感知是心理契约管理中的关键变量,它将对顾客心理契约违背与信任的关系产生影响,因此,寻找到顾客对自身义务感知的影响因素能帮助企业有效地进行顾客分类管理;第三,顾客心理契约违背的作用机理在不同行业的重新验证。

参考文献

[1] 侯杰泰,温忠麟,成子娟. 2002. 结构方程模型及其应用[M]. 北京:教育科学出版社.

[2] 侯俊东,杜兰英,田志龙. 2009. 个人感知、信任承诺与公益消费意愿关系研究[J]. 营销科学学报,5(2):96-108.

[3] 雷亮. 2008. 基于心理契约视角的顾客满意管理研究[J]. 北京工商大学学报(社会科学版),23 (4):34-37.

[4] 李东进,任星耀,李研. 2010. 中国营销研究的发展趋势——基于国内外主要期刊论文的内容分析,2000~2008[J]. 营销科学学报,6(1):124-126.

[5] 罗海成. 2006. 营销情境中的心理契约概念及其测度研究[J]. 数理统计与管理,25(5):574-580.

[6] 罗海成. 2008. 基于心理契约的服务忠诚决定因素实证研究[J]. 经济管理,30(4):55-61.

[7] 罗海成,范秀成. 2005. 基于心理契约的关系营销机制:服务业实证研究[J]. 南开管理评论,8(6):48-55.

[8] 余琛. 2003. 员工心理契约与持股计划研究[J]. 服务管理,5(4):682-684.

[9] 阳林. 2010. 服务企业与顾客心理契约结构研究——一项基于银行业的实证研究[J]. 南开管理评论,1:59-68.

[10] Argyris C. 1960. Understanding Organizational Behavior [M]. London: Tavistock Publications.

[11] Bansal G, Zahedi F M, Gefen D. 2010. The impact of personal dispositions on information sensitivity, privacy concern and trust in disclosing health information online [J]. Decision Support Systems, 49(2):138-150.

[12] Baron R M, Kenny D A. 1986. The moderator-mediator variable distinction in social psychological research: conceptual, strategic, and statistical considerations [J]. Journal of Personality and Social Psychology, 51(6): 1173-1182.

[13] Deutsch M. 1958. Trust and suspicion [J]. Journal of Conflict Resolution, 2(4):265-279.

[14] Doney P M, Joseph P C. 1997. An examination of the nature of trust in buyer-seller relationships [J]. Journal of Marketing, 6(2): 35-51.

[15] Goles T, Lee S J, Rao S V, et al. 2009. Trust violations in electronic commerce: customer concerns and reactions [J]. Journal of Computer Information Systems, 49(4):1-9.

[16] Guest D E. 1998. On meaning, metaphor and the psychological contract: a response to Rousseau (1998) [J]. Journal of Organizational Behavior, 19:673-677.

[17] Hill J A, Eckerd S, Wilson D, et al. 2009. The effect of unethical behavior on trust in a buyer-supplier relationship: the mediating role of psychological contract violation [J]. Journal of Operations Management, 27(4): 281-293.

[18] Kingshott R P J. 2006. The impact of psychological contracts upon trust and commitment within supplier-buyer relationships: a social exchange view [J]. Industrial Marketing Management, 35 (6): 724-739.

[19] Kolter P. Armstrong G. 2010. Principles of Marketing [M]. Beijing: Tsinghua University Press.

[20] Lin H H, Wang Y S. 2006. An examination of the determinants of customer loyalty in mobile commerce contexts[J]. Information & Management, 43:271-282.

[21] Llewellyn N. 2001. The role of psychological contracts within internal service networks[J]. The Service Industries Journal, 21(1): 211-226.

[22] Lusch R F, Brown J R. 1996. Interdependency, contracting, and relational behavior in marketing channels [J]. Journal of Marketing, 60 (4): 19-38.

[23] Mayer R C, Davis J H, Schoorman F D. 1995. An integration model of organizational trust[J]. The Academy of Management Review, 20(3): 709-734.

[24] Morrison E W, Robinson S L. 1997. When employees feel betrayed: a model of how psychological contract violation develops [J]. Academy of Management Review, 22(1):226-256.

[25] Oliver R L. 1980. A cognitive model of the antecedents and consequences of satisfaction decision [J]. Journal of Marketing Research, 17 (4): 460-469.

[26] Pavlou P, Gefen D. 2004. Building effective online marketplaces with institution-based trust[J]. In-

formation Systems Research, 15(1):37-59.

[27] Robinson S L . 1996. Trust and breach of the psychological contract [J]. Administrative Science Quarterly, 41: 574-599.

[28] Robinson S L, Rousseau D M. 1994. Violating the psychological contract: not the exception but the norm[J]. Journal of Organizational Behavior, 15 (2):245-259.

[29] Roehling M. 1996. The origins and early development of the psychological contract construct. Paper Presented at Academy of Management Meetings, Cincinnati.

[30] Rousseau D M. 1998. The "problem" of the psychological contract considered [J]. Journal of Organizational Behavior, 19:665-671.

[31] Rousseau D M, McLean P J. 1993. The contracts of individuals and organizations [J]. Research in Organizational Behavior, 1(15):1-43.

[32] Rousseau D M, Tijoriwala S A. 1998. Assessing psychological contracts: issues, alternatives, and measures [J]. Organization Behavior, 19 (5): 731-744.

[33] Schein E H. 1980. Organizational Psychology[M], New Jersey: Prentice Hall.

[34] Turnley W H, Feldman D C. 1999. The impact of psychological contract violations on exit, voice, loyalty, and neglect [J]. Human Relations, 52 (7):895-922.

Rethinking the relationship among consumer psychological contract violation, trust and satisfaction

Zhao Xin, Ma Qinhai, Hao Jinjin

(School of Business Administration, Northeastern University)

Abstract Based on the literature review about relationships among psychological contract violation, trust and satisfaction, this paper rethinks the relationships among them. Using the empirical study of restaurant, the results show that trust mediates the relationship of consumer psychological contract violation and satisfaction, and this effect is moderated by customers' beliefs concerning obligations of themselves. The results deepen the existing recognition about consumer psychological contract violation, trust, and satisfaction.

Key words Consumer Psychological Contract Violation, Trust, Satisfaction

专业主编:范秀成

营销科学学报
第7卷第2辑:92-106

Journal of Marketing Science;
Vol. 7, No. 2, June 2011: 92-106

邬金涛[1]，江盛达[2]

摘　要　本文应用“挫折-攻击”的基本框架，综合公平理论、服务环境理论及顾客情绪理论等，总结出影响顾客逆向行为强度的四个因素，通过实证研究发现：公平因素中，程序不公平对逆向行为强度的正向效应最强，负面情绪起部分中介作用；结果不公平和互动不公平的效应均不显著。环境因素中，空间布局不合意性的效应不显著，指示信息模糊性通过负面情绪起作用，顾客群不文明程度部分通过负面情绪起作用，周边条件恶劣性直接对逆向行为强度起作用。个性特征没有任何影响。

关键词　顾客逆向行为，挫折-攻击范式，公平因素，环境因素，顾客情绪

顾客逆向行为强度的影响因素研究[3]

0　引言

越来越多的企业把营销活动的重点放在了建立和维护客户与企业的互动关系上，引导顾客积极参与服务，激发顾客的主观能动性来改善服务质量，进而提高顾客满意度和忠诚度。例如，实施顾客忠诚计划、VIP特惠服务等，这些措施的终极目标是鼓励顾客公民行为(customer citizenship behavior)(Groth，2005)，期待顾客与企业实现良好的服务互动。

然而，并不是每个顾客都会对服务满意，一些意识强烈的顾客甚至会表现出有意或无意的不友好行为，进而使企业受到损失。在美国，基层的销售人员或服务员工每隔3.75天就会碰上一次辱骂，每隔15天就被顾客威胁一次，每隔31天就会受到顾客暴力对待(Grandey et al.，2004)。顾客的逆向行为不仅影响了服务质量和员工的工作满意度，甚至还会影响到其他顾客的服务体验和满意度，进而诱发群体性的抗议事件。

学术领域也关注过无理取闹、当场发怒等逆向行为。然而，关于顾客逆向行为的研究大多集中于理论探讨的层面，定性研究较多，而且显得相对零散，缺乏系统的理论基础和基于实证数据的系统分析，本文借鉴组织管理中员工对组织不良行为的研究，以“挫折-负面情绪-攻击”为基本框架，综合公平理论、服务环境理论及顾客情绪理论等，从不公平感知和欠佳环境入手，将顾客在服务互动过程中的负面情绪看作“不公平感知和欠佳环境”与“顾客逆向行为强度”之间的中介变量，尝试构建一个诠释顾客逆向行为强度的模型。同时试图通过来自餐馆、医院和银行顾客的样本数据来检验模型拟合程度及各变量间的路径关系，最后为服务企业提出几点管理建议。

1　文献回顾

顾客的逆向行为，也称为“不友好行为”和“不良行为”，是顾客不遵守消费情境中为大部分消费者所遵从的规范，破坏正常的消费秩序，且会直接影响服务员工的工作状态及其他在场顾客的情绪

① 邬金涛，中山大学岭南学院副教授，E-mail：lnswjt@mail. sysu. edu. cn。
② 江盛达，强生(上海)医疗器材有限公司产品技术专员，E-mail：danny4105@126. com。
③ 真诚感谢匿名评审专家为本文的改进和完善所提供的建设性意见。

和服务体验的行为。这些行为包括不愿支付费用,破坏或不遵守服务流程,不分场合大声谩骂挑衅,同其他顾客吵闹及损坏服务设施等(Fullerton and Punj,2004;赵平和莫亚林,2002)。

顾客为什么会产生逆向行为呢?被普遍接受的视角是从顾客心理认知的角度去解释逆向行为,包括顾客对服务质量的感知、对风险的感知和对环境的认知(Bechwati and Morrin,2003)。然而仅从认知的角度去解释逆向行为可能会有所偏颇,顾客不良行为是一种对服务评价后的反应,只有当"认知"和"情绪"过程同时发生作用时,顾客的怨恨才会维持。Fullerton 和 Punj(2004)总结了影响顾客逆向行为的心理因素和一些外部的因素,如表 1 所示。其中,人口统计特征、社会因素更多地是起调节的作用,而直接影响顾客逆向行为的是心理认知与消费者情绪。

顾客的认知和情绪又是如何产生并传导至顾客的行为的?挫折-攻击理论(frustration-aggression theory)提出"攻击行为的发生总是预先假定了挫折的存在,反过来,挫折的存在总是导致某种形式的攻击",这意味着挫折是攻击的充分必要条件(Dollard et al.,1939)。Berkowitz(1989)对"挫折-攻击"范式提出了比较有意义的修正意见,他认为"挫折"在大多数情况下是一些令人反感的事件,这些事件让人产生不愉快的、急躁的、恼火的情绪,他认为挫折应该先唤醒一种负面的情绪,这是一种受挫者"特定的注意力的集中",正是这些负面心理作用导致了回击、退让或逃避的反应。

表 1 影响顾客逆向行为的因素

分类	影响因素
人口统计特征	年龄、性别、教育程度、职业
心理特征	个人特质、道德感悟水平、为实现的愿望、追求刺激的倾向
社会因素	价值观、生活环境等
心境	消费者情绪等

公平理论认为公平感是个体对自己和参照对象的投入-报酬比的主观比较的结果。当个体受到不公平待遇时,会产生苦恼情绪,甚至出现逆反行为。为了消除这种情绪,个体会采取一定的行动(忍耐、逃避或者发泄怨气)。可以看出,不公平感所引起的连锁反应与挫折-攻击的范式基本一致。因此,顾客感知的不公平可以认为是顾客挫折。根据挫折-攻击理论,由不公平感所引起的挫折并不会直接导致顾客攻击等逆向行为,而是通过顾客不满情绪这个中介变量来间接发生作用。

2 理论框架与假设

本文沿用挫折-攻击假说"挫折-情绪-攻击"的框架,借鉴前人的研究,把在服务过程中顾客的挫折分为服务不公平性和欠佳服务环境两类因素,并结合顾客情绪理论所强调的负面情绪,同时考虑个人固有的心理倾向,构建顾客逆向行为影响因素和形成机制的理论模型。

(1) 在服务不公平性因素方面,本文借鉴 Bowen 等(1999)对"顾客公平感知"的总结,从服务的结果不公平性、程序不公平性和互动不公平性三个维度对服务公平因素进行度量。

(2) 在服务环境因素方面则是借鉴 Bitner(1992)、Morin 等(2007)的相关研究,他们指出个人的内心情绪在服务环境因素与逆向行为之间起中介作用。本文把欠佳的服务环境分解为布局设计不合意性、指示信息模糊性、顾客群不文明程度、周边条件恶劣性四个维度。

(3) 在个人固有的负面心理倾向方面,参考的是 Fullerton 和 Punj(1993)、Harris 和 Reynolds(2003)的研究,增加该变量是为了提高模型的完整性。

(4) 在顾客负面情绪方面,Izard(1991)、Watson 等(1988)总结了服务过程的不愉快的负面情绪反应,再根据 Chebat 和 Slusarczyk(2005)的结论,负面情绪在不公平性、欠佳环境与逆向行为强度之间起中介作用。

在以上四点总结的基础上,本文所构建的理论模型如图 1 所示。

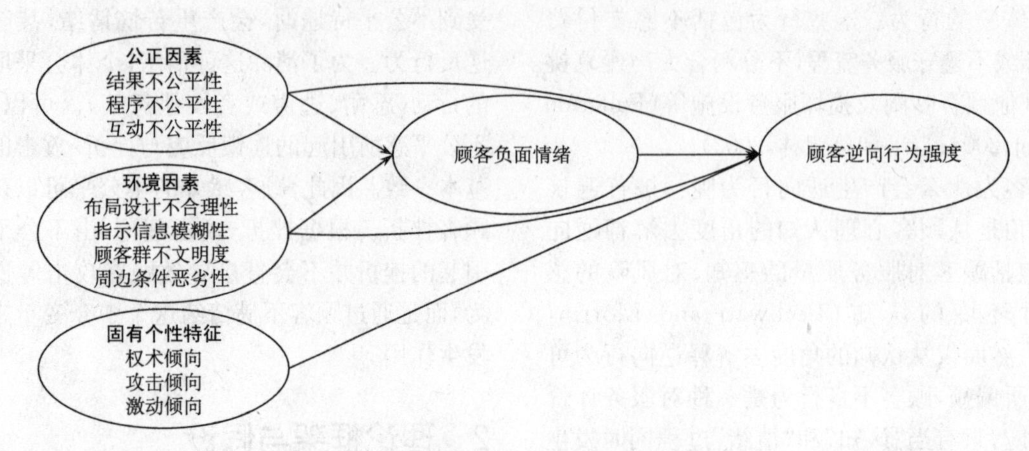

图1　顾客逆向行为强度影响因素的理论模型

不公平往往是逆向行为的驱动因素。结果公平是对最终结果的感知公平，顾客会通过比较自己的投入和所得到的服务及其质量，对所接受服务的公平性打分，当顾客认为自己的“投入-所得”与其他顾客的“投入-所得”不相称时，他们就会认为自己没有得到公平对待。当结果是不公平的时候，顾客就已经有逆向行为的冲动，如果服务员工或企业没有意识到这一点，便会让这种冲动增强，尽管他知道这种行为有违道德规范(Yi and Gong，2008)。

H1a：服务结果不公平性对顾客逆向行为强度有直接的正向影响。

当一个服务过程存在设计缺陷、管理不当的时候，其服务过程是低效率的，顾客就会认为服务质量低下，在这种情况下顾客很难继续维持良好的行为(谢礼珊和林勋亮，2009)。因为在大多数情况下，程序的不公平会浪费顾客的时间，超时的服务或过长的等候时间会让顾客上前抱怨，甚至是谩骂。在另外一些情况下，一些顾客认为不透明的程序或时间上前后不一致的程序或多变的程序也经常被认为是程序上的不公平。

H1b：服务程序不公平性对顾客逆向行为强度有直接的正向影响。

顾客与一线服务员工的接触是直接的、点对点的，因此他们会期待着彼此之间是真诚的、相互尊重的，正如平常的人际交往一样(Chebat and Slusarczyk，2005)。更重要的一点是，顾客们会期待服务员工以最诚恳的态度来处理关乎他们利益的事情。正因为有这种期待，当顾客被不礼貌对待时，会造成期望的落差，他们会认为这是一种很过分的不尊重，这种情况下顾客可能会做出有失理智的行为。

H1c：服务互动不公平性对顾客逆向行为强度有直接正向影响。

每一个顾客都会与有形环境发生互动，要么得到环境的帮助，要么受到环境妨碍，当被妨碍时，顾客会采取行动来化解。从本质上说，这些栩栩如生的要素不仅能影响到顾客对服务员和企业形象的评价，而且会显著影响顾客对服务的认知、情绪及采取的反应行为(Kuo and Sullivan，2001)。

H2a：布局设计不合意性对顾客逆向行为强度有直接正向影响。

H2b：指示信息的模糊性对顾客逆向行为强度有直接正向影响。

Gardner 和 Siomkos(1985)经过实验研究证明，着装整洁美观的销售人员比邋遢的销售人员更有助于顾客对商品质量的推断。在人际间相互影响方面，在需要顾客参与的服务中，特别是共用服务设施的服务中，顾客之间彼此影响非常明显，其他顾客越轨行为对另一个人的服务体验的消极影响，会促使被影响者采取行动(Grove et al.，2004)。

H2c：顾客群不文明程度对顾客逆向行为强

度有直接正向影响。

过度拥挤、空气流通差、不干净、噪声频繁的环境比那些舒适的环境更容易激发顾客的攻击性,而巧妙地操纵服务场所的拥挤程度、背景音乐、温度和色调可以调节顾客的攻击性倾向(Rose and Neidermeyer,1999)。

H2d:周边条件恶劣性对顾客逆向行为强度有直接正向影响。

个人负面心理倾向划分为三个维度:权术主义心理、侵略性、激动倾向。怀有这种负面心理倾向的人会比没有这种心理的人更可能看到身边各种因素的不好的方面,或者作出负面的理解(Harris and Reynolds,2003)。

H3a:权术倾向对顾客逆向行为强度有直接正向影响。

H3b:攻击倾向对顾客逆向行为强度有直接正向影响。

H3c:激动倾向对顾客逆向行为强度有直接正向影响。

Chebat和Slusarczyk(2005)认为凡是受到不公平对待的人都会有不愉快的情绪波动。员工经历的沮丧、愤怒等情绪状态是由对组织的不公平感知引起的,这种愤愤不平甚至是怨恨的情感,是针对组织、管理层或同事的(Kennedy et al.,2004)。当顾客感觉企业所采取的失误补救措施不公平时会产生失望和愤怒等情绪躁动。

H4a:结果不公平性对顾客负面情绪有正向影响。

H4b:程序不公平性对顾客负面情绪有正向影响。

H4c:互动不公平性对顾客负面情绪有正向影响。

恶劣的服务环境本身并不会直接导致顾客某种不良的行为模式,而是通过影响顾客的情感来激发顾客的行为,顾客的负面情绪起到中介作用。环境综合因素包括令人讨厌的色调、刺耳的音效、残旧的设施及长长的等候队伍;这些因素都会先引起不满意的服务体验,进而才激发出逆向行为。对服务环境的消极印象会勾起顾客消极的心态,进而提高顾客对整体服务不满的概率(Bäckström and Johansson,2006)。

H5a:布局设计不合意性对顾客负面情绪有正向影响。

H5b:指示信息模糊性对顾客负面情绪有正向影响。

H5c:顾客群不文明程度对顾客负面情绪有正向影响。

H5d:周边条件恶劣性对顾客负面情绪有正向影响。

Harris和Reynolds(2003)认为不良的负面情绪才是引起行为不端的最直接的原因。在顾客行为领域,Huefner和Hunt(2000)特别研究了顾客报复行为并提出了有价值的观点,他们描述了顾客是如何诉诸严重程度不一的包括偷窃、破坏行为和暴力在内的逆向行为的,并解释说这是他们表达不满的工具。

H6:负面情绪对顾客逆向行为强度有正向影响。

3 研究方法

在选取样本框和正式发放问卷之前,为了确定顾客逆向行为的普遍性、具体的表现形式及类型,我们对在广州市从事餐饮业、医疗行业以及银行业共三名管理者和三名基层员工分别作了一个简短的个人访谈,确定了在服务业中确实存在较多的过激投诉、谩骂及不合理要求(拒付费用)等顾客逆向行为的客观事实,这为正式调研的进行奠定了现实基础。综上所述,我们选择了餐馆、医院及银行作为进行本研究实证分析的行业情境。

综合Harris和Reynolds(2003),以及Jones和Groenenboom(2002)的研究,餐馆、医院及银行之所以是理想的研究情境,原因如下:①生产、传递和消费之间具有较高的同步性,顾客参与程度和涉入度较高;②顾客与服务员工的交流互动较其他服务行业更为频繁活跃,顾客之间的相互影响较大;③大部分的餐馆、医院及银行的顾客都会在一个较长时期来享受所提供的服务,在这期间顾客无形中充当了“企业组织成员”的角色来参与服务的产出，因而在顾客心理较容易导致“公平性”感知的概念，有利于研究的进行。

根据情境不同，问卷的措辞有所不同，但问卷内容共分为四大部分。

第一部分，回忆逆向行为的经历。首先询问被访者曾经诉诸何种逆向行为，下设选项如下：①“较激动的抱怨投诉”；②“当场怒骂服务员工或大声喧哗”；③“跟其他顾客争吵”；④“试图损坏服务场所的物品”；⑥“强行越过服务流程和规矩”；⑥“试图要求减免或退还服务费”等。然后询问最经常让他发生以上行为具体的银行、医院级别及餐馆类型。该部分问卷的目的是唤起记忆，使被访者能够在一个精神集中的心境下完成问卷，让回答更可信（Podsakoff et al.，2003）。

第二部分，逆向行为的强度。此部分用于测量逆向行为的强烈程度，即客观而言哪些逆向行动在多大程度上会影响到其他客户和服务的正常运行，共有四个条目，内容上从文明规范和行为准则的角度询问逆向行为的强度。该部分测量的是本研究模型的因变量。

第三部分，影响顾客逆向行为的因素。此部分用于测量影响顾客逆向行为强度因素和形成机制，共有45个测量条目，涵盖公平因素、服务环境因素、情绪因素及个性特征四大假设的影响因子。在测量方式上，第二、第三部分均采用李克特七分量表（Likert-type Scale），将答案分成“1完全不同意”、“2比较不同意”、“3有点不同意”、“4不好说”、“5有点同意”、“6比较同意”、“7完全同意”，采用正向计分法，即分数越高，表示同意度越高，同意度越高表明不公平感越高、对环境的评价越差、负面情绪越高及逆向行为强度越高。

第四部分，被访者个人背景资料。该部分包括性别、年龄、教育程度、月收入及职业等内容。这些变量均用于对样本进行描述性统计和测度，从而观察样本的代表性。

本文的研究对象是广东省内曾经在餐馆、医院及银行有抱怨、投诉、怒骂及不合理请求等逆向行为的顾客。本文对这三个领域进行配额抽样调查，目的是按行业情境将总体的单位分为三部分，以保证每一个领域都有足够的样本，从而提高总体指标估计值的精确度。

问卷发放主要集中在2010年1月30日至2010年3月10日，发放的流程如下：首先确定被访者是否适合作本次调查（是否曾经有过逆向行为），并让他用一分钟回忆事情发生的经过，然后让被访者选择问卷填写的方式，最后让被访者独立完成问卷。问卷收集完毕后，笔者对所有问卷的数据进行汇总并统一录入软件，最后进行数据整理。本次调查大部分采用在线问卷的方式进行，另外一部分采用现场填写、现场回收的方式作为补充。最终发出问卷请求420个，其中294人曾经有逆向行为并愿意回答问卷，而最终的有效问卷为271份，有效回收率为64.52%。

4 数据分析

本文主要采用SPSS16.0和LISREL8.70这两个统计软件，其中，描述性统计、信度分析通过SPSS16.0完成，而验证性因子分析和结构方程的全模型构建则通过LISREL8.70进行。

271个被访者中，男性占45.4%，女性占54.6%，分布平均。年轻人占比重较大，年龄小于35岁的被访者占63.1%，年龄小于45岁的被访者占86%，而年龄在46岁以上的只占样本的14%。绝大多数具有大学本科及研究生学历，共占94.8%，大专及以下学历占5.2%，各个收入区间的分布比较平均，大多集中在11.1%～18.1%，比重最高的3001～5000元的收入区间也仅占样本的25.8%。企业员工与企业管理者占了较大多数，共占50.9%，其他职业，如私营企业主、科教文卫人员及公务员所占的比重相当，且占样本比重不大，仅在5.5%～11.8%，学生样本占17.3%。

271个被访者中，逆向行为发生在餐馆的有104人，集中发生在家常菜馆，发生的频率最高，占71.1%，而发生在其他餐馆的频率均在10.6%以下；逆向行为发生在医院的有56人，而且各级医院的发生频率较为平均，为26.8%～41.1%；逆向行为发生在银行的有111人，其中发生在工商银行的最多，占 46.9%，而其他银行的发生频率则非常平均，在 9%～16.2%。

顾客逆向行为表现形式当中，最普遍发生的是“较激动的抱怨投诉”，占 51.9%，居第一位；“越过服务流程和规矩”占 26.9%，居第二位；而“怒骂服务员或大声喧闹”的表现居于第三，占 13.4%；提出“要求减免、退还服务费”和“与其他顾客争吵”的比重最小，分别占 3.1%和 4.7%。

本文采用 SPSS 软件针对每个构念的对应指标计算 Cronbach's α 来评价问卷信度，如表 2 所示。

表 2　各指标的信度检验

构念	指标	Cronbach's α	Item-consturct correlation	指标删除后 Cronbach's α
顾客逆向行为强度(DB)	DB1 其他顾客会认为我那些行动这是不合适的	0.882	0.732	0.853
	DB2 我的行动超出了企业预期的客户会有的反应		0.770	0.839
	DB3 那些行动可能难以让其他顾客接受		0.744	0.848
	DB4 我当时的表现有些激动，可能会影响服务运转		0.729	0.855
结果不公平性(DJ)	DJ1 服务比你想象中的要差	0.829	0.702	0.747
	DJ2 没有明示所有细节让我蒙受损失		0.680	0.770
	DJ3 没有提供足够专业的服务		0.679	0.772
程序不公平性(PJ)	PJ1 企业并没有成熟的制度保证公平	0.837	0.687	0.786
	PJ2 业务受理流程都能做到很公平		0.678	0.796
	PJ3 服务流程标准化和透明度不足		0.737	0.736
互动不公平性(IJ)	IJ1 服务员的服务态度不够庄重	0.927	0.832	0.910
	IJ1 服务员没有体现客户至上的宗旨		0.896	0.856
	IJ1 服务员没能很好地理解我的需求		0.828	0.913
布局设计不合意性(DL)	DL1 布局设计不太符合我的口味	0.827	0.568	0.808
	DL2 比较拥挤，显得空间不足		0.708	0.767
	DL3 环境比较温馨，令人感觉愉快		0.557	0.811
	DL4 给人感觉比较局促、拘谨		0.658	0.784
	DL5 自由走动有些困难		0.631	0.791
指示信息模糊性(SI)	SI1 没有醒目的标志提供相关信息	0.829	0.643	0.806
	SI2 服务引导系统太复杂		0.731	0.719
	SI3 相关的业务说明单张不够简洁明了		0.688	0.762
身边顾客不文明程度(FC)	FC1 某些客户的行为让我感觉不舒心	0.866	0.729	0.832
	FC2 总有些客户的行为让我感到意外		0.715	0.835
	FC3 身边有一大群其他客户也无所谓		0.449	0.889
	FC4 身边某些客户的行为不够文明		0.761	0.825
	FC5 我对身边某客户的行为感到恼火		0.730	0.831
	FC6 我看不惯身边某客户的行事方法		0.657	0.845

续表

构念	指标	Cronbach's α	Item-consturct correlation	指标删除后 Cronbach's α
周边条件恶劣性(EE)	EE1 温度、湿度适中	0.575	0.193	0.834
	EE2 总是比较嘈杂		0.419	0.491
	EE3 不够干净和整洁		0.574	0.395
	EE4 空气质量不好、通风效果欠佳		0.578	0.384
权术倾向(M)	M1 诚实总是最好的处事办法	0.551	0.549	0.258
	M2 大多数的人都是友好善良的		0.395	0.430
	M3 走在世界前列的人都过着美好生活		0.373	0.451
	M4 善意的谎言在很多情况下是好事		0.068	0.667
攻击倾向(A)	A1 受到过分的挑拨，我会攻击别人	0.781	0.576	0.735
	A2 我很少很少跟别人观点有冲突		0.493	0.761
	A3 有人惹恼我的时候，我会告诉他		0.573	0.735
	A4 沮丧的时候，我会发泄我的苦恼		0.554	0.742
	A5 我身边的朋友说我是一个急躁的人		0.594	0.728
激动倾向(SS)	SS1 我不喜欢尝试我从来没吃过的食物	0.812	0.657	0.750
	SS2 我喜欢那些总能给人惊喜的朋友		0.495	0.823
	SS3 我很乐意去尝试蹦极等极限运动		0.702	0.728
	SS4 我会喜欢去经历新鲜刺激的感觉，尽管是反传统的甚至是不合法的		0.671	0.744
顾客负面情绪(NE)	NE1 服务水平不能令我满意	0.897	0.753	0.873
	NE2 服务能达到我的期望		0.724	0.879
	NE3 服务让我感到恼火、生气		0.734	0.877
	NE4 服务让我感到烦心、急躁		0.814	0.859
	NE5 服务让我不能很安心		0.706	0.883

数据显示，顾客逆向行为强度、结果不公平性、程序不公平性、互动不公平性、布局设计不合意性、指示信息模糊性和顾客负面情绪的 α 系数均大于 0.8，表明测量指标的内部一致性较高；另外，单指标与总体的相关系数均大于 0.55，删除任一指标都降低 α 系数，该量表信度较好，因此要保留原有指标。身边顾客不文明程度的 α 系数为 0.866，但是指标 FC3 与整体构念的相关系数为较低的 0.449，且数据显示如果删除指标 FC3 后信度系数提高至 0.889，因此本文将删除指标 FC3，保留其余五个指标。周边条件恶劣性的信度系数相对较低，只有 0.575＜0.7，理论上应该重新修订所有指标，但数据显示如果删除指标 EE1，整体构念的 α 系数能非常显著地提高至 0.834，因此本文决定剔除指标 EE1 以保证量表的信度。攻击倾向的 α 系数为 0.781，表明信度可接受，删除任一指标后 α 系数降低，因此保留原有指标。激动倾向的 α 系数为 0.812，但若删除指标 SS2 后能使整体 α 系数提高至 0.823，本文决定删除指标 SS2。权术倾向量表的信度很低(0.551＜0.7)，而 M2、M3、M4 三个指标对整体构念的相关系数均小于 0.4，尽管删除指标 M4，α 系数也仅能提高至 0.667。综合考虑到该概念在中国的研究情境下应用较少，本文决定从

模型中剔除。

采用 SPSS16.0 对模型的所有变量进行 Harman 单因素检验,发现存在一个未旋转的第一主成分可以解释所有变量共同变异的 34.68%,但是只有部分内生变量的指标及部分外生变量的指标在该因子上的载荷大于 0.5,可以判定数据存在一定的同源方差问题,但并不是所有变量均受其影响,故同源方差的严重性处于可以接受的范围。因此,按照原定研究假设采用 LISREL8.70 软件对模型进行拟合计算,结果如图 2 所示。

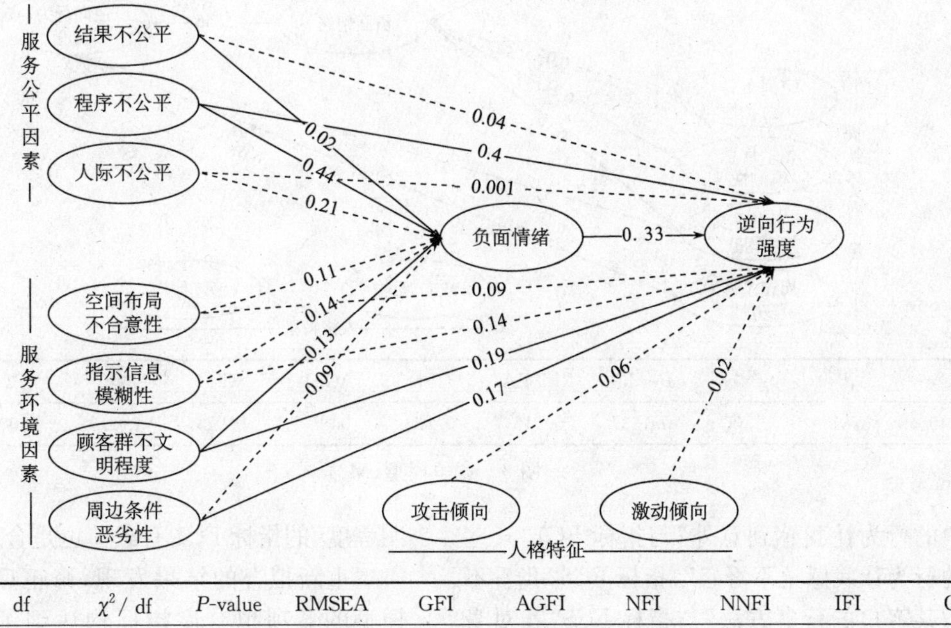

χ^2	df	χ^2/ df	*P*-value	RMSEA	GFI	AGFI	NFI	NNFI	IFI	CFI
939.51	766	1.23	0.000	0.029	0.86	0.83	0.97	0.99	0.99	0.99

图 2 初始模型(M1)

模型χ^2 的 P 值小于 0.05 不能被接受,而且拟合指数 GFI 与 AGFI 未满足标准,这说明原始模型可能不是与数据拟合最好的模型,吻合度尚有改善的空间。

初始模型除了拟合度不理想之外还有较多不显著路径($t<1.96$),为了尝试找出可能更吻合数据的潜在最佳模型,本文综合参考模型修正指数及路径的显著性修改了初始模型,并将原模型与竞争模型进行了比较,同时以一定的逻辑演绎为修正的路径提供一定的理论基础。竞争模型如图 3 所示。

首先,如图 3 所示,竞争模型中删除了“结果不公平→逆向行为强度”、“互动不公平→逆向行为强度”、“布局设计不合意→逆向行为强度”、“指示信息模糊→逆向行为强度” 等初始模型中不显著的直接效应。理论解释:顾客一般会从服务的性价比,或者对比其他顾客获得的服务来评价“结果不公平”,从服务员的不诚恳、不耐心来感知“互动不公平”,但这些不公平感要导致逆向行为可能需要先有负面情绪的积累和一段时间的评价,因此这两类不公平感可能并不直接或立刻导致逆向行为。因此,删除不显著的直接效应有一定的合理性。同理,删除两个不显著环境因素的直接效应。

其次,允许指标 FC1 与 FC2、FC5 与 FC6、A3 与 A4、SI2 与 SI3、NE1 与 NE2、NE3 与 NE4 的测量误差相关,因为修正指数(MI)显示这些指标的相关可以显著降低模型的χ^2 值。理论解释:如果其他顾客行为超出预期,明显影响自己接受服务的过程,会滋生负面情绪,因此 FC2“有

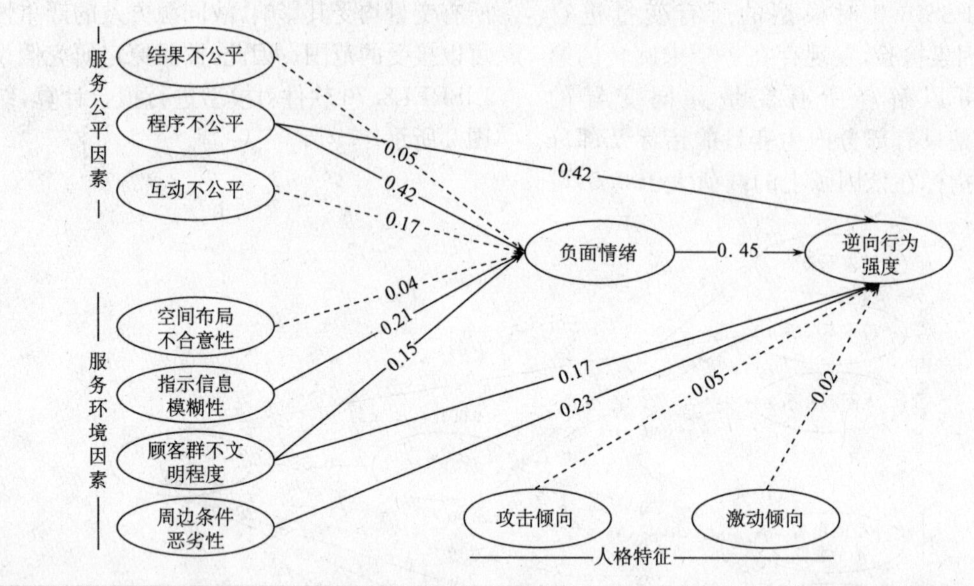

χ^2	df	χ^2/df	*P*-value	RMSEA	GFI	AGFI	NFI	NNFI	IFI	CFI
804.40	761	1.06	0.1337	0.015	0.88	0.85	0.97	1.00	1.00	1.00

图 3　竞争模型(M2)

些客户的行为让我感到意外”与指标 FC1“某些客户的行为让我感觉不舒心”,指标 FC6“我看不惯身边某客户的行事方法”与指标 FC5“我对身边某客户的行为感到恼火”是可以理解的。负面情绪的指标 NE1 与 NE2 都是关于对服务的不满意感;NE3 与 NE4 同是测量顾客当时的心情;SI2 与 SI3 同是测量指示信息的复杂程度;*A*3 与 *A*4 同是测量被干扰时的反应,因此它们之间相关也是能接受的。

最后,允许潜变量“周边条件恶劣性”在“指示信息模糊性”的指标 SI1 有载荷、“布局设计不合意性”在“身边顾客不文明程度”的指标 FC1 有载荷。理论解释:嘈杂闷热的服务场所可能扰乱了顾客对服务信息的搜集和接受,因此“周边条件恶劣性”在“指示信息模糊性”的指标 SI1 有载荷可以理解。服务场所服务区的划分混乱可能导致了某些顾客对服务流程产生不确定心态,进而导致了对规矩的无视,因而才有一些非理性行为,因此“布局设计不合意性”在“顾客群不文明程度”的指标 FC1 有载荷也是合理的。

重新拟合的结果发现,修正后得到的竞争模型的各项拟合度指标均达到了较理想的水平,相比初始模型的拟合度均有所提高,见图 3。χ^2 的 *P* 值为 0.1337,大于 0.05 的接受标准。初始模型同竞争模型之间的χ^2 变化量为 $\Delta\chi^2=135.11$ ($\Delta df=4$, $p<0.001$),证明竞争模型较初始模型更好地拟合数据,且改善是显著的。正是基于以上论述,本文决定将具备充分理论和逻辑支持并与数据有更好拟合度的竞争模型确定为最终模型。

初始模型中原来显著的路径系数在修正模型中也显著并且系数更大,如“程序不公平→逆向行为强度”、“负面情绪→逆向行为强度”以及“周边条件恶劣性→逆向行为强度”的路径系数分别由原来的 0.40、0.33 和 0.17 增加到 0.42、0.45 和 0.23,“指示信息模糊性→负面情绪”的路径由不显著变为显著,详见表 3。

表 3　结构方程模型的路径分析

假设		路径	初始模型		竞争模型		假设检验
			系数	t值	系数	t值	
$X\downarrow Y$	H1a	结果不公平性→逆向行为强度	0.04	0.50	—	—	不支持
	H1b	程序不公平性→逆向行为强度	0.4*	2.47	0.42***	3.55	支持
	H1c	互动不公平性→逆向行为强度	−0.009	−0.03	—	—	不支持
	H2a	布局设计不合意性→逆向行为强度	−0.09	−1.05	—	—	不支持
	H2b	指示信息模糊性→逆向行为强度	0.14	1.53	—	—	不支持
	H2c	顾客群不文明程度→逆向行为强度	0.19**	2.79	0.17**	2.51	支持
	H2d	周边条件恶劣性→逆向行为强度	0.17*	2.48	0.23***	4.54	支持
	H3b	攻击倾向→逆向行为强度	0.06	1.10	0.05	0.89	不支持
	H3c	激动倾向→逆向行为强度	−0.02	−0.39	−0.02	−0.48	不支持
$X\downarrow M\downarrow Y$	H4a	结果不公平性→负面情绪	0.02	0.28	0.05	0.65	不支持
	H4b	程序不公平性→负面情绪	0.44**	3.08	0.42**	2.89	支持
	H4c	互动不公平性→负面情绪	0.21	1.56	0.17	1.27	不支持
	H5a	布局设计不合意性→负面情绪	0.11	1.38	0.05	0.73	不支持
	H5b	指示信息模糊性→负面情绪	0.14	1.62	0.21**	2.57	支持
	H5c	顾客群不文明程度→负面情绪	0.13*	1.98	0.15*	2.11	支持
	H5d	周边条件恶劣性→负面情绪	0.09	1.29	—	—	不支持
	H6	负面情绪→逆向行为强度	0.33**	3.25	0.45***	3.76	支持

*表示在 $\alpha=0.05$ 水平显著；**表示在 $\alpha=0.01$ 水平显著；***表示在 $\alpha=0.001$ 水平显著。表格左侧 $X\rightarrow Y$ 是指从自变量到因变量的直接路径；$X\rightarrow M\rightarrow Y$ 是指从自变量到中介变量再到因变量的路径。

5　结论与启示

在公平因素当中，实证结果证明了服务程序不公平性对逆向行为强度的正向效应最强，直接与间接效应皆显著，而服务结果不公平性和服务互动不公平性的路径在统计上并不显著。在服务环境因素当中，除了空间布局不合意性的路径不显著外，其他的环境因素的影响路径皆显著。顾客人格特征则没有任何影响。

表 4　自变量的直接影响与间接影响

自变量 X		因变量 Y：顾客逆向行为强度		
		直接影响 c	间接影响 $a\cdot b$	总体影响($c+a\cdot b$)
公平因素	结果不公平性	—	0.02	0.02
	程序不公平性	0.42***	0.19**	0.62***
	互动不公平性	—	0.08	0.08
环境因素	布局设计不合意性	—	0.02	0.02
	指示信息模糊性	—	0.10**	0.10**
	顾客群不文明程度	0.17**	0.07**	0.25**
	周边条件恶劣性	0.23***	—	0.23***
人格特征	攻击倾向	0.05	—	0.04
	激动倾向	−0.02	—	−0.02

表示在 $\alpha=0.01$ 水平显著；*表示在 $\alpha=0.001$ 水平显著。直接影响是指“从自变量直接到因变量($X\rightarrow Y$)”的路径系数 c；间接影响是指“从自变量到中介变量($X\rightarrow M$)”及“从中介变量到因变量($M\rightarrow Y$)”两个路径系数的乘积 $a\cdot b$。

结果不公平性对逆向行为强度无直接影响，间接影响为0.02但不显著，负面情绪并没有起中介作用。餐饮、银行及医院所提供的服务本身具有一定的复杂性，特别是银行和医院的服务，因此结果公平性可能需要较长时间的服务经历积累才能被感知和评价，这可能是顾客很难在单次或少数几次服务中对服务结果公平性进行评价，因为这涉及信息的搜集和与其他顾客横向比较的问题。因此，顾客对服务的性价比、专业性和充分性的感知不直接影响情绪和加强逆向行为。

程序不公平性对逆向行为强度的直接影响为0.41，间接影响为0.19，均显著，负面情绪起部分中介的作用。餐饮、银行及医院三个典型的服务行业，服务的提供需要一个过程。例如，在医院里，从"挂号"到"诊断"再到"治疗"，整个过程遵循一定的流程按部就班，这样顾客关注的便是流程的标准化程度、透明度及流程的执行情况。顾客之所以对程序的不公异常敏感，而且很可能诉诸行动，是因为程序混乱模糊了时间概念，顾客会认为等待是遥遥无期的，这就是使他们失去耐性并出现逆向行为。因此，程序公平性对情感反应、对逆向行为的强度最具有决定性的影响效应就可以理解了。

互动不公平性对逆向行为强度无直接影响，间接影响为0.08且不显著，负面情绪没有起中介作用。顾客通过同员工接触所感知到的是互动公平性。按照相关理论，服务员工对顾客的无礼和漠视的态度很可能直接导致顾客的不合作、投诉及对员工的无礼甚至报复；相反，即使出现"服务故障"，员工亲切的态度、真诚的道歉和耐心的说明可以抑制顾客针对员工和企业逆向行为的发生。

这个结论在组织研究当中较普遍，但本研究的数据并不支持这个结论，我们认为在本研究的行业范围内，特别是医院和银行，因为是垄断行业，顾客对某些服务员、医生的服务态度习以为常，也或许是样本行业中顾客与服务员的交流没有预期中的丰富。

布局设计不合意性对逆向行为强度无直接影响，间接影响为0.01但不显著，负面情绪并没有起中介作用。布局设计一方面涉及对服务场地的功能性划分、设备设施的摆放等，因此影响到顾客享受服务的便利性和清晰度；另一方面还涉及对美感的评价。研究中此因素对逆向行为无影响可能是因为，在消费者的心态中，这些都是"激励因素"而不是"保健因素"，或者说消费者还没有对这些层次较深的服务达成共识，这跟顾客主人翁精神的萌芽程度有关。

指示信息模糊性对逆向行为强度无直接影响，间接影响为0.10且显著，负面情绪起完全中介的作用。指示信息模糊性可能让一个顾客认为餐馆、医院或银行服务是不周到的，可能是因为服务指示信息过于庞杂，不够简洁明了，也可能是服务指示信息存在着前后的矛盾，这些都会让顾客积累一定的不满情绪，但不会直接导致逆向行为，当不满情绪积累到超过临界点时，可能会导致逆向行为。

顾客群不文明程度对逆向行为强度的直接影响为0.17，间接影响为0.07，均显著，负面情绪起部分中介作用。在同一个服务场所里面的顾客是相互影响着的，某个或某些顾客的行为对其他顾客的服务体验、情绪有着积极或消极的影响。当其他顾客无视规矩、试图打破正常流程的时候，被影响的顾客可能会直接归因于这是餐馆、医院和银行的管理不善，便会引发针对企业的逆向行为；但也有可能只归因于其他顾客本身的不文明，这会引发针对其他顾客的不良行为。

周边条件的恶劣性对逆向行为强度的直接影响为0.23且显著，无间接影响，负面情绪不起中介作用。周边条件涉及的是一些"软环境"，如照明、温度、通风等，随着顾客对服务要求的提高，这些软环境也被顾客认为是"服务"的一部分，恶劣的软环境被看做是不愿为顾客着想和投入，一心为金钱的表现。因此，这可能引发顾客针对企业的逆向行为。

实证结果显示，顾客情绪受到如程序公平、指示信息、周边条件等服务现场因素的影响，而顾客负面情绪在三个路径中起到中介作用，其中，指示信息模糊性完全通过负面情绪对顾客逆向行为行为强度产生影响,为完全中介效应;程序的不公平性和顾客群的不文明程度则部分地通过顾客负面情绪起作用,为部分中介效应。因此,有必要探讨顾客情绪的作用从而为管理顾客情绪提供思路。

以上结果说明,首先,顾客情绪较容易激发,它不同于“信任承诺”这样的长期性的概念,而是一个短期的概念,很可能随时发生并能在短时间内消失,它的形成只需要一段很短的时间,但一旦形成便需要在较短的时间内发泄,发泄的渠道便是逆向行为。由于通常是瞬间爆发,有可能是不顾后果的,对在场的员工、顾客和企业造成的后果都是难以想象的。这一特征决定了在特定的服务过程中,因愤怒、情绪激动或冲动而损害周边其他顾客利益或企业利益的逆向行为具有较大的显著效应,这暗示企业需要管理服务接触中顾客的情绪,这不仅可以在某种程度上强化顾客对企业的心理承诺,还可以有效地预防顾客因一时的愤怒和不满而破坏在场的其他顾客的服务经历,防止针对企业的逆向行为的发生。

6 管理建议

对顾客逆向行为的分析旨在对服务企业实践中更好地预防、管理逆向行为提供指导作用,这也是本文研究的实际意义和最终出发点。因此,在剖析逆向行为的基础之上,有必要对服务型企业如何管理逆向行为提出一些建议。

6.1 基于提高服务公平的建议

在企业内部提倡公平服务的宗旨,特别是程序方面的公平,这不仅有利于遏制服务过程中顾客负面情感的发生,更重要的是促进顾客建立对企业的信任承诺,谋求同顾客的良好互动,只有这样才能从根本上约束顾客遵守社会消费规范,进而减少顾客逆向行为的发生。具体做法包括三个方面。

首先,在业务流程(服务传递)中,基于顾客需求来设计和改善服务系统中的各项环节和服务规则,使得任何顾客的正当权利都可以按照制度安排中的程序和标准得到无差异的对待,没有任何顾客可以随意根据自己的好恶而违反上述程序和标准。这样就要求采用系统思维,标准化服务流程和落实服务规范,通过改善整个服务体系内的分工与合作,杜绝不公平流程的出现。

其次,制订优质服务方案,健全文明服务制度。服务型企业可以考虑设立一系列机制,如业务处理时限制、首问责任制、首办责任制等“服务综合考评”机制,通过这些机制来保证服务流程分工的有效性。

最后,加强对一线员工在消费者心理学、情商管理及服务技巧方面的教育、培训,帮助一线员工有效地识别和应对出现负面情绪和逆向行为的顾客。同时,切实改善一线员工的薪水待遇和社会地位来增强一线员工的服务意识。

6.2 基于改善服务环境的建议

作为服务客户的一线,一流服务环境也是优质服务的重要组成部分,一个带给顾客美好社会体验的环境有利于降低顾客逆向行为发生的概率和强度。结合一些被访者的反馈意见和专家访谈,我们在此尝试提出环境设计的建议如下。

首先,布局设计方面,必须根据服务场所的规模、客流量、顾客群特征和服务定位对服务功能区进行研究和划分,建议按照实质服务系统、视觉系统和宣传系统来划分区域,目标是追求美观与实用的平衡。例如,银行的大型营业厅面对的是白领和公司客户,而小型营业厅则是大众客户,业务类型也有所不同,因此要突出的功能也不尽相同。

服务设施的合理应用、服务场景的布置均可调节顾客密度和控制流量,使顾客受到其他顾客干扰最小化,便可促进顾客之间的良性互动,形成良好氛围。既能满足一部分顾客的需求,又降低了对其他顾客造成干扰(范秀成等,2002;何云和汪纯孝,2004)。服务区和等候区的明确分界、排队分隔及清晰明了的服务程序标识也有助于避免出现因指示模糊而造成的顾客躁动和争吵。

其次,指示信息方面,必须避免随意管理各类宣传信息,应该从客户行走路径与接触点结合思考信息的管理，也就是说，从客户进入营业厅后的活动流向和客户与银行工作人或物发生接触的关键点思考信息的传递。客户因为业务需求不同，活动路线和逗留时间也不同。服务企业的宣传体系、服务体系及视觉体系，归根到底落实在客户的路径与触点上。否则摆放再多的LED屏，电视屏、海报、易拉宝都只是无效的客户接触。

最后，在周边条件上，包括温度、湿度、光线和声音等都起到十分微妙的作用。诚然，柔和的光线、舒缓柔美的背景音乐，以及良好的隔音或吸音材料的使用都有助于减少吵闹、优化顾客间的交流，从而提高顾客满意度。服务场所要利用不同的光源形式设置光线与色调，利用各种光线的强弱并配以色彩变化，尽量采用自然色彩，减少过分的装饰堆砌；必须保证整个服务场所有良好的通风效果，合理地调节温度，最好配上优美的背景音乐创造和谐气氛。

7 研究的局限性及未来研究方向

从理论与实证两方面来看，本文存在以下的缺陷和不足，如果在未来的研究中能对其进行改进，则能加强研究结果的可靠性。

第一，由于本文研究的是一个负面的现象，而且是采用问卷调查的方式收集的数据，受访者可能出于保护自己的原因降低对自己行为严重性的评估，所以在以后的研究中对数据的获得渠道进行改进，以增强实证数据的客观性。

第二，由于数据对象局限于顾客，本研究存在同源方差(common method variance)的问题，得出的结论也未必能全面反映企业及服务员工的立场。虽然 Harman 的单因子检验表明同源方差问题不严重，但并未在研究中加以控制。而未来研究有必要基于企业及员工视角的顾客不良行为研究，对不同的变量采用不同的数据来源或采用实验研究法，克服该问题。

第三，实证数据源于餐馆、银行和医院的行业情境，由于三个行业各有自己的特征，把数据样本放在同一个模型中可能有相互冲突的地方。所以后续研究有必要对不同情境下的模型进行对比。另外，填写问卷的被试主要来自广东省，结论对其他地区是否具有适用性仍是个有待探讨的问题。

第四，虽然经过本文的实证研究检验，结果公平、互动公平和环境的布局设计对顾客逆向行为的影响不成立，但这只能说明采集的数据不支持这个结论，并不说明理论是错误的或者在实际中这一影响一定不存在。如果运用较为客观的数据或实验法也许会得出更接近实际的结果。

参考文献

[1] 范秀成，赵先德，庄贺均. 2002. 价值取向对服务业顾客抱怨倾向的影响[J]. 南开管理评论，(5)：11-16.

[2] 何云，汪纯孝. 2004. 消费者情感研究述评[J]. 学术研究，(7)：57-61.

[3] 谢礼珊，林勋亮. 2009. 服务公平性、消费价值对会展参展商口头宣传有向的影响[J]. 营销科学学报，5(3)：118-132.

[4] 赵平，莫亚琳. 2002. 中国耐用消费品行业顾客抱怨行为研究[J]. 清华大学学报，(2)：32-38.

[5] Bäckström K, Johansson U. 2006. Creating and consuming experiences in retail store environments: comparing retailer and consumer perspectives[J]. Journal of Retailing and Consumer Services, 13(6): 417-430.

[6] Bechwati N, Morrin M. 2003. Outraged consumers: getting even at the expense of getting a good deal [J]. Journal of Consumer Psychology, 13 (4): 440-453.

[7] Bitner M. 1992. Servicescapes: the impact of physical surroundings on customers and employees[J]. Journal of Marketing, (4): 57-71.

[8] Bowen E, Gilliland W, Folger R. 1999. HRM and service fairness: how being fair with employees spills over to customers[J]. Organizational Dynamics, 28: 7-23.

[9] Chebat J, Slusarczyk W. 2005. How emotions mediate the effects of perceived justice on loyalty in service recovery situations: an empirical study[J]. Journal of Business Research, 58(5): 664-673.

[10] Dollard J, Doob W, Miller E, et al. 1939. Frustration and Aggression[M]. New Haven: Yale University Press.

[11] Fullerton A, Punj G. 1993. Choosing to misbehave: a structural model of aberrant consumer behavior[J]. Advances in Consumer Research, 20: 570-574.

[12] Fullerton A, Punj G. 2004. Repercussions of promoting an ideology of consumption: consumer misbehavior[J]. Journal of Business Research, 57(11): 1239-129.

[13] Gardner P, Siomkos J. 1985. Toward a methodology for assessing the effects of in-store atmospherics [M] // Lutz R. Advances in Consumer Research, Association for Consumer Research. 27-31.

[14] Grandey A, Dickter N, Sin H. 2004. The customer is not always right: customer aggression and emotion regulation of service employees[J]. Journal of Organizational Behavior, 25(3): 397-418.

[15] Groth M. 2005. Customers as good soldiers: examining citizenship behaviors in internet service deliveries[J]. Journal of Management, 31(1): 7-27.

[16] Grove J, Raymond F, Jacoby J. 2004. Surviving in the age of rage[J]. Marketing Management, 13(2): 41-46.

[17] Harris C, Reynolds K. 2003. The consequences of dysfunctional customer behavior [J]. Journal of Service Research, 6 (2): 144-161.

[18] Huefner C, Hunt K. 2000. Consumer retaliation as a response to dissatisfaction[J]. Journal of Consumer Satisfaction, Dissatisfaction, and Complaining Behavior, 13: 61-82.

[19] Izard E. 1991. The Psychology of Emotions[M]. New York: Plenum Press.

[20] Jones P, Groenenboom K. 2002. Crime in London hotels[J]. Tourism and Hospitality Research, 4 (1): 21-35.

[21] Kennedy B, Homant R, Homan M. 2004. Perception of injustice as a predictor of support for workplace aggression[J]. Journal of Business and Psychology, 18(3): 323-336.

[22] Kuo E, Sullivan C. 2001. Aggression and violence in the inner city: effects of environment via mental fatigue[J]. Environment and Behavior, 33 (4): 543-71.

[23] Berkowitz L. 1989. The frustration-aggression hypothesis: examination and reformulation[J]. Psychological Bulletin, 106: 59-73.

[24] Morin S, Dube L, Chebat C. 2007. The role of pleasant music in servicescape: a test of the dual model of environmental perception[J]. Journal of Retailing, 83(1): 115-130.

[25] Podsakoff M, Mackenzie B, Lee J Y, et al. 2003. Common method biases in behavioral research: a critical review of the literature and recommended remedies[J]. Journal of Applied Psychology, 88 (5): 879-903.

[26] Rose L, Neidermeyer M. 1999. From rudeness to roadrage: the antecedents and consequences of consumer aggression[J]. Advances in Consumer Research, 26: 12-17.

[27] Watson D, Clark A, Tellegen A. 1988. Development and validation of brief measures of positive and negative affect: the PANAS scales[J]. Journal of the Personality and Social Psychology, 54(6): 1063-1070.

[28] Yi Y J, Gong T. 2008. The effects of customer justice perception and affect on customer citizenship behavior and customer dysfunctional behavior[J]. Industrial Marketing Management, 37(7): 767-783.

Influential factors on the severity of Customer Dsyfunctional Behavior

Wu Jintao①, Jiang Shengda②

(①Lingnan (University) College, Sun Yat-Sen University)
(②Johnson & Johnson Medical (Shanghai) Ltd)

Abstract Based on Furstration-Aggression model, justice theory, service environment theory and customer emotion theory, this paper addresses four types of factors which may influence the severity of customer dysfunctional behavior. Through the empirical study, the result shows that procedure injustice influence the severity of customer dysfunctional behavior via the mediator effect of customer negative emotion, the most significant factors are indicated to be this factor, while distributive injustice and interactional injustice show no influence on it. Among environmental factors, confusing signs information and bad behavior of fellow customers influence the severity of customer dysfunctional behavior, fully and partially respectively, via the mediator effect of customer negative emotion. Bad ambient conditions directly influence the severity of customer dysfunctional behavior. Individual factor do not affect customer dysfunctional behavior according to our results.

Key words Customer Dysfunctional Behavior, Frustration-Aggression Model, Justice Theory, Environment Theory, Customer Emotion

专业主编：范秀成

营销科学学报
第7卷第2辑:107-131

Journal of Marketing Science;
Vol. 7, No. 2, June 2011: 107-131

杨宜苗[①],马晓慧[②],郭岩[③]

摘　要　本文以2005～2009年发表在*Journal of Marketing*上的247篇学术论文为研究对象,采用内容分析法进行研究,试图对西方市场营销研究的主题、方法及学者的状况进行一个系统客观的描述,得出以下结论。①近五年来西方营销研究主题主要集中在消费者行为、产品、品牌、营销一般管理、产业营销、广告和促销、服务营销及网络营销等领域。其中,营销一般管理、产品、品牌、产业营销、网络营销等研究呈上升趋势,价格、营销渠道等研究则呈下降趋势,而消费者行为、服务营销一直是研究的焦点。②在营销研究方法中,定量研究方法占主导地位,主要用于品牌、产品、人员销售和销售管理等研究;实验法得到较广泛的应用,主要用于消费者行为、价格、广告与促销等研究;定性研究和混合研究方法较少,定性研究方法主要用于营销科学理论和哲学,而混合研究方法则主要用于产业营销、营销一般管理等领域。③营销学者呈现出校内间、校际间、校企间及国家间等多样化合作的特点。

关键词　*Journal of Marketing*,营销研究,学术论文,文献分析

西方市场营销研究的主题、方法和学者研究[④]
——基于*Journal of Marketing*(2005～2009)的文献分析

0　引言

改革开放以来,中国营销科学研究无论是在理论传播还是在理论创新方面都取得了重大发展(李飞,2009)。然而,市场营销毕竟是一个舶来品。在我们把它引入中国之前,它已经在国外生根发芽,发展了一个多世纪。因此,在中国如火如荼地开展营销研究之际,完全有必要对世界营销研究的发展脉络作一个较为全面和系统的分析梳理。特别是,要对以下问题作出回答:西方的营销研究大体上都在研究什么?营销研究的主要方法是什么?营销学者呈现出什么样的特征?尽管国内外的部分学者都对以往营销文献作了梳理、分析和总结,如Leonard(1988,1995,2002)对ABI/INFORM数据库中发表在125多种期刊上的营销论文进行了主题分类研究,自1988年起一直持续了16年;张庚淼(2005)根据美国营销科学研究所1998～2004年的优先资助研究项目研究了美国营销研究所关注的重点领域;李东进和王大海(2008)选取2005～2007年JMS年会会议论文,考查了2005～2007年三年间中国内地营销学者的研究主题、研究范围及研究方法;李飞(2009)系统地回顾了改革开放以来中国营销学术发展领域和相关影响环境的重大事件、标志性成果和理论创新。但是不难看出,对近五年来的国外营销研究状况的整理与分析暂时还没有人作,而这一研究

---

①　杨宜苗,东北财经大学工商管理学院讲师,硕士生导师,E-mail:yimiaoyang@163.com。
②　马晓慧,东北财经大学工商管理学院硕士研究生,E-mail:jay131421@126.com。
③　郭　岩,东北财经大学工商管理学院博士研究生,E-mail:dcdbss@163.com。
④　特别感谢匿名评审专家为本文所提供的极有建设性的宝贵修改意见和建议。

对于中国正在日益兴起的营销研究活动却具有十分重要的意义:从总体上把握国外营销研究的动向有助于我们的营销研究活动与世界接轨,进而促进中外营销研究的交流与合作。

本文借助于内容分析法,对2005～2009发表在*Journal of Marketing*上的主题文章进行分析,从研究主题、研究方法和研究学者三个维度描述西方市场营销的研究现状,揭示当前国际市场营销的研究特征和发展脉络,为国内市场营销的深入研究提供参考。

本文的贡献主要表现在四个方面:第一,依托于*Journal of Marketing*,描述了近五年西方营销研究主题的演变轨迹,详细分析了引起高度关注的10个主题的营销研究成果,并探索了中国营销研究内容创新的方向;第二,利用对应分析法,对西方营销研究方法的应用领域进行了相对分析,即实现了将营销研究方法与研究主题的"对接";第三,通过时间序列分析,描绘了西方营销研究方法按时间演进的总体变化趋势;第四,利用Power Point绘图技术,全方位呈现了西方营销研究的地域特点。

1 文献综述

1.1 营销研究主题

在营销学术论文的文献研究中,基于主题归类的研究和讨论极为常见。Leonard(1987,1995,2003)将营销研究主题划分为以下五类:①市场营销环境主题,包括消费者行为、法律、政治、经济问题及社会责任;②营销管理职能主题,包括营销一般管理和营销4P(product,price,place,promotion);③特殊营销主题,包括产业营销、非营利组织营销、国际营销、比较营销及服务营销;④营销研究主题,包括营销科学理论与哲学及研究方法论;⑤其他营销主题,包括营销教育和主体营销。国外顶级营销学术期刊对于营销学术论文的主题分类则不尽相同,2009年*Journal of Marketing*有关营销主题的最新索引共50个,*Journal of Marketing Research*关于营销主题的最新索引共41个。在国内有关营销文献主题分类的研究中,李东进和王大海(2008)将2005～2007年JMS年会论文分为五大范畴、共19个主题。近来,李东进等(2010)延续Leonard(2002)的分类,对国内外主要期刊论文进行内容分析。中国2010 JMS营销年会则对会议论文主题进行如下分类:营销战略与营销案例、消费者行为、服务营销 、网络营销 、营销伦理与社会责任、营销创新与新产品开发、产品定价、广告与促销 、营销渠道、国际营销、产业营销 、研究方法与营销模型、品牌管理和其他主题等。

在上述分类中,*Journal of Marketing*、*Journal of Marketing Research*等期刊的主题分类较为翔实和具体,尤其是有些主题分类过细以至于没有其他相近的文章而自成一类。相比较而言,Leonard(1988,1995,2002)关于营销主题的分类较为概括和简练,具有普遍性和代表性,并得到广泛的应用(Polonsky et al.,1999),因而为分类营销研究及相关文献提供了概括性、系统性的标准,也为营销文献按主题分类确立了基本的研究框架(李东进等,2010)。考虑到本文的研究对象是近五年西方营销研究文献,同时考虑到进入21世纪以来营销理论和实践中出现了一些新现象、新问题,我们基于Leonard(2002)有关营销文献的主题分类标准,建立了如表1所示的共五大范畴21个方向的营销研究主题分类体系。

表1 营销研究主题的分类和编码

研究范畴	研究主题	编码
市场营销环境	消费者行为	11
	法律、政治、经济热点话题	12
	伦理与社会责任	13
营销职能研究	营销一般管理	21
	营销渠道	22
	价格	23
	产品	24
	品牌	25
	广告与促销	26
	人员销售和销售管理	27

续表

研究范畴	研究主题	编码
特殊营销	产业营销	31
	非营利组织营销、社会营销	32
	国际营销、比较营销	33
	服务营销	34
	关系营销	35
	网络营销	36
	口碑营销	37
营销研究	营销科学理论与哲学	41
	营销研究方法	42
其他	营销教育	51
	与营销相关的其他主题	52

1.2　营销研究方法

约翰·W. 克雷斯威尔(2007)将研究方案的设计方法归纳为三种:定量的、定性的和混合式的,如表2所示。

与定量研究相关的研究方法包括真实验研究、不完全严格的实验研究(即准实验研究)、关联性研究(Campbell et al.,1963)和具体的单一被试实验研究(Cooper et al.,1987;Neuman and McCormick,1995)。近来,定量策略还包括具有多个变量和控制的复杂实验研究,如因子设计和重测设计(约翰·W. 克雷斯威尔,2007)。

在20世纪90年代的定性研究中,有关研究方法的数量和类型变得更为清晰,Clandinin 和 Connelly(2000)构建了"叙事研究者操作图",Moustakas(1994)讨论了现象学方法的哲学原则和步骤,Strauss et al.(1990)说明了扎根理论的程序,Walcott(1990)归纳了民族志的研究步骤,Stake(1995)则确认了案例研究的程序。

表2　定性、定量和混合研究

趋向或特征	定性研究	定量研究	混合研究
哲学假设	建构主义、辩护或参与式知识观	后实证主义知识观	实用主义知识观
研究策略	现象学方法、扎根理论、民族志、案例研究和叙事研究	测量和实验	顺序法、并行法和转换法
研究方法	开放式问题、即时呈现的方式、文本或图像资料	封闭式问题、预设的方法和数据资料	开放-封闭式问题 、即时呈现-预设方法、定性-定量的数据和分析
研究者的操作	确定研究者在研究中的位置;收集参与者的看法;关注单一概念或现象;研究中带入个人价值观;研究参与者的背景;验证结果的精确性;解释数据;创设变化或变革议程和参与者合作	验证理论或解释;确定研究变量;阐述问题或假设中的变量、信度和效度的应用标准;观察和测量数量化信息;使用无偏见的方法;使用统计程序	既收集定量数据,又收集定性数据;为了整合研究中不同的资料而创设理论依据;提供一个可视的研究步骤图;使用定性和定量研究的具体方法

资料来源:约翰·W. 克雷斯威尔,2007。

与定量和定性研究方法相比,较少为人所知的是在一个单一的研究中综合运用定量方法和定性方法来收集和分析资料。这种综合不同方法的理念引导世界各地的学者开始使用混合方法研究,并且在文献中到处出现了与之有关的术语,如多元方法、收敛法则、整合和联结(Creswell,1994)及调整研究过程(Tashakkori and Teddlie,2003)。

国内学者对于研究方法的认识也是见仁见智的,李东进和王大海(2008)结合近年来实验法在营销领域的广泛应用,将其与定性和定量的方法进行平行考察来作研究。李飞和汪旭辉(2006)等根据论文的研究内容将论文样本分为理论探索和实证研究两大类,并将实证研究分为实证定性和实证定量研究。

约翰·W. 克雷斯威尔(2007)关于研究设计方法的分类,是从知识论的高度讨论框架设计，从方法论的内核探讨研究策略，可以为社会科学研究人员进行社会科学研究设计与研究论文写作提供清楚明确的指导(风笑天，2009)。因此本文借鉴约翰·W.克雷斯威尔的分类标准，并根据样本文献的研究内容，建立了以下研究方法分类体系，如表3所示。

表3 研究方法分类标准与内容

标准	内容
定性分析	现象学研究、扎根理论、案例研究、参与性观察及叙事研究
定量分析	统计分析(方差、回归分析、结构方程等方法解释变量间关系)
混合研究	顺序法或并行法收集资料(数据收集包含数量信息和文本信息)
实验法	采用真实验或模拟场景实验的方法

2 研究设计

2.1 研究对象与研究样本

本文选取的研究对象是 *Journal of Marketing*，这主要基于以下事实：①该期刊是由美国市场营销协会发行的市场营销专业期刊，它主要发表营销领域的原创性研究，在很大程度上反映了营销研究的前沿。②该期刊具有国际权威，发表于该期刊上的学术论文，一直具有极高的引用率和影响力，并多在商业期刊与营销类期刊的影响因子排名中，以极高的影响因子得分拔得头筹。

本文的研究样本是2005～2009年发表于 *Journal of Marketing* 上的学术论文，删除编者语和书评13篇，研究样本为247篇。其中，2009年59篇，2008年54篇，2007年47篇，2006年42篇，2005年45篇。

2.2 研究方法

内容分析法又称资讯分析法(information analysis)或文献分析法(documentary analysis)，是以类别化方式，通过量化技术与质化分析，以客观及系统化的态度，对文件内容进行分析，以解释在某特定时间内某现象的状态或发展。本文采用内容分析法为主要研究方法，将资料系统化整理与量化分析后，依据量的变化现象分析诠释其含义，以期了解在2005～2009年发表于 *Journal of Marketing* 上的论文现状及动态趋势。

本文实施内容分析法的主要步骤如下：①资料登录后必须抽取样本的10%～25%进行信度分析(Wimmer and Dominick，1991)，本文按照隔五抽一的方式从已编号的247篇论文中随机抽取49份样本。②邀请两位评判员，本文所作研究的两名评判员是由市场营销专业的博士生担当。③研究者将主题类目表(表1和表3)及其定义分发给两名评判员阅读，并说明归类方式和原则。④对于问题和疑惑之处加以沟通和理清之后，由研究者和评判员各自针对所抽取的样本，依据类目表归类，进行相互同意度的信度检测。⑤依据归类结果，计算信度。本文的内容分析类目表中需要进行专业判断的是研究主题的分析和研究方法的分类，其相互同意度和信度结果如表4和表5所示。Kassarjian(1977)认为，信度系数若大于0.85，编码结果即可落在可接受范围内。本文在研究主题分析信度达0.93，研究方法分析信度达0.94，因此认为具有良好的信度值，具有精确性和客观性。⑥结果分析与解释。本部分内容将在本文第三部分“研究结果”中具体分析。

表4 研究主题类目相互同意度与信度

相互同意度	研究者	评判员1	评判员2
研究者		0.81	0.84
评判员1	0.81		0.82
评判员2	0.84	0.82	
平均相互同意度=(0.81+0.82+0.84)/3=0.82			
信度=(3×0.82)/[1+2×0.82]=0.93			

表5 研究方法类目相互同意度与信度

相互同意度	研究者	评判员1	评判员2
研究者		0.87	0.85
评判员1	0.87		0.82
评判员2	0.85	0.82	
平均相互同意度=(0.87+0.85+0.83)/3=0.85			
信度=(3×0.85)/[1+2×0.85]=0.94			

2.3 分析工具

本文运用 SPSS16.0 软件对数据结果进行分析，主要采用频次分析、时间序列分析和对应分析这三种数据分析工具。频次分析用于描述营销研究主题、研究方法及研究学者的基本状况；时间序列分析用于描述营销研究方法在时间上的变化特征；对应分析用于描述研究方法在研究主题上的应用。

3 研究结果

3.1 营销研究主题的分析结果

3.1.1 营销研究主题分布及变化趋势

鉴于研究主题的分类常会遇到一篇文章有多个主题的情形，本文采用重复计数的方法，对 247 篇论文进行主题归类。频次分析结果显示，如图 1 所示，西方营销研究的主题分布状况如下：消费者行为 67 篇(占 15.55%)、产品 42 篇(占 9.74%)、品牌 34 篇(占 7.89%)、营销一般管理 34 篇(占 7.89%)、产业营销 28 篇(占 6.49%)、广告与促销 27 篇(占 6.26%)、服务营销 24 篇(占 5.57%)、营销渠道 20 篇(占 4.64%)、关系营销 20 篇(占 4.64%)、网络营销 20 篇(占 4.64%)、营销科学理论与哲学 16 篇(占 3.71%)、人员销售与销售管理 15 篇(占 3.48%)、价格 14 篇(占 3.25%)、国际营销与比较营销 10 篇(占 2.32%)、伦理与社会责任 8 篇(占 1.86%)、非营利组织营销和社会营销 7 篇(占 1.62%)、口碑营销 4 篇(占 0.93%)、政治、经济热点话题 3 篇(占 0.69%)、营销研究方法 2 篇(占 0.46%)、营销教育 2 篇(占 0.46%)、其他营销研究主题 34 篇(占 7.90%)。其他营销研究主题中包括企业风险 3 篇(占 0.69%)、营销绩效 8 篇(占 1.87%)、体验营销 1 篇(占 0.23%)和营销组织 22 篇(占 5.10%)。从图 1 还可以看出，西方营销研究主题主要集中于消费者行为、产品、品牌、营销一般管理、产业营销、广告与促销、服务营销及网络营销等领域。

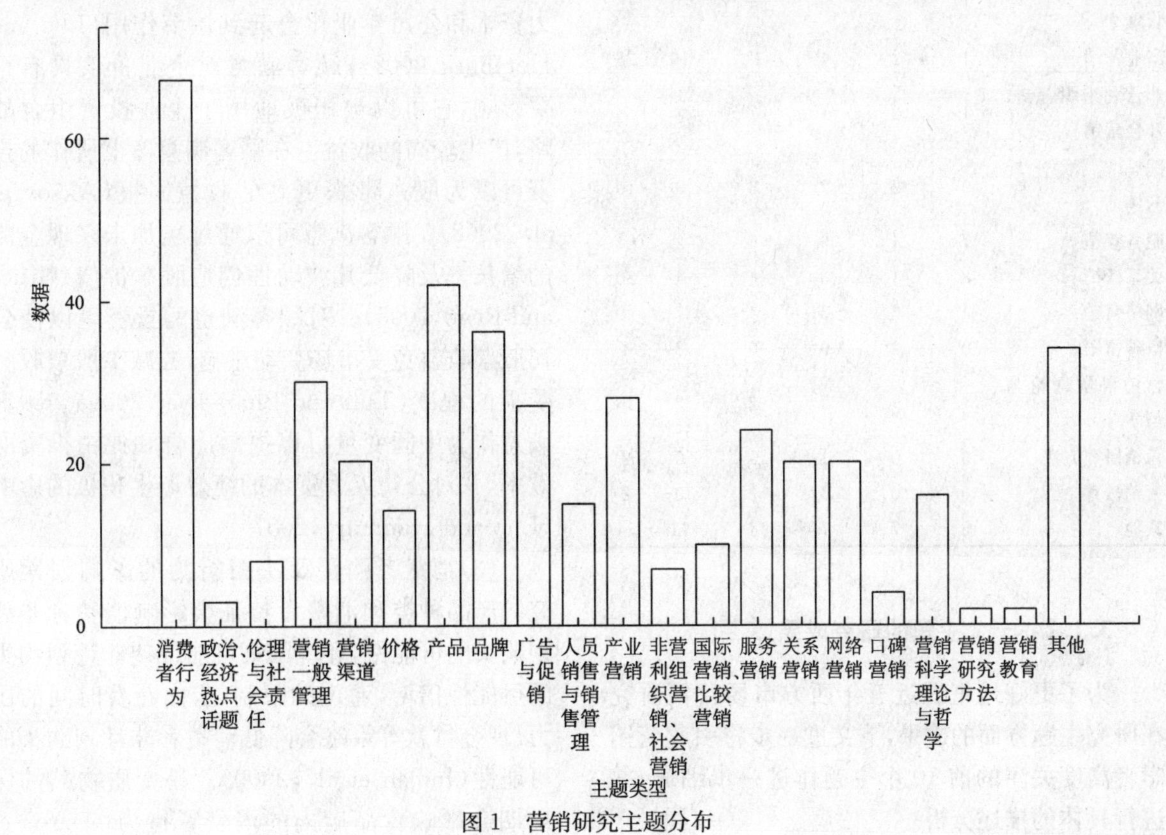

图 1 营销研究主题分布

利用表6可以进一步勾勒出21个营销研究主题在2005～2009年的变化趋势：营销一般管理、产品、品牌、产业营销、网络营销等研究主题呈上升趋势；价格、营销渠道、关系营销、服务营销等研究主题研究呈下降趋势；消费者行为、服务营销一直是营销学者研究的热点；而政治、经济热点话题、口碑营销、营销研究方法和营销教育则受到冷落。

表6 营销研究主题：2005～2009年

研究主题	2005年	2006年	2007年	2008年	2009年	合计
消费者行为	12	17	10	13	15	67
政治、经济热点话题	1	1	0	1	0	3
伦理与社会责任	1	3	1	0	3	8
营销一般管理	4	2	4	10	14	34
营销渠道	4	3	8	3	2	20
价格	3	3	3	4	1	14
产品	8	5	7	11	11	42
品牌	5	8	4	5	12	34
广告与促销	3	6	6	4	8	27
人员销售与销售管理	1	3	3	4	4	15
产业营销	1	2	4	11	10	28
非营利组织营销、社会营销	1	0	1	2	3	7
国际营销、比较营销	0	2	2	3	3	10
服务营销	7	4	6	5	2	24
关系营销	8	1	3	4	4	20
网络营销	4	2	3	4	7	20
口碑营销	0	1	0	0	3	4
营销科学理论与哲学	4	1	7	2	2	16
营销研究方法	0	0	1	1	0	2
营销教育	0	0	0	2	0	2
其他	5	7	7	4	11	34

3.1.2 十大主题的研究成果

为了更好地把握近五年西方市场营销研究在研究主题方面的成果，下文进一步将引起营销学者高度关注的前10个主题作进一步细分，并进行具体的描述分析。

3.1.2.1 消费者行为研究

在以顾客为中心的营销导向盛行的市场背景下，消费者是商业社会的绝对中心，因而消费者行为成为营销学者研究的热点。消费者行为研究关注的主题较为丰富，这使得该领域研究的总体格局趋向多样化。

(1) 消费者态度与行为的关系研究。Vogel等(2008)认为，顾客对价值、品牌、关系的感知态度会影响顾客忠诚意愿和未来的购买行为。Stacy和Noreau(2006)指出，从恐惧到厌恶的情感会影响顾客评价行为和早期创新使用的行为。Viswanathan等(2005)在研究机能性未开化消费者(functionally illiterate consumer)的决策和模仿行为时发现，这类消费者表现出认知偏好、决策寡断、权衡比较和效仿他人的特征，他们非常计较购物环境要素(如产品标签、商店标记和价格)，并花费很大精力对价值进行评价和作出决策。

(2)顾客满意的影响作用研究。顾客满意与顾客抱怨会影响公司股票价值的变动，同时劳动力资本和公司专业化会起到调节作用(Luo and Homburg，2008)，顾客满意对企业价值具有重要影响，它可以被积极地用于企业投资组合战略，产生较高的收益。在顾客满意度上所作的投资可以为股东带来更高的收益回报(Aksoy et al.，2008)。顾客满意可以通过增加未来现金流的增长率及降低其波动性创造股东价值(Gruca and Rego，2005)。对顾客满意的投资可以使公司股票收益免受市场变动影响，并减少股票收益受损的程度(Tuli and Bharadwaj，2009)。顾客满意作为中间变量可以提高广告和促销投资的效率，并对公司人力资本的绩效产生积极的影响(Luo and Homburg，2007)。

(3)消费者购买及决策行为的影响因素研究。产品种类和消费者特征会影响消费者非计划购买的可能性，环境因素可能促使非计划购买的可能性倍增，通道的限制、店内花费时间的压力、现金付款等策略会降低消费者非计划购买的可能性(Inman et al.，2009)。易变质物品的保质期会影响食品店内的消费者行为(Tsiros et al.,2005)。搜寻商品和体验商品的信息搜寻的类型差异可能导致消费者收集信息和在线购买决策的过程产生差异;其他消费者的产品评价和使消费者在购买前能与产品互动的媒体,对消费者搜寻和购买行为的影响,相比较搜寻商品、经验商品更大(Huang et al.,2009)。消费者购物时虽然喜欢触摸产品,但消费者对其他消费者触摸过的产品会产生厌恶的反应,即消费者污染理论,认为当消费者感知到某件产品被其他消费者接触过之后,对于该产品的评价和购买意向都会降低(Argo et al.,2006)。虚拟人物可以增加网上销售渠道的说服力,影响消费者的反应及购物决策(Wang et al.,2007),使用虚拟人物来传递产品的信息,会带来更多的顾客满意和更大的购买意愿(Holzwarth et al.,2006)。面对仿冒奢侈品时消费者往往会采取飞行(Flight)、开拓(reclamation)和掩饰(abranding)三种策略(commuri,2009)。

(4)消费者的其他行为研究。时间和关系强度会影响消费者报复和回避行为,一般说来,网上抱怨者会产生积怨行为,而随着时间的推进,报复行为渐减,而回避行为渐增,关系强的顾客表现尤为突出(Grégoire et al.,2009)。顾客降级对顾客忠诚有着消极的影响(Wagner et al.,2009)。家庭预算不当会打乱消费者的购物决定,消费者会依据平均存货进行估计并遵循幂函数的心理弹性,导致将低水平的存货高估,或将高水平的存货低估(Chandon and Wansink,2006)。消费者会忽略临时的产品风险,但对永久性伤害的风险格外重视(Cox et al.,2006)。而部分消费者的"摘樱桃"行为与理性经济行为相一致,"摘樱桃"者在每件商品上能节省更多(Fox and Hoch,2005)。建立在当前对有关消费者偏好结构的认识上,Simonson(2005)提出了消费者对定制化供给反应的过程模型。

3.1.2.2　产品研究

市场营销是有关推动商品从生产者向消费者流动的活动,因而作为交易载体的产品自然而然受到营销学者的集中研究(郭国庆,2009)。对于具有国际声誉的 *Journal of Marketing* 来说,产品主题也自然备受其欢迎,特别是近五年来营销学者对产品的开发和创新给予了极大的关注。

(1)产品开发与创新的影响因素研究。顾客组合的规模与公司产品开发之间呈倒 U 形关系,顾客关系嵌入越深,新产品开发的越多(Yli-Renko and Janakiraman,2008)。原始设备制造商(OEM)顾客的参与对产品创新过程有着双重的影响,如果新产品开发的特性要求不同阶段之间高度的互动和协调,一个重要的 OEM 顾客角色的参与就可能促进产品创新,但同时又会由于受制于协调重担而延缓开发进程(Fang,2008)。企业首席执行官对产品开发创新以及新技术的发展有着积极的、直接的和长期的影响,首席执行官的关注度对企业创新来说是关键的驱动因素(Yadav et al.,2007)。新建公司的内部或外部联结对产品开发的回报有积极的影响(Rao et al.,2008)。并购对企业的产品创新有双重作用,一方面,收购有可能损害创新,它们对创新而言可能是一支"毒剂";另一方面,对首从事内部知识开发的企业而言,收购有益于创新,它是创新的"滋补剂"(Prabhu et al.,2005)。市场导向有助于基于技术的创新,并为顾客带来更多利益,但却会抑制基于市场的创新(Zhou et al.,2005)。功能整合对新产品的成功开发也有者直接的影响(Fang et al.,2008)。项目的不可变性会导致学习失败,当公司技术环境有所波动时,这种反作用会更加严重。而学习失败对新兴产品的市场表现有着负面影响(Rajesh and Zafar,2008)。知识整合机制能解释市场知识维度(即广度、深度、意会性和专业性)以及跨职能合作对产品创新绩效的影响。市场知识的专业性和跨职能合作通过知识整合机制影响产品创新绩效。市场知识的深度起部分中介作用,而市场知识的广度对产品创新绩效有直接的非中介的作用(Luigi and Kwaku,2007)。地理接近性对新产品开发有影响,依据集群理论,接近被假定为能加强面对面的沟通,强化关系纽带,增加知识获取,提高新产品绩效(Shankar et al.,2005)。

(2)产品创新的影响作用研究。产品创新及其相关营销费用,对新市场中股票收益的影响是级市场的七倍，其广告效应可大至九倍（Srinivasan et al.，2009）。激进式产品创新可能破坏现有的市场地位，也可能产生新的市场机会（Aboulnasr et al.，2008）。同时，激进式产品创新与利润和经济租的增加有关，与创新企业的风险增加相关联，但是这种风险可能会被正常的股票回报所抵消。相反，渐进性创新只与正常利润增加有关，而对经济租或企业风险没有影响（Sorescu and Spanjol，2008）。

（3）产品主题的其他研究。当产品专用性低、网络效应差、创新动力足、研发力度大时，容易形成高水平设计（Sirinivasan et al.，2006）。产品采用中心包括创新型和追随型两种类型，创新型中心对产品的采用速度有巨大影响，而追随型中心对产品采用的市场规模有巨大影响（Goldenberg et al.，2009）。对企业来说，产品退货必不可少，但绝非都是害处，因为消费者产品退货行为在某种程度上能积极影响其未来购买行为，由此提高预测消费者购买行为、退货行为及公司营销资源分配决策的准确性（Petersen and Kumar，2009）。

3.1.2.3 品牌研究

品牌研究涉及领域广泛，主题多样。一方面，品牌延伸、品牌资产和品牌价值等一些传统的话题继续受到研究者的广泛关注；另一方面，自有品牌、品牌社群等一些新兴的话题脱颖而出，并引起研究者的高度注意。

（1）品牌延伸研究。前向溢出效应显示品牌延伸能提高收入水平并降低风险，相互溢出效应显示品牌延伸是现有品牌的补充（Hennig-Thurau et al.，2009）。品牌延伸对母品牌不只存在正向影响作用，当一个新产品在推向市场时拥有与现有品牌一模一样或大体相似的商标时，则有可能对现有品牌的商标造成冲击（Pullig et al.，2006）。延伸产品与母品牌匹配是品牌延伸成功的最重要驱动力，其是营销支持、母品牌信念、零售商接受程度和母品牌体验（Volckner and Sattler，2006）。联合品牌策略在某种程度上可以保护母品牌免受反向延伸的风险（Kumar，2005）。

（2）品牌资产研究。基于销售数据对品牌资产的估计和对其驱动因素进行研究，可以帮助管理者监测品牌资产的变化并决定保持或者建立品牌资产的营销规划，产品创新在短期内对提升品牌资产是特别有效的（Sriram et al.，2007）。广告和品牌资产联结能增加企业回报（Wiles and Danielova，2009）。

（3）品牌价值研究。在并购中，收购方目标市场营销能力和品牌组合的多样性对目标公司的品牌价值起到积极作用；与没有协同效应相比较，并购产生协同效应时收购方品牌组合的多样性和目标市场营销能力产生的正面影响较小（Bahadir et al.，2008）。

（4）自有品牌研究。当经济衰退时，国家自有品牌的份额会增加，而经济繁荣时会减少。自有品牌份额扩张的程度和速度因经济周期变化而具有不对称性，在经济衰退期，消费者转向自有品牌的速度快于经济复苏期向国家品牌的转变；当经济衰退结束后，向自有品牌的转移速度快于向国家品牌的转变（Lamey et al.，2007）。自有品牌的份额对消费者的行为忠诚具有显著的影响，行为忠诚反过来也会影响自有品牌的份额（Ailawadi et al.，2008）。

（5）品牌社群研究。在品牌社群内部，存在着共同价值创造的过程，此过程可以包括以下内容：一般的程序理解和规则；技术、能力和适当的文化消费方案（心照不宣的隐性知识或方法）；通过行动和语言表达的情感承诺（Schau et al.，2009）。品牌社群高参与度与长期成员关系不仅能增加接受首选品牌新产品的可能性，还能降低接受竞争品牌的可能性（Thompson et al.，2008）。品牌社群认同对顾客的行为既有正面影响（如与社群更多的约定）又有负面影响，（如标准化的社群压力）（Algesheimer et al.，2005）。

3.1.2.4 营销一般管理研究

营销一般管理研究涉及的文献数量相对较多，但主要集中于营销管理职能的研究。

（1）营销预测研究。依据计量经济学的“诊断工具”可以预测公司在多变量利润函数的位置，以确定投资的变化，使公司尽可能获取最大利润(Shrihari et al.,2007)。基于顾客资产的模型能够有效地预测公司的市场资产化水平(Kumar and Shah,2009)。

(2)营销决策制定研究。资深员工和雇员所提出的建议对企业决策制定有重要影响(Kalra and Soberman,2008)。要结合实物期权分析客户终身价值,如果将终身价值作为营销决策的基础,而不考虑期权价值,则计算终身价值可能导致整体结果出现偏差(Haenlein et al.,2006)。

(3)营销执行研究。Morgan 等(2005)指出厂商应怎样收集并使用顾客满意方面的信息。Marinova 等(2008)分析了自我管理-凝聚力-反馈机制,为什么以及在什么情况下,会对单位收入、效率和顾客满意度产生或正或负的影响。

3.1.2.5 产业营销研究

产业营销研究主题呈现多元化的特征,其中企业间关系与行为、企业行为的外部影响因素是研究重点,而电视产业营销、生命科学营销等则成为营销领域研究的前沿课题。

(1)企业行为的外部影响因素研究。市场信息可分为点信息和流信息,流信息的三种特性会通过影响消费者对产品质量的感知来影响销售额,这种效应对于较年轻的新建公司更加明显(DeKinder and Kohli,2008)。竞争者进入会导致企业用户搜索行为的惯性中断(Moe and yang,2009)。对于首席执行官和销售管理者,在工作挑战日渐增大的情况下,公正的工资会对其产生乘数效应(Rouziès et al.,2009)。

(2)企业间关系与行为研究。"复合关系"可用来描述两个或更多企业之间的简单关系,复合关系作为一个保护关系,可以防止在一个简单关系中机会主义的发生,而这种机会主义行为会破坏其他简单关系中的信任水平(Ross and Robertson,2007)。企业间关系驱动因素所产生的价值不仅来自许多模型所指出的顾客关系质量(如信任、承诺和规范),而且来自企业间接触和关系驱动因素之间互动的频率和决策能力(Palmatier,2008)。要加强供应商对制造商需求的了解,并建立供应商对制造商的情感承诺(Joshi,2009),经销商与供应商战略信息共享行为受感知利益、感知成本和感知风险等因素的影响(Frazier et al.,2009)。"供应链传染"是指企业间行为会从一个双方关系传播到相邻的另一个双方关系。这种传染可以是不经意的,可以为或者不为受影响的双方企业所知晓,且传染的形式可以是任意数量的企业间行为,与传染水平正相关性的具体因素包括环境的不确定性、双方边界人员接触的频率及相似性感知(McFarland et al.,2008)。企业间信任和关系对提高交易绩效同等重要(Palmatier et al.,2007)。

(3)特定产业营销研究。剧院观众、DVD 零售商及 DVD 购买者的蚕食是影院年收入损失的主要原因(Henning-Thurau et al.,2007)。将营销研究延展到生命科学领域是营销研究的一个新的突破,生命科学领域的营销商正面临着新的挑战和决策(Stremersch and Dyok,2009)。

3.1.2.6 广告与促销研究

广告传播的主要目的在于,有效地与消费者进行沟通,刺激消费者的购买动机,引导消费者采取购买行动。因此如何增强广告效果,最终实现预期的广告目标十分重要。可能由于广告的这种实践意义,该领域的研究主要是围绕广告与促销的效果来展开的,研究内容侧重于广告和促销效果的决定因素方面。

(1)广告与促销效果及其决定因素研究。货架展示商品的数量对店内评价有很大的影响,它能调节那些愿意为品牌和价格付费的消费者的行为(Chandon et al.,2009)。边触摸边沟通会增强情感反应和说服力,进而积极影响广告的效果(Peck and Wiggins,2006)。广告语言的选择和使用对广告效果也有一定的决定作用,运用本国语言的广告能带来更加积极的评价态度和行为意向(Noriega and Blair,2008)。品牌信息在电视广告中的位置和信息深度会影响广告效果,深入的品牌信息处于屏幕中心会有效影响品牌态度和行为意向,甚至影响实际的选择行为(Brasel and Gips,2008)。

(2)非营利组织广告研究。在提高(或降低)公共自我形象关注的条件下,利他(自利)诉求比自利(利他)诉求会带来更多赞助。公共责任、公共自我认知的巧妙利用和公共自我意识的个体差异会调节不同诉求对赞助支持的影响。营销商应该根据情况定制营销信息，或是有差别地运用公共自我形象关注以匹配不同的诉求(White and Peloza，2009)。

3.1.2.7 服务营销研究

在激烈竞争的环境下，许多企业将竞争的焦点转向“服务”。服务营销在实际操作中的重要性在研究数量上也得到了印证，这类研究主要是围绕顾客满意和顾客忠诚展开的，研究内容主要包括服务质量和服务补救等。

(1) 服务质量研究。其主要包括两方面内容：一是研究者分别提出了银行服务质量的六个维度(雇员的胜任能力、银行的可靠性、银行产品的创新性、服务价格、银行的实体特征和支行的便利度)、网络零售商店服务质量的五个维度(信息、买卖双方的友好程度、互动、美学、售后服务)等创新性理论；二是有些学者提出了新的服务质量划分标准，即一线员工影响的服务质量、中间员工影响的服务质量及管理流程决定的服务质量(Marinova et al.，2008；Ye et al.，2007)。

(2) 顾客抱怨与服务补救研究。对抱怨的处理方式会影响顾客正确的评价，以及顾客满意和顾客忠诚。机械和有机的方式都对抱怨顾客的评价产生显著影响，而机械的方式总效应更显著，且机械方式在B2C模式或服务企业中所带来的有利影响比在B2B模式或制造企业中更大(Christian and Andreas，2005)。企业应关注消费者的补救偏好，消费者对产品和服务的反应依赖于三种形式的内部化的文化模型，即关联型、对立型和实用型，而消费者的补救偏好在很大程度上能够通过这三种模型获得。这些模型构建了消费者是否选择高度(自我关联)参与商家的互动关系，以及当发生不和谐的服务经历时的补救偏好趋向选择(Rinberg et al.，2007)。服务补救是影响顾客忠诚度的重要因素，成功的服务补救要在第一时间开始实施，并且程式化的服务补救对于情感联系紧密的消费者来说是远远不够的，企业还需要为这类消费者提供额外的个性化补救(Mithas et al.，2005；Tuli et al.，2007)。

3.1.2.8 营销渠道研究

引起营销学者广泛注意的营销渠道研究主题包括渠道设计、渠道选择、渠道关系、渠道绩效及灰色市场行为等。虽然不同主题的研究数量参差不齐，但从其涉及面上来看，研究者对于营销渠道这一领域的研究还是比较全面的。

(1) 营销渠道设计、选择和优化研究。Shang等(2009)通过使用非线性混合整数程序模型，设计出一种同时强调最小化总体分销成本和提升顾客服务水平的分销渠道网。Venkatesan等(2007)运用社会交换理论，就顾客与公司互动特点对顾客渠道选择持续时间的影响进行研究，提出了共享脆弱性风险模型，发现与频率相关的互动特征对消费者第二渠道选择的持续时间影响最大，回报比重及与购买相关的互动特征对第三渠道选择持续时间的影响最大；顾客间与购买相关的属性的变异对第二渠道采用持续时间的影响大于第三渠道。在电影渠道的时机选择和顺序优化的研究中，Henning-Thurau等(2007)提出了包含四个连续的分销渠道的创收模式。

(2) 营销渠道关系研究。Wuyts和Geyskens(2005)认为，在买-供关系形成过程中，公司面临两个战略决策：是否起草具体的合同，是否选择一个伙伴与其共享密切的关系纽带。Frazier等(2009)建立了一个聚焦于经销商与合作供应商分享内、外部战略信息的理论框架。Jap(2007)研究了网上逆向拍卖设计对买供关系的影响，研究结果表明，投标人数越多，经济利害关系越大，拍卖价格越不透明，对组织间关系的影响越积极，而拍卖过程中的大幅降价则对买方和供应商关系产生不利影响。Payan和Frow(2005)认为，具有一元结构的非强制性影响策略(理性、推荐、信息交流和要求)将导致相对较高的履约行为，仅当目标对象的依赖水平很高时，强制性影响策略(承诺和威胁)才会促成履约行为。McFarland等(2008)发现了“供应链传染”现象，即企业间行为从一个双方关系传播到相邻的另一个双方关系，并指出这种传染可能是不经意的。

(3) 营销渠道绩效研究。从渠道绩效的获得主体角度,可以将此类研究分成两类。①从供应商角度。Corsten 和 Kumar(2005)认为,采用有效的顾客响应对供应商的经济绩效和能力发展会产生正向影响,但同时也会对供应商产生很大的消极的认知不公平。Carson(2007)指出,如果外包任务在创新方面对供应商要求很高,那么事前的合约被证明是可以提高供应商绩效的;相反,事后的客户管理则会降低供应商绩效。Joshi(2009)认为,能力控制促进了供应商知识和情感承诺对供应商绩效的持续改进,然而,过程控制对供应商知识的作用效果却起破坏作用。②从本企业角度。Shang 等(2009)指出,分销渠道影响着企业的成本和顾客满意,是利润来源的关键因素。Srinivasan(2006)考查了企业之间的双重分销策略及其与无形价值之间的关系,认为双重分销策略对公司的独立和合资的无形价值的影响会受到诸如公司年龄等一系列公司特征变量的调节。Kabaday 等(2007)认为,采用配置理论的方法研究多渠道时,当企业的渠道结构配置与企业战略层面和环境条件相一致时,其对企业绩效的贡献最大。

(4) 灰色市场行为研究。Gu 等(2008)认为,组织过程可以利用一个公司的渠道和反应能力来“收藏”从人际“关系”中所获得的利益,他们还描述了“关系”的黑暗面,包括互惠义务和集体盲点。Antia 等(2006)研究了灰色市场行为,认为只有当严厉执法和明确执法并重时,灰色市场行为才会显著下降。

3.1.2.9 关系营销研究

“关系营销绩效”和“客户关系管理”是关系营销研究最为关切的领域,研究主要集中于客户关系管理,以及关系投资、友谊等影响关系营销绩效的因素。

(1) 关系营销绩效及影响因素研究。关系投资对零售目标绩效有很大的直接影响,目标绩效受关系品质的影响最大,而受承诺的影响最小;当关系对于客户来说是关键的或是针对个体而不是销售公司时,关系营销更有效(Palmatier et al.,2006)。公司关系营销投资会使消费者产生短期感激的感受,而与消费者感激相关的回馈行为,会导致企业长期持续的绩效(Palmatier et al.,2009)。公司间管理者的友谊在关系营销中发挥着双向作用,角色理论表明,友谊和生意关系的冲突会损害某些商业成果,即使友谊可能在其他方面有正面影响。与源于友谊的生意关系相比,这种冲突会对源于生意的友谊有更严重的影响,因而,企业管理者应谨慎处理友谊与生意二者的关系(Grayson,2007)。

(2) 客户关系管理(CRM)研究。2005 年,*Journal of Marketing* 专门推出一期系统介绍 CRM 的形成、发展、影响和发展趋势。Boulding 等(2005)整合出 CRM 的路径,指出 CRM 的研究现状,潜在的缺陷及未来的发展方向。Payne 和 Frow(2005)开发了 CRM 的战略框架,确定了跨职能的 CRM 的重要流程,即战略发展过程、价值创造过程、多渠道一体化进程、信息管理流程及绩效评估过程。另有学者研究了 CRM 的影响因素,如 Jayachandran 等(2005)研究了关系信息处理及技术使用在 CRM 中的作用,认为关系信息流程对提高企业的客户关系绩效起着至关重要的作用,在调节关系信息流程对企业客户关系绩效的影响作用时,CRM 中使用的技术起到了重要的支持作用。Srinivasan 和 Moorman(2005)则考察了影响在线零售商 CRM 绩效的两个关键战略承诺的效果:实体体验与在线入市时机。研究结果表明,比起高度或低度实体经验的公司,中度实体经验的公司能够更好地利用 CRM 获得优质客户满意的结果。此外,CRM 的功能也得到了一些学者的关注。Mithas 等(2005)评估了 CRM 对客户知识和客户满意度的作用效果,指出 CRM 的应用对改进客户知识和提高客户满意度有积极的关系,当公司与其供应链伙伴分享客户相关信息时,客户知识也会提高收益。Cao 和 Gruca(2005)指出 CRM 能降低逆选择。Krasnikov 等(2009)着眼于 CRM 采用时间的早晚和长短,分析了 CRM 实施对成本和赢利的影响,指出早期使用者受益少于较晚采用者,采用时间越长越能提升公司绩效。

3.1.2.10 网络营销研究

网络营销赢利模式成为网络营销研究的热点,"定制化"、"互动化"、"虚拟化"等重要术语得到研究者的垂青。

(1) 网络营销沟通效果及影响因素研究。网络营销能够实现一对一的定制化沟通,消费者信赖的"推荐信息"将起到越来越大的作用。Franke 等(2009)认为,符合顾客喜好的定制化产品会带来更大的利润,然而需要网络零售商提供条件使消费者很好地表达自己喜好的渠道。Song 和 Zinkhan(2008)指出了网络互动性在沟通中的重要性,通过实验分析确定了能够提高使用者感知互动的决定因素。Wang 等(2007)指出虚拟人物可以增加网上销售渠道说服力,社会元素虚拟化能影响消费者的反应及购物价值,通过增加消费者的人员联系和情感纽带的构成而吸引消费者。

(2) 网络营销赢利模式研究。Schlosser 等(2006)研究了网络零售商如何将网站访客转换成买家,探讨了网站设计投资对消费者的信任信念和网上购买意愿的影响。Pauwels 和 Weiss(2008)指出对于企业的经理来说,任何产品或服务从"免费"转变到"免费加收费"都是一个不小的挑战,特别是当消费者有很多免费选择时。企业经理应该专注于通过价格促销来刺激新用户,而不是把重点放在对年度合约的促销上。相反,电子邮箱和搜索引擎推荐看起来对年度预订用户更有效果。同时,免费到付费的转变是一把双刃剑,它在增加预订收入的同时也减少了广告收入。

3.2 研究方法的分析结果

如前所述,本文借鉴约翰·W. 克雷斯威尔对于研究设计方法的分类,建立了包括定性研究、定量研究、混合研究及实验法的研究方法分类标准。按照此统计归类标准,247 篇样本论文的研究方法统计结果如图 2 所示。从图 2 中可以看出,在西方营销研究方法中,定量研究占主导地位,实验法得到了较广泛的应用,定性研究和混合研究应用较少。从论文数量上讲,定量研究占 157 篇,总论文数量的 63.6 %;实验法研究 50 篇,占 20.2%;定性研究 29 篇,占 11.7 %;混合研究 11 篇,占 4.5%。本研究认为,定量研究得到了广泛的关注,其主要原因有以下两点:第一,定量研究体现了自然学科与社会学科的融合,被认为是能够避免或减少主观判断的具体研究方法。第二,定量研究通常采用大样本,统计性较强,这正是营销者比较放心的地方,因为他们更愿意参考经过计算机分析、列成表格的数据。

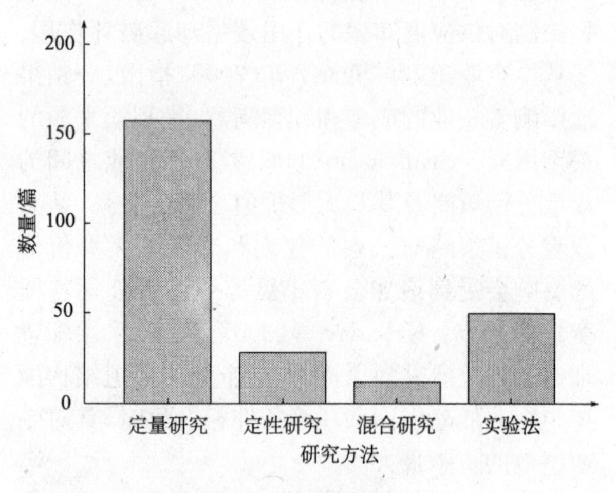

图 2 营销研究方法

3.2.1 研究方法的应用领域

对于不同营销研究主题的研究方法,描述性统计结果如表 7 所示:定性研究方法在消费者行为、营销渠道、服务营销、营销科学理论与哲学等主题的研究中备受推崇;实验法在消费者行为、广告与促销、品牌、产品、价格、网络营销等主题研究中得到了充分应用;在产业营销、品牌、营销一般管理和营销其他主题中混合研究方法应用较多;除了政治、经济热点话题、伦理与社会责任、营销研究方法和营销教育主题,在其他各营销主题的研究中,研究者主要采用了定量研究方法。

表 7　不同研究主题研究方法的比较

研究主题 研究方法	消费者行为	政治、经济热点话题	伦理与社会责任	营销一般管理	营销渠道	价格	产品	品牌	广告与促销	人员销售与销售管理	产业营销	非营利组织营销	国际营销	服务营销	关系营销	网络营销	口碑营销	营销科学理论与哲学	营销研究方法	营销教育	其他	合计
定性	8	0	0	2	3	2	3	3	0	1	2	0	2	4	3	0	0	4	1	1	2	41
定量	27	1	4	26	13	6	31	19	12	11	20	5	6	17	13	15	4	11	1	1	28	271
混合	2	0	0	3	2	0	1	3	0	1	4	0	0	1	2	0	0	0	0	0	3	22
实验	30	2	4	3	2	6	7	9	15	2	2	2	2	2	2	5	0	1	0	0	1	97
总计	67	3	8	34	20	14	42	34	27	15	28	7	10	24	20	20	4	16	2	2	34	431

由于数量统计结果是对数据的绝对分析，不能准确地反映研究的真实情况，本文进一步采用对应分析方法以对研究方法的应用领域进行相对分析。分析结果如图 3 所示，消费者行为、价格、广告与促销等主题较多使用实验法进行研究，品牌、产品、人员销售与销售管理等主题研究较多采用定量研究方法，产业营销、营销一般管理等主题运用较多混合研究方法，而营销科学理论与哲学主题大多采用定性研究方法。营销教育、营销研究方法、口碑营销等主题由于研究论文很少，所以处于对应分析图中的较边缘位置。

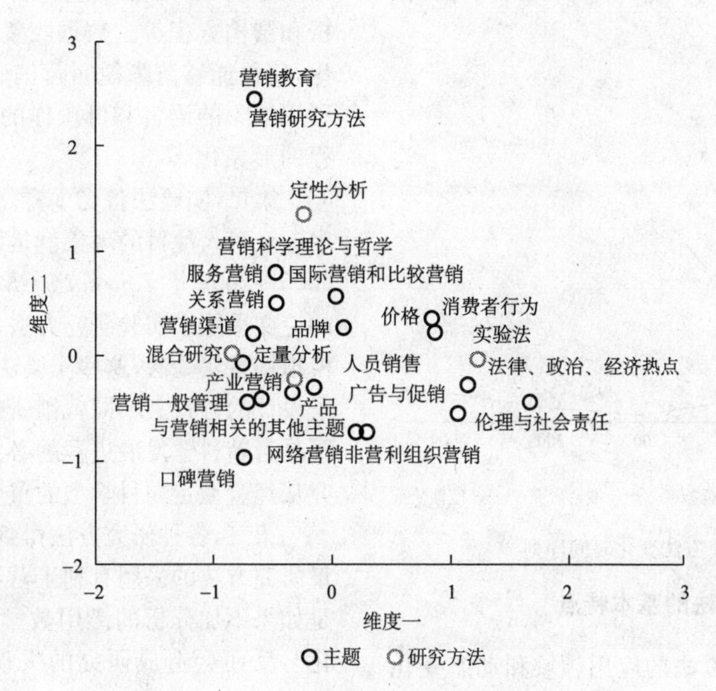

图 3　研究主题与研究方法的对应分析

3.2.2　研究方法的动态变化

频次分析结果显示，2005 年，定性研究论文共 9 篇，占 20.00%；定量研究论文共 31 篇，占 68.90%；混合研究论文共 1 篇，占 2.22%；实验法研究论文共 4 篇，占 8.89%。2006 年，定性研究论文共 3 篇，占 7.14%；定量研究论文共 16 篇，占 38.10%；混合研究论文共 3 篇，占

7.14%；实验法研究论文共20篇，占47.62%。2007年，定性研究论文共8篇，占17.02%；定量研究论文共32篇，占68.09%；混合研究论文共1篇，占2.13%；实验法研究论文共6篇，占12.77%。2008年，定性研究论文共3篇，占5.56%；定量研究论文共38篇，占70.37%；混合研究论文共2篇，占3.7%；实验法研究论文共11篇，占20.37%。2009年，定性研究论文共6篇，占10.17%；定量研究论文共40篇，占67.8%；混合研究论文共4篇，占6.78%；实验法研究论文共9篇，占15.25%。

根据普通时间序列分析结果，如图4所示，可以看出营销研究方法按时间演进的总体变化趋势：除2006年之外，定量研究方法历年均是研究者采用的主要方法，由时间序列曲线可推断其2009年后将呈下降的趋势；实验法在2006年广泛应用后，曲线变化比较平缓；而混合研究方法和定性研究方法在2005～2009年趋于平缓，但呈现出上升的趋势。

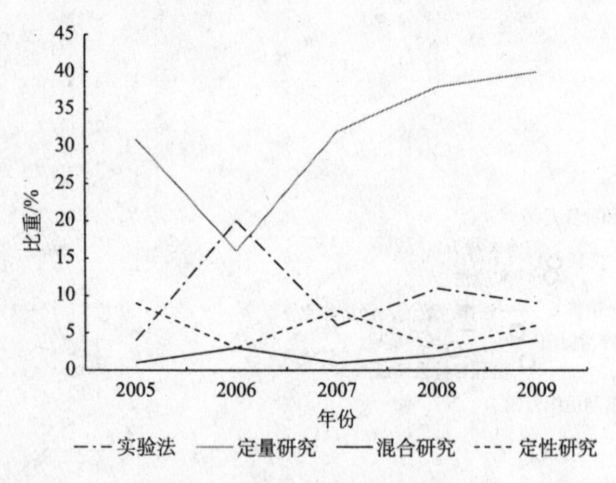

图4 研究方法变化时间序列

3.2.3 研究方法的基本特点

结合营销研究方法的应用领域和动态变化趋势，可以描绘出西方营销研究方法的如下三个特征。

第一，定量研究方法得到强化，营销研究的精确性和严密性不断提高，营销研究的科学性得到肯定。20世纪50年代之前，有人认为，营销无法成为一门具有科学性的学科，因为营销理论缺乏经验性研究、确定的概括和统一的理论。甚至Converse(1945)在*Journal of Marketing*上还发表*The development of the science of marketing*一文，探讨营销学是否具有科学性的问题，开创了营销学史上长达50余年的“科学与艺术”之争的先河。此后，随着营销问题的日益复杂化，数学语言和数学建模理论在营销研究中得到大量的应用。正如马克思所言，一门科学只有成功地运用数学时，才算达到了完善的地步。此时的营销研究由于对数学方法的广泛应用，也正在一步一步向完善逼近。最近2005～2009年的*Journal of Marketing*中，大约70%的论文采用了定量研究方法。其中，包括数据收集方法的量化和数据分析方法的量化。数据收集方法主要涉及邮寄问卷法、现场调研法、电话调研法、元分析法等，数据分析方法主要涉及描述性统计分析、相关分析、T检验、回归分析、方差分析、多元协方差分析、因子分析、回归分析和结构方程等。数据收集及其分析过程的量化，使得能够清晰说明营销研究的对象与方法，利用抽象的语言和可操作的变量实现了思维过程的形象化。

第二，实验法备受垂青。当代营销科学研究中一个引人注目的现象就是营销实验广泛兴起。2005～2009年*Journal of Marketing*中近20%的论文采用了实验研究方法，主要包括真实验和模拟场景实验法，这些实验法大多采用了组间因子设计的方式。不同营销研究实验方法的出现，既是营销科学发展进程的必然趋势，也是营销研究从经验型走向科学型的重要一环。

第三，各种研究方法得到综合运用。虽然定量研究方法的采用有利于营销研究的科学化，但是如果不加分析的滥用数学方法，过分迷信“量化”，反而会造成研究的失误。近五年*Journal of Marketing*中，定性研究和混合研究的论文虽然较少，但是还是有学者在关注和实践这些方法，尤其是对混合研究方法的采用，能够将定性描述和定量描述有机地结合起来，以防止营销学的破碎和分裂。

3.3 营销学者的分析结果

3.3.1 营销学者发文数量分析

由于部分论文的作者不唯一，在分析过程中采取以下统计方法：独立作者发文每篇计为1篇；两位作者合作的论文，第一作者计0.6篇，第二作者计0.4篇；三位作者合作的论文，第一作者计0.5篇，第二作者计0.3篇，第三作者计0.2篇；四位作者合作的论文，第一作者计0.5篇，第二作者计0.25篇，第三作者计0.15篇，第四作者计0.1篇；五位作者合作的论文，第一作者计0.4篇，第二作者计0.25篇，第三作者计0.15篇，第四作者计0.1篇，第五作者计0.1篇；六位作者合作的论文，第一作者计0.4篇，第二作者计0.2篇，第三作者计0.1篇，第四作者计0.1篇，第五作者计0.1篇，第六作者计0.1篇。由于没有七位及以上作者合作发表论文的情况，所以不再继续设计其他计分标准。

统计结果显示，近五年在 *Journal of Marketing* 上发表论文的学者共有473位。其中，独立一人发文的学者有25位，累计发文超过1篇的学者有52位，发文超过0.5篇而不足1篇的学者有175位，发文不足0.5篇的学者有246位。在发文数量累计超过1篇的学者中，以学者Homburg(6.1篇)、Luo(5.5篇)、Palmatier(3.1篇)、Kumar(2.6篇)、Srinivasan(2.4篇)、Hennig-Thurau(2.2篇)、Stremersch(2篇)、Fang(2篇)最为突出。

在上述统计结果中，我们发现学者累计发文的绝对数量并不可观，即营销学者发文数量普遍不高，其主要原因可能如下：①我们采取了相对赋值的方法作为标准计量学者的发文数量，而不是采取单纯的绝对计数方法，这在一定程度上影响了一些与其他学者合作发文的第一作者的发文数量。②学者们合作发文的情况居多，在473位学者中，仅有25位独立发文，90%以上的学者均采取与其他学者合作发文的方式。这一现象表明在现代营销研究中，营销学者的协作与合作成为主流。

3.3.2 营销学者合作情况分析

上述分析表明了营销学者的协作与合作的主导性，下文将对营销学者2005～2009年合作研究情况进行详细的分析。表8、表9显示，发表在 *Journal of Marketing*(2005～2009年)上的论文大部分是由学者们合作完成的，且以校外合作为主。从分析合作情况的变化规律可看出，学者们独立完成的研究成果正逐年减少，相反，学者们合作完成的研究成果却不断增加。同一机构学者之间的合作总体变化趋势较平稳，而不同机构之间的校外合作增长趋势比较明显。

表8　论文合作完成情况

论文合作完成情况	2005年(N=45)		2006年(N=42)		2007年(N=47)		2008年(N=54)		2009年(N=59)		五年合计	
	数量	比重/%	数量	比重/%	数量	比重/%	数量	比重/%	数量	比重/%	N=247	比重/%
一位作者独立完成	6	13.3	5	11.9	8	17.02	4	7.41	2	3.39	25	10.12
两位及以上合作完成	39	86.7	37	88.1	39	82.98	50	92.6	57	96.61	222	89.88

表9　校内与校外合作完成论文情况

论文合作完成情况	2005年(N=45)		2006年(N=42)		2007年(N=47)		2008年(N=54)		2009年(N=59)		五年合计	
	数量	比重/%	数量	比重/%	数量	比重/%	数量	比重/%	数量	比重/%	N=247	比重/%
校内合作	14	31.1	9	21.43	9	19.15	11	20.37	10	16.95	53	21.46
校外合作	31	68.9	33	78.57	38	80.85	43	79.63	49	83.05	194	78.54

3.3.3 营销学者所属机构分析

为了从总体上把握营销研究的地域特点，本文针对营销学者所属的机构进行了统计分析。分析结果显示，2005～2009 年，在 *Journal of Marketing* 上发文的 473 位学者共来自 223 个机构，其中，公司机构涉及 8 个，包括加拿大阿德瓦尼(Advanis)公司、德国赢创工业集团(Evorik Industries)、英国葛兰素史克(Glaxo Snithkline)公司、美国知觉研究服务(Perception Research Services)公司、美国第欧根尼咨询(Diogones Consulting)公司、北美益普索满意度和忠诚度(Ipsos Loyaltay)研究公司、加拿大益索普-伊雷(Ipsos-Reid)市场调查公司以及美国资本集团公司(The Capital Group Conpanies)。院校机构涉及 215 个，其中，美国院校 131 所，加拿大院校 16 所，德国院校 14 所，荷兰院校 9 所，英国院校 7 所，法国院校 5 所，瑞士院校 4 所，以色列、土耳其、韩国、比利时、澳大利亚院校各 3 所，新加坡、西班牙和瑞典院校各 2 所，意大利、新西兰、挪威、奥地利院校各 1 所，中国内地院校 1 所，中国香港院校 3 所。

为了更直观地呈现西方营销研究的地域特点，我们进一步采用 Power Point 绘图工具绘制了西方营销研究机构地域分布及合作情况轮廓图。[①] 从轮廓图中可以看出，西方营销研究主要集中于四个地域：由美国和加拿大组成的北美地域；包括英国、法国、德国等欧洲国家及土耳其、以色列等中东国家的欧洲-中东地域；包括中国、韩国、新加坡的亚洲地域；以及由澳大利亚和新西兰组成的澳洲地域。各国之间的机构合作呈现如下特点：第一，几乎各国的机构都与美国的机构存在合作关系，原因可能在于美国营销及营销研究发展具有绝对优势，且 *Journal of Marketing* 是由美国营销学会创办发行的；第二，除了与美国机构的合作外，与邻近国家机构合作的情况也比较多，这突出体现在欧洲地域内，可能的原因是，欧洲地域内各国间距离较近，且由于欧洲经济共同体(欧共体)实行的相关经济自由政策对学者们的学术沟通和合作提供了很大的便利。第三，距离较远的国家的机构之间也存在合作情况，这种情况主要是由外国各学校间的访问学者制度导致的。

4 结论及启示[②]

4.1 结论

本文利用内容分析法，从研究主题、研究方法和研究学者三个维度对 2005～2009 年发表在 *Journal of Marketing* 上的 247 篇论文进行了分析。

在研究主题中，5 个主要研究领域中包含的 21 个研究主题涉及面虽广，但每个主题所得到的关注并不均等。近 5 年营销学者主要致力于研究消费者行为、产品、品牌、营销一般管理、产业营销、广告与促销、服务营销以及其他主题中的营销组织等内容，且营销一般管理、产品、品牌、产业营销、网络营销等研究主题有上升趋势，价格、营销渠道等主题研究呈下降趋势，消费者行为、服务营销则一直是营销学者的研究焦点，而政治、经济热点话题、口碑营销、营销研究方法和营销教育则遭受冷落。

在研究方法中，定量研究方法一直占据主导地位，实验法也较受青睐，而定性研究和混合研究应用较少。具体而言，消费者行为、价格、广告与促销等主题较多应用实验法进行研究，品牌、产品、人员销售与销售管理等主题研究采用定量分析方法，产业营销、营销一般管理等主题较多采用混合研究方法，而营销科学理论与哲学主题较多采用定性研究方法进行研究。

在研究学者中，研究者主要集中于北美地域、欧洲-中东地域、亚洲地域及澳洲地域等四个

① 对本图有兴趣的读者可向作者索取。

② 本部分修改衷心感谢匿名评审专家及《营销科学学报》编辑部。

地域，研究者之间的合作形式日趋呈现校内合作、校际合作、校企合作和跨国合作等多样化的特点。

4.2 启示

本文的研究结果在客观上能够反映西方市场营销的研究现状，对中国市场营销研究具有一定的启发意义。

第一，如何寻求营销研究内容创新的切入点或突破口？*Journal of Marketing* 一直主张原创性研究，仔细研读 *Journal of Marketing*(2005～2009 年)上的文献发现，这种创新突出体现在以下四个方面，这些方面无疑为实现中国营销研究内容上的创新提供了有价值的方向。

(1) 新术语。对于任何一门学科而言，概念是其最基本的元素。*Journal of Marketing*(2005～2009 年)上出现了不少新的概念，另有些旧概念则被赋予了新的内涵。例如，与消费者有关的概念有机能性未开化消费者(functionally illiterate consumers)、虚拟人物(avator)、顾客降级(demotion)、自发效力(self-generated validity)、私房钱(mad money)、摘樱桃(cherry-picking)、消费者污染(consumer contamination)；与产品/品牌有关的概念有融合产品(convergence products)、品牌格式塔(brand gestalt)；与企业/行业有关的概念有企业伪善(corporate hypocrisy)、准达尔文选择(Quasi-Darwinian Selection)、跨职能竞合(cross-functional coopetition)、复合关系(compound relationships)、供应链传染(supply chain contagion)、超级名星行业(superstar industry)；与营销活动有关的概念有基准营销(benchmarketing)、反营销(demarketing)、营销传播生产力(marketing communication productivity)。

(2) 新模型。优化原有模型，或者建立新模型，几乎成为发表在 *Journal of Marketing*(2005～2009 年)上的论文的一个显著特征。在我们研究的 247 篇文献中，有 127 篇论文都构建了理论模型，所占比重约为 52%；另有 102 篇论文则构建了数理模型，所占比重约为 41%；只有 18 篇论文中没有模型，所占比重约为 7%，不超过 10%。①

(3) 新情境。从研究情境上看，西方营销研究正在悄然发生着转变，这也反映在 *Journal of Marketing*(2005～2009 年)上：从对消费者个人研究转向对消费者与他人关系、消费者与企业关系的研究，从对企业行为的研究转向对企业与企业间关系的研究，从对品牌本身的研究转向对品牌与消费者关系及品牌社群的研究，从对制造业、银行业、保险业等传统行业的研究转向对生命科学行业、时尚行业、影视行业的研究，从对基于线下环境的研究转向对基于网上环境的研究。

表 10 *Journal of Marketing*(2005～2009 年)论文主要参考学科及理论统计

学科	主要理论及其被引次数
认知科学	满意理论(11)、认知理论(10)、态度理论(6)、信任理论(5)、信号理论(5)、线索理论(4)、偏好理论(4)、情绪理论(4)、涉入理论(4)、注意理论(3)、依恋理论(2)、适应水平理论(1)、动机理论(1)、图式理论(1)、记忆理论(1)、验证性偏见理论(1)
社会和行为科学	关系理论(32)、学习理论(9)、期望理论(6)、社会网络理论(6)、社会公平理论(5)、抱怨理论(5)、口碑理论(5)、选择理论(4)、社会认同理论(3)、冲突理论(2)、社会交换理论(2)、角色理论(2)、社会反应理论(1)
计算机科学	信息技术理论(1)、计算机科学(1)
经济学	信息理论(11)、交易理论(8)、风险理论(8)、竞争理论(5)、搜寻理论(5)、效用理论(4)、(不)确定性理论(4)、博弈理论(3)、合作理论(1)、代理理论(1)、非古典生产理论(1)、制度理论(1)

① 有些论文既有理论模型，又有数学模型，本文按“理论模型——→数学模型”的顺序计数，不重复计数。

续表

学科	主要理论及其被引次数
信息系统理论	扩散理论(3)、信息处理系统理论(2);
管理学	组织理论(14)、资源依赖理论(8)、服务理论(7)、品牌资产理论(6)、决策理论(5)、控制理论(4)、企业社会责任理论(4)、沟通理论(3)、品牌社群理论(3)、权变理论(2)、参考价格理论(2)、期权理论(2)、战略管理理论(1)
知识管理	知识理论(6)
哲学	存在理论(1)、合法性理论(1);
其他	演化理论(4)、分类理论(2)、拟合理论(1)、论元结构理论(1)、群体动力学理论(1)

注:表中括号内的数字表示该理论被引用的次数。

(4)新视角。在西方,市场营销作为一门成熟的学科,一方面已基本形成自己的理论体系,另一方面又受到其他学科的影响,这两个方面都为市场营销的后续研究提供了可能的理论视角。在*Journal of Marketing*(2005～2009年)上的247篇论文中,有138篇论文直接介绍了理论背景,约占全部文献的56%;有56篇论文间接提及了理论背景,约占全部文献的23%;其他53篇论文则没有引入相关理论,约占全部文献的21%。表10是西方营销研究参考学科及其理论背景情况,从表10中可以看出,排在前九位的基础理论分别是关系理论、满意理论、组织理论、信息理论、认知理论、交易理论、风险理论、资源依赖理论和服务理论。从学科的角度,社会和行为科学、经济学、认知科学和管理学是营销研究的重要基础学科,而哲学、计算机科学和知识管理理论,使市场营销的学科体系更加完善,越来越呈现出多学科的特点。

第二,如何实现营销研究的科学化与规范化?中国营销学科是国内营销学者在引进、消化、吸收和应用西方营销理论和方法的过程中发展起来的,他们所做的主要工作就是根据中国企业的具体实践去引进西方市场营销的理论和方法,研究在应用这些理论和方法过程中需要进行的修正和创新。经过几十年的努力,国内营销学者逐步克服了自己在掌握国外最新研究成果和实证研究方法上的缺陷,缩短了与西方营销学者在理论水平和研究方法上的差距。从2005年开始,定量的实证研究开始成为营销研究的主流,诸多的研究正在由定性分析向定量分析及实验方法转变,研究方法日益严谨和科学(李东进和王大海,2008)。然而,在追求"科学精神"和"规范方法"的同时,往往忽略了与研究方法有关的三个基本问题:①研究方法不同于数学模型设计;②研究方法不等于数学分析方法;③研究方法的针对性和适用性。其结果容易导致:过度追求数学逻辑,而没有夯实营销研究的理论基础;过度依赖定量研究,而忽视了定性研究和案例研究的价值;过度强调数学分析工具,而忽视了对研究过程的整体设计。从*Journal of Marketing*(2005～2009年)上的论文看,不同研究方法都得到了较好的应用,只是应用的领域各有所侧重。例如,实验法主要应用于消费者行为、价格、广告与促销等领域,定量分析主要应用于品牌、产品、人员销售与销售管理等领域,混合研究方法则主要应用于产业营销、营销一般管理等领域。而且,各种研究方法的应用呈现出不同的发展趋向,其中,定量研究有下降的趋势,实验法趋向平缓,而定性研究和混合研究则呈上升的趋势。因此,为了实现营销研究的科学化和规范化,需要处理好以下四个关系:①定量研究与定性研究的关系;②实证研究与数学模型的关系;③研究方法与数学分析工具的关系;④研究方法与研究情境的关系。

第三,如何推动营销研究的交流与合作?西方营销学者之间的合作形式呈现出校内合作、校际合作、校企合作和跨国合作等多样化特征。综观*Journal of Marketing*(2005～2009年)上的论文,其中可能的原因如下:西方营销研究的师承性促成了校内合作,市场营销学的应用性引发了校企合作,而国外高校间的访问学者制度则加强了校际合作和跨国合作。例如,*Journal of Marketing*(2005~2009 年)中约 79%的论文是通过校外合作的形式发表的,而校外合作论文中约 90%的论文又是某一学者在合作院校访问期间与该校学者合作完成的。相比较而言,目前国内营销学者虽然一人独立发文的情况明显减少,但合作形式明显单一,主要局限于校内合作或少数校际合作,而在校企合作和跨国合作方面仍明显不足。这可能主要是因为西方营销研究机构多种多样,既有高等院校,又有各类企业(含咨询公司)。反观国内,似乎只有行业学者、高校教师及营销专业的硕士和博士研究生关注营销研究,而企业关注非常少。高校与咨询公司虽然有一定的合作关系,但这种合作可能主要限于研究数据的收集,而非真正意义上的学术交流,营销研究并没有充分实现与中国国情的有效整合。因此,为了推动营销研究的广泛合作与交流,有必要强化西方盛行的学者交换制度,有必要在营销学者与企业之间营造学术互动的氛围,更有必要组织或参加高水平的国际性营销学术会议。

5 研究局限及未来研究方向

第一,研究样本时间跨度仅为 5 年,年限相对较短,这可能无法全方位地纵向反映西方营销研究的基本状况和总体趋势。后续研究可以选取更长一段时间的论文进行文献研究,以准确、全面地把握西方营销研究的现状及变化趋势。

第二,国外发行的涉及营销内容的顶级期刊种类繁多,本文仅选取了影响力和引用率排名最高的 *Journal of Marketing* 进行研究,这虽然在一定程度上能够保证研究样本的典型性,但可能会导致对营销研究的整体性和全面性把握不足。后续研究可以选取发表在更多的顶级期刊上的论文作为研究样本,以更全面的揭示国外营销研究的基本动向和一般规律。

第三,本文主要参照 Leonard(1988,1995,2002)关于营销研究主题的分类标准,并结合 *Journal of Marketing* 索引目录中的分类标准而制定营销研究主题的分类体系,这一分类体系是否同样适合于中国营销研究有待于进一步检验。

参考文献

[1] 曹颖,符国群,陈峻松. 2010. 消费者如何评价品牌延伸:使用者形象的影响[J]. 营销科学学报,6(3):51-58.

[2] 风笑天. 2009. 社会学研究方法[M]. 北京:中国人民大学出版社. 76-80.

[3] 郭国庆. 2009. 营销理论发展史[M]. 北京:中国人民大学出版社. 35, 36.

[4] 何佳讯,胡颖琳. 2010. 何为经典? 品牌科学研究的核心领域与知识结构——基于 SSCI 数据库(1975~2008)的科学计量分析[J]. 营销科学学报,6(2):111-136.

[5] 李东进,王大海. 2008. 中国大陆营销研究现状及发展趋势——基于 JMS 中国营销科学学术会议论文集的内容分析[J]. 营销科学学报, 4(3):107-121.

[6] 李东进,任星耀,李研. 2010. 中国营销研究的发展趋势——基于国内外主要期刊论文的内容分析,2000~2008[J]. 营销科学学报,6(1):124-144.

[7] 李飞,汪旭晖. 2006. 中国零售学术研究现状分析[J]. 商业经济与管理,(8):15-22,28.

[8] 李飞. 2009. 中国营销科学 30 年发展历史回顾[J]. 市场营销导刊,(2):4-15.

[9] 李颢,王高,赵平. 2009. 品牌延伸评价的影响因素:文献综述与研究展望[J]. 营销科学学报,5(2):55-71.

[10] 王海忠,田阳,胡俊华. 2010. 品牌联合中的负面溢出效应——基于选择通达机制视角[J]. 营销科学学报,6(2):32-41.

[11] 谢毅,彭泗清. 2009. 品牌信任对消费者-品牌关系的影响:维度层面的分析[J]. 营销科学学报,5(3):1-16.

[12] 严欢,周庭锐,黄能伟. 2010. 过度分类效应:分类数量如何影响多样性感知及消费者满意[J]. 营销科学学报,6(4):1-13.

[13] 杨宜苗,夏春玉. 2009. 店铺印象维度对顾客感知价值与交叉购买意愿的影响研究[J]. 营销科学学报,5(3):17-37.

[14] 约翰 · W. 克雷斯威尔. 2007. 研究设计与写作指

导:定性、定量与混合研究的路径[M]. 崔延强译. 重庆:重庆大学出版社. 64-67.

[15] 张庚淼. 2005. 当代市场营销的研究趋势——基于对美、英、法调查结果及优先资助项目的分析[J]. 外国经济与管理, 27(2):59.

[16] 庄贵军,铁冰洁. 2010. 营销渠道中企业间信任与承诺的循环模型:基于双边数据的实证检验[J]. 营销科学学报,6(3):1-20.

[17] Aboulnasr K, Narasimhan O, Blaor E. et al. 2008. Competitive response to radical product innovations [J]. Journal of Marketing, 72(3): 94-110.

[18] Ailawadi K L, Pauwels K, Steenkamp J B E M. 2008. Private label use and store loyalty [J]. Journal of Marketing, 72 (6):19-30.

[19] Aksoy L, Cooil B, Groening C, et al. 2008. The Long-term stock market valuation of customer satisfaction [J]. Journal of Marketing, 72 (4): 105-122.

[20] Algesheimer R, Dholakia U M, Herrmann A. 2005. The social influence of brand community: Evidence from European car clubs [J]. Journal of Marketing, 69(3):19-34.

[21] Antia K D, Bergen M E, Dutta S, et al. 2006. How does enforcement deter gray market incidence [J]. Journal of Marketing, 70(1):92-106.

[22] Argo, J J, Dahl D W, Morales A C. 2006. Consumer contamination: how consumers react to products touched by others [J]. Journal of Marketing, 70(2):81-94.

[23] Bahadir S C, Bhanidwaj S G, Srivastara R K. 2008. Finanaal value of brands in mergers and acquisitions: Is vnlue in the eye of the beholders? [J]. Journal of Marketing, 72(6):49-64.

[24] Boulding W, Staelin R Ehret M. et al. 2005. A customer relationship management roadmap: What is known, potential pitfalls, and where to go [J]. Journal of Marketing, 69(4):155-166.

[25] Brasel S A, Gips J. 2008. Breaking through fast-forwarding: brand information and visual attention [J]. Journal of Marketing, 72(6):31-48.

[26] Campbell D T, Stanley J C. 1963. Experimental and quasi-expeninental designs for research[M]. Chicago:Rnnd MaNally,37.

[27] Cao Y, Gruca T S. 2005. Reducing adverse selection through customer relationship management [J]. Journal of Marketing, 69(4):219-229.

[28] Carson S J. 2007. When to give up control of outsourced new product development [J]. Journal of Marketing, 71(1):49-66.

[29] Chandon P, Hutchinson J W, Bradlow E T. et al. 2009. Does in-store marketing work? Effects of the number and position of shelf facings on brand attention and evaluation at the point of purchase [J]. Journal of Marketing, 73(6):1-17.

[30] Chandon P, Wansink B. 2006. How biased household inventory estimates distort shopping and storage decisions [J]. Journal of Marketing, 70 (4): 118-135.

[31] Christian H, Andreas F. 2005. How organizational complaint handling drives customer loyalty: an analysis of the mechanistic and the organic approach [J]. Journal of Marketing, 69 (3): 95-114.

[32] Clandinin D J, Connelly F M. 2000. Narrative Inquiry: Experience and Story in Qualitative Research [M]. San Francisco: Jossey-Bass Publishers. 57-63.

[33] Commuri S. 2009. The impact of counterfeiting on genuine-item consumers' brand relationships [J]. Journal of Marketing, 73(3):86-98.

[34] Converse P D. 1945. The development of a science of marketing [J]. Journal of Marketing, 10 (l):14-23.

[35] Cooper J O, Heron T E, Heward W E. 1987. Applied Behavior Analysis [M]. Columbus: Merrill Publishing Company. 76-78.

[36] Corsten D, Kumar N. 2005. Do suppliers benefit from collaborative relationships with large retailers? An empirical investigation of efficient consumer response adoption [J]. Journal of Marketing, 69 (3): 80-94.

[37] Cox A D, Cox D, Zimet G. 2006. Understanding consumer responses to product risk information [J]. Journal of Marketing, 70(1):79-91.

[38] Creswell J W. 1994. Research Design: Qualitative and Quantitative Approaches [M]. Thousand Oaks, CA: SAGE. 47-50.

[39] DeKinder J S, Kohli A K. 2008. Flow signals: how patterns over time affect the acceptance of

start-up firms [J]. Journal of Marketing, 72(5): 84-97.

[40] Fang E, Palmatier R W, Scheer L K, et al. 2008. Trust at different organizational levels [J]. Journal of Marketing, 72(2):80-98.

[41] Fang E. 2008. Customer participation and the trade-off between new product innovativeness and speed to market [J]. Journal of Marketing, 72(4): 90-104.

[42] Fox E J, Hoch S. 2005. Cherry picking [J]. Journal of Marketing, 69(1):46-62.

[43] Franke N, Keinz P, Steger C. 2009. Testing the value of customization: when do customers really prefer products tailored to their preferences [J]. Journal of Marketing, 73(5):103-121.

[44] Frazier, G L, Maltz E, Antia K D, et al. 2009. Distributor sharing of strategic information with suppliers [J]. Journal of Marketing, 73(4):31-43.

[45] Goldenberg J, Han S, Lehmann D R, et al. 2009. The role of hubs in the adoption process [J]. Journal of Marketing, 73(2):1-13.

[46] Grayson K. 2007. Friendship versus business in marketing relationships [J]. Journal of Marketing, 71(4):121-1393.

[47] Grégoire Y, Tripp T M, Legoux R. 2009. When customer love turns into lasting hate: the effects of relationship strength and time on customer revenge and avoidance [J]. Journal of Marketing, 73(6): 18-32.

[48] Gruca T S, Rego L L. 2005. Customer satisfaction, cash flow, and shareholder value [J]. Journal of Marketing, 69(3):115-130.

[49] Gu F F, Hung K, Tse D K. 2008. When does Guanxi matter: issues of capitalization and its dark sides [J]. Journal of Marketing, 72(4):12-28.

[50] Haenlein M, Kaplan, A M, Schoder D. 2006. Valuing the real option of abandoning unprofitable customers when calculating customer lifetime value [J]. Journal of Marketing, 70(3):5-20.

[51] Hennig-Thurau T, Houston M B, Heitjans T. 2009. Conceptualizing and measuring the monetary value of brand extensions: the case of motion pictures [J]. Journal of Marketing, 73(6):167-183.

[52] Henning-Thurau T, Henning V, Sattler H. 2007. Consumer file sharing of motion pictures [J]. Journal of Marketing, 71(4):1-18.

[53] Holzwarth M, Janiszewski C, Neumann M. 2006. The influence of avatars on online consumer shopping behavior [J]. Journal of Marketing, 70(4): 19-36.

[54] Huang P, Lurie N H, Mitra S. 2009. Searching for experience on the web: an empirical examination of consumer behavior for search and experience goods [J]. Journal of Marketing, 73(2):55-69.

[55] Inman J J, Winer R S, Ferraro R. 2009. The interplay among category characteristics, customer characteristics, and customer activities on in-store decision making [J]. Journal of Marketing, 73(5): 19-29.

[56] Jap S D. 2007. The impact of online reverse auction design on buyer-supplier relationships [J]. Journal of Marketing, 71(1):146-159.

[57] Jayachandran S, Sharma S, Kaufman P, et al. 2005. The role of relational information processes and technology use in customer relationship management [J]. Journal of Marketing, 69(4): 177-192.

[58] Joshi A W. 2009. Continuous supplier performance improvement: effects of collaborative communication and control [J], Journal of Marketing, 73(1): 133-150.

[59] Kabadayi S, Eyuboglu N, Thomas G. 2007. The performance implications of designing distribution channels to fit with strategy and environment [J]. Journal of Marketing, 71(4):195-211.

[60] Kalra A, Soberman D. 2008. The curse of competitiveness—how experienced advice and training can hurt market profitability [J]. Journal of Marketing, 72(3):32-47.

[61] Kassarjian H H. 1977. Content analysis in consumer research [J]. Journal of Consumer Research, 4(1):8-18.

[62] Krasnikov A, Jayachandran S, Kumar V. 2009. The Impact of customer relationship management implementation on cost and profit efficiencies: evidence from the U. S. commercial banking industry [J]. Journal of Marketing, 73(6):61-76.

[63] Kumar P. 2005. The impact of cobranding on cus-

tomer evaluation of brand counter extensions [J]. Journal of Marketing, 69(3):1-18.

[64] Kumar V, Shah D. 2009. Expanding the role of marketing: from customer equity to market capitalization [J]. Journal of Marketing, 73(6):119-136.

[65] Lamey L, Deleersnyder B, Dekimpe M, et al. 2007. How business cycles contribute to private-label success: evidence from the United States and Europe [J]. Journal of Marketing, 71(1):1-15.

[66] Leonard M J. 1988. Marketing literature review [J]. Journal of Marketing, 52(1):133-145.

[67] Leonard M J. 1995. Marketing literature review [J]. Journal of Marketing, 59(2):98-110.

[68] Leonard M J. 2002. Marketing literature review [J]. Journal of Marketing, 66(3):128-140.

[69] Luigi M D L, Kwaku A G. 2007. Market knowledge dimensions and cross-functional collaboration: examining the different routes to product innovation performance [J]. Journal of Marketing, 71(1): 95-112.

[70] Luo, X M, Homburg C. 2007. Neglected outcomes of customer satisfaction [J]. Journal of Marketing, 71(2):133-149.

[71] Luo, X M, Homburg C. 2008. Satisfaction, complaint, and the stock value gap [J]. Journal of Marketing, 72(4):29-43.

[72] Marinova D, Ye J, Singh J. 2008. Do frontline mechanisms matter? Impact of quality and productivity orientations on unit revenue, efficiency, and customer satisfaction [J]. Journal of Marketing, 72 (2):28-45.

[73] McFarland R G, Bloodgood J M, Payan J M. 2008. Supply chain contagion [J]. Journal of Marketing, 72(2):63-79.

[74] Mithas S, Krishnan M S, Fornell C. 2005. Why do customer relationship management applications affect customer satisfaction[J]. Journal of Marketing, 69(4):201-209.

[75] Moe W, Yang S. 2009. Inertial disruption: the impact of a new competitive entrant on online consumer search [J]. Journal of Marketing, 73 (1): 109-121.

[76] Morgan N A, Anderson E W, Mittal V. 2005. Understanding firms' customer satisfaction information usage [J]. Journal of Marketing, 69(3): 131-151.

[77] Moustakas C. 1994. Phenomenological Research Methods [M]. Thousand Oaks, CA: Sage. 54-56.

[78] Neuman S B, McCormick S. 1995. Single-Subject Experimental Research: Applications for Literacy [M]. Newark, DE: International Reading Association. 76-78.

[79] Noriega J, Blair E. 2008. Advertising to bilinguals: does the language of advertising influence the nature of thoughts[J]. Journal of Marketing, 72(5):69-83.

[80] Palmatier R W, Dant R P, Grewal D. 2007. A comparative longitudinal analysis of theoretical perspectives of interorganizational relationship performance [J]. Journal of Marketing, 71 (4): 172-194.

[81] Palmatier R W, Dant R P, Grewal D, et al. 2006. Factors influencing the effectiveness of relationship marketing: a meta-analysis [J]. Journal of Marketing, 70(4):136-153.

[82] Palmatier R W, Jarvis C B, Bechkoff J R, et al. 2009. The role of customer gratitude in relationship marketing [J]. Journal of Marketing, 73(5):1-18.

[83] Palmatier R W. 2008. Interfirm relational drivers of customer value [J]. Journal of Marketing, 72 (7):76-89.

[84] Pauwels K, Weiss A. 2008. Moving from free to fee: how online firms market to change their business model successfully [J]. Journal of Marketing, 72(3):14-31.

[85] Payne A, Frow P. 2005. A strategic framework for customer relationship management [J]. Journal of Marketing, 69(4):167-176.

[86] Peck J, Wiggins J. 2006. It just feels good: customers' affective response to touch and its influence on persuasion [J]. Journal of Marketing, 70 (4):57-69.

[87] Petersen J A, Kumar V. 2009. Are product returns a necessary evil? Antecedents and consequences [J]. Journal of Marketing, 73(3):35-51.

[88] Polonsky M J, Jones G, Kearsley M J. 1999. Accessibility: an alternative method of ranking marketing journal [J]. Journal of Marketing Educa-

tion, 21(12):181-193.

[89] Prabhu J, Chandy R, Ellis M. 2005. The impact of acquisitions on innovation: poison pill, placebo, or tonic[J]. Journal of Marketing, 69(1):114-130.

[90] Pullig C, Simmons C J, Netemeyer R G. 2006. Brand dilution: when do new brands hurt existing brands[J]. Journal of Marketing, 70(2):52-66.

[91] Rajesh S, Zafar I. 2008. Stage-gate controls, learning failure, and adverse effect on novel new products [J]. Journal of Marketing, 72 (1): 118-134.

[92] Rao R S, Chandy R K, Prabhu J C. 2008. The Fruits of Legitimacy: why some new ventures gain more from innovation than others [J]. Journal of Marketing, 72(4):58-75.

[93] Rinberg T, Oderkerken G, Christensen G. 2007. A cultural models approach to service recovery [J]. Journal of Marketing, 71(3):194-214.

[94] Wimmer R D, Dominick J R. 1991. Mass Media Research-An Introduction [M]. Belmont, CA: Wadsworth Publishing Company. 37-39.

[95] Ross, W T, Robertson D C. 2007. Compound relationships between firms [J]. Journal of Marketing, 71(3):108-123.

[96] Rouziès D, Coughlan A T, Anderson E, et al. 2009. Determinants of pay levels and structures in sales organizations [J]. Journal of Marketing, 73 (6):92-104.

[97] Schau H J, Muñiz Jr A M, Arnould E J. 2009. How brand community practices create value [J]. Journal of Marketing, 73(5):30-51.

[98] Schlosser A E, White T B, Lloyd S M. 2006. Converting web site visitors into buyers: how web site investment increases consumer trusting beliefs and online purchase intentions [J]. Journal of Marketing, 70(2):133-148.

[99] Shang J, Yildirim T P, Tadikamalla P, et al. 2009. Distribution network redesign for marketing competitiveness [J]. Journal of Marketing, 73(2): 146-163.

[100] Shankar G, Malter A J, Rindfleisch A. 2005. Does distance still matter? Geographic proximity and new product development [J]. Journal of Marketing, 69(4):44-60.

[101] Shrihari S, Mantrala M K, Naik P A, et al. 2007. Uphill and downhill: Locating your firm on a profit function [J]. Journal of Marketing, 71 (2):26-44.

[102] Simonson I. 2005. Determinants of customers' responses to customized offers: conceptual framework and research propositions [J]. Journal of Marketing, 69(1):32-45.

[103] Srinivasan R. 2006. Dual distribution and intangible firm value: franchising in restaurant chains [J]. Journal of Marketing, 70(3):120-135.

[104] Sirinivasan R, Lilien G L, Rangaswamy A. 2006. The emergence of dominant designs [J]. Journal of Marketing, 70(2):1-17.

[105] Song J H, Zinkhan G M. 2008. Determinants of perceived web site interactivity [J]. Journal of Marketing, 72(2):99-113.

[106] Sorescu A, Spanjol J. 2008. Innovation's effect on firm value and risk: insights from consumer packaged goods [J]. Journal of Marketing, 72(2): 114-132.

[107] Srinivasan R, Moorman C. 2005. Strategic firm commitments and rewards for customer relationship management in online retailing [J]. Journal of Marketing, 69(4):193-200.

[108] Srinivasan S, Pauwels K, Silva-Risso J, et al. 2009. Product innovation, advertising spending and stock market returns [J]. Journal of Marketing, 73(1):24-43.

[109] Sriram S, Subramanian B, Manohar U K. 2007. Monitoring the dynamics of brand equity using store-level data [J]. Journal of Marketing, 71 (2):61-78.

[110] Stacy L W, Moreau C P. 2006. From fear to loathing? How emotion influences the evaluations and early use of innovations [J]. Journal of Marketing, 70(3):44-57.

[111] Stake R. 1995. The Art of Case Study Research [M]. Thousand Oaks, CA: Sage: 36.

[112] Strauss A L, Corbin J. 1990. Basics of Qualitative Research: Grounded Theory Procedures and Techniques [M]. London: Sage: 65-68.

[113] Stremersch S, Dyck W V. 2009. Marketing of the life sciences: a new framework and research agen-

da for a nascent field [J]. Journal of Marketing, 73(4):4-30.

[114] Tashakkori A, Teddlie C. 2003. Handbook of Mixed Methods in Social & Behavioral Research [M]. Thousand Oaks: Sage: 46-48.

[115] Tsiros M, Heilman C M. 2005. The effect of expiration dates and perceived risk on purchasing behavior in grocery store perishable categories [J]. Journal of Marketing, 69(2):114-129.

[116] Thompson S, Sinha R K. 2008. Brand communities and new product adoption: the role of oppositional loyalty [J]. Journal of Marketing, 72(6): 65-80.

[117] Tuli K, Bharadwaj S. 2009. Customer satisfaction and stock returns risk [J]. Journal of Marketing, 73(6):184-197.

[118] Tuli K R, Kohli A K, Bharadwaj S G. 2007. Rethinking customer solutions: from product bundles to relational processes [J]. Journal of Marketing, 71(3):1-17.

[119] Venkatesan R, Kumar V, Ravishanker N. 2007. The impact of customer-firm interactions on customer channel adoption duration [J]. Journal of Marketing, 71(2):114-132.

[120] Viswanathan M, Rosa J A, Harris J E. 2005. Decision making and coping of functionally illiterate consumers and some implications for marketing management [J]. Journal of Marketing, 69 (1):15-31.

[121] Vogel V, Heiner E, Ramaseshan B. 2008. Customer equity drivers and future sales [J]. Journal of Marketing, 72(6):98-108.

[122] Volckner, F, Sattler H. 2006. Drivers of brand extension success [J]. Journal of Marketing, 70 (2):18-34.

[123] Wagner T, Hennig-Thurau T, Rudolph T. 2009. Does customer demotion jeopardize loyalty [J]. Journal of Marketing, 73(3):69-85.

[124] Walcott H F. 1990. Writing up Qualitative Research [M]. Newbury Park, CA: Sage: 75,76.

[125] Wang L C, Baker J, Wagner J A, et al. 2007. Can a retail web site be social [J]. Journal of Marketing, 71(3):143-157.

[126] White K, Peloza J. 2009. Self-benefit versus other-benefit marketing appeals: their effectiveness in generating charitable support [J]. Journal of Marketing, 73(4):109-124.

[127] Wiles M A, Danielova A. 2009. The worth of product placement in successful films: an event study analysis [J]. Journal of Marketing, 73(4): 44-63.

[128] Wuyts S, Geyskens I. 2005. The formation of buyer-supplier relationships: detailed contract drafting and close partner selection [J]. Journal of Marketing, 69(4):103-117.

[129] Yadav M S, Prabhu J C, Chandy R K. 2007. Managing the future: CEO attention and innovation outcomes [J]. Journal of Marketing, 71(3): 84-101.

[130] Ye J, Marinova D, Singh J. 2007. Strategic change implementation and performance loss in the front lines [J]. Journal of Marketing, 71(4): 156-171.

[131] Yli-Renko H, Janakiraman R. 2008. How customer portfolio affects new product development in technology-based entrepreneurial firms [J]. Journal of Marketing, 72(5):131-148.

[132] Zhou K Z, Yim C K, Tse D K. 2005. The effects of strategic orientations on technology-and market-based breakthrough innovations [J]. Journal of Marketing, 69(2):42-60.

A Study on the Subjects, Methods and Scholars of Western Marketing Research ——A documentary analysis based on *Journal of Marketing* (2005～2009)

Yang Yimiao, Ma Xiaohui, Guo Yan

(School of Business and Administration, Dongbei University of Finance and Economics)

Abstract This paper carries out a research by content analysis on 247 academic papers published in the Journal of Marketing during the year of 2005～2009, with a purpose to describe the subjects, methods and scholars of western marketing research. The findings are as following: the main subjects that western marketing research focuses on are consumer behavior, products, brands, marketing general management, industrial marketing, advertising and promotion, services marketing, and network marketing, Among which research on the general marketing management, products, brands, industrial marketing, network marketing have an escalating trend, and adverse on the prices and marketing channels, and the subjects on consumer behavior and services marketing remain to be the focus of marketing research. As for research methods of marketing, quantitative research keeps dominated and is used in such marketing research domain as brand, product and personal selling and sales management, the experimental method has been more widely used to study consumer behaviors, prices, advertising and promotion, the qualitative research and mixed research are seldom used, the former is used in industrial marketing, general marketing management, and the latter focuses on the subject of marketing theory and philosophy. In addition, there exists a diversified form of cooperation among marketing scholars, which includes scholars' cooperation in a university, among different universities, between university and business and among different counties.

Key words Journal of Marketing, Marketing Research, Academic Paper, Documentary Analysis

专业主编:汪 涛

营销科学学报
第7卷第2辑:132－147

Journal of Marketing Science;
Vol. 7, No. 2, June 2011: 132－147

殷志平[①]

摘　要　结合品牌资产建设和消费者的认知心理解释,描写分析了11大类22次类2600个品牌的语音、词汇、语义、语法和修辞的语言学特征,发现通过语言要素的选择、调配,中外企业的汉语品牌命名在一定程度上实现了简单、有区别性、提示产品类别、反映产品利益和定位的命名要求,在此基础上总结了汉语品牌命名的一些趋势,同时讨论了研究中的局限。

关键词　品牌命名,品牌设别,品牌联想,语言学分析

中外企业汉语品牌命名的现状与趋势:语言学视角分析[②]

0　引言

名称是品牌设别的第一要素,品牌命名是最重要的品牌建设决策(Keller,2004;Riea and Riel, 2002)。Zaltman 和 Wallendorf (1979)认为,给新的消费品牌起的名称对品牌成功与否也许起到超过40%的作用。随着市场经济的发展,我国每年诞生许多新品牌,品牌命名成为一种非常重要的商业活动,众多的以品牌命名和品牌形象设计为业务的广告公司、专门从事命名服务的咨询企业应运而生。西方学术界对品牌命名已经有较多的研究,品牌命名研究成为品牌研究中重要的部分(余明阳,2008);然而我国营销学界对品牌命名还没有足够的重视,根据余明阳(2009),1994年以来中国学术期刊全文数据库中以品牌为题的论文数量从1994年的33篇增加到2008的900篇,但品牌命名并没有成为其中的热点选题,品牌命名在品牌研究中还没有占有一席之地。语言学界虽然对品牌命名有一些讨论,但这些研究主要还停留在语言鉴赏范畴。因此,本文将以语言学分析为核心,结合品牌营销和消费者的认知心理解释,调查分析中外企业汉语品牌命名如何通过语言要素的选配实现品牌命名的营销要求,并试图总结汉语品牌命名的趋势。

1　文献综述

综合 Collins (1977)、Robertson (1989)、Keller(2004)等的观点,品牌命名的总体要求如下:①独特、原创、有区别性;②应该简单;③对产品类别有提示作用;④应该反映产品的益处和产品的定位,表明产品的使用功能和特征;⑤有语义和象征联想,传达感觉,唤起心理形象。要完美实现品牌命名的目标,需要运用多个领域的知

---

①　殷志平,男,南京师范大学语言科科技研究所客座研究员。电子邮件:yin-zhiping@hotmail. com。

②　基金项目:南京师范大学国家"211工程"三期重点学科建设项目"语言科技创新及工作平台建设"(2008～2011,李葆嘉主持)本文在2010年JMS中国营销科学学术年会(2010年8月21日～22日,北京)宣读,承蒙与会学者的指导;刘永强、卢英顺、董伊人等先生对本文提出了有益的意见;《营销科学学报》匿名评审专家提出了非常有价值的修改意见,在此一并致以衷心感谢。文中错误当由作者负责。

识，涉及语言、市场、法律、消费者心理和文化等多方面问题（McDonald and Roberts, 1990; Schmitt et al., 1994; Li et al., 2003; Petty, 2008）。陈洁光和黄月圆（2003）认为，品牌命名包括三个要素：市场要素、法律要素和语言要素。殷志平（2006）认为，品牌命名不仅要解决用什么符号指称什么对象问题，而且要解决如何有效吸引潜在消费者的问题，涉及消费心理问题。殷志平（2008）指出，选择一个有效的品牌名称的基本要求是可注册性，但目前"要创造一个既新颖独特又能注册的品牌名称越来越困难了"。国际化背景下，社会文化适应性是品牌命名不得不考虑的另外一个问题，品牌运用到国际市场中遇到文化、习俗和语言体系等差异造成的挑战（McDonald and Roberts, 1990; Schmitt and Zhang, 2001; Li et al., 2003）。我们认为，语言要素是品牌命名的材料和基础，语言价值是品牌价值的核心，对语言要素的选择是品牌命名能否成功的基础和关键，正如陈洁光和黄月圆（2003）指出，"语言要素是市场要素和法律要素的前提"。因此，实现品牌命名要求，首先需要对语言要素进行分析选择。

根据语言学理论，对语言结构的分析，可以从语音、词汇、语法、语义和修辞等层面进行。高名凯和石安石（1963）指出，既可以从词汇和语法两方面来分析语言本身的结构，又可以从语音和语义两方面来分析语言的结构。与此同时，汉语语言学界形成了在语音、词汇、语法、语义等层面之外对修辞进行独立研究的传统（陆俭明和沈阳，2003），因为修辞是人们使用语言材料以求完美地表达特定思想内容的手段，是对语言要素的综合运用。营销学者遵循与语言学者一样的思路分析作为一种语言结构的品牌名称。Usunier 和 Shaner（2002）指出，实现品牌名称的语言学价值要利用音位学、语义学、词源学、修辞学和符号学等语言学多个分支学科的知识。Nilsen（1979）提出创造品牌名称的五种语言学方法，即词位（morphological）、语音（phonetic）、语义（semantic）、拼写（orthographic）和句法（syntactic）等。陈洁光和黄月圆（2003）从语音（包括音节、声调）、语法（结构方式）和语义等方面分析了 10 类产品的基本语言模式。

对于语音的性质，可以从音节、声韵、声调及其象征性等方面考察。西方学者对语音层面的品牌命名研究主要聚焦于语音的象征作用。语言符号的功能是指称对象，表达意义；但在符号与意义之间的关系上，语言学界历来有两种对立的观点，一是语言符号与意义之间的关系是任意的；二是语言符号与意义之间的关系是有理据的、可以解释的。后一观点，即语言的语音在某种程度上传达它们自身的意义——一种意义的"感觉"，就是语音的象征作用。Collins（1977）、Schloss（1981）、Klink（2001）、Lowrey 和 Shrum（2007）、Tong et al.（2008）、Klink（2009）都对品牌命名如何利用语音的象征作用进行了研究。语音的象征作用的确存在，但它并不具有普遍性（朱亚军，2003）。基于汉语语音的特点，我国学者对汉语品牌命名语音层面的研究主要集中在音节、声韵配合和声调上面。陈洁光和黄月圆（2003）对汉语品牌名称的音节和声调作了考察，发现汉语的品名是双音节合成词，合成品名的第二个音节是高声调。吴汉江和曹炜（2005）发现，汉语商标双音节占 61.76%，三音节占 25.95%，四音节占 2.24%，五音节及五音节以上占 2.15%。宗丽（2008）认为中国传统商号主要以三音节为主，并指出，双音节商标在 20 世纪前处于非主流地位，所见较少，但"从 20 世纪开始双音节商标已经占了绝对优势"。双音节和三音节品牌名称不仅符合汉语词汇音节的特征，而且由于简短而容易记忆。品牌名称主要是用来说的，品牌名称的价值是在传播中实现的，易拼易读易发音就容易传播。要做到易拼易读，必须符合韵律节拍规律。根据冯胜利（2000），双音节自然构成一个韵律单位；三音节必须分为【1 # 2】或【2 # 1】，不能是【1 # 1 # 1】；四音节必须分为【2 # 2】格式，不能是【1 # 3】格式和【3 # 1】格式。符合这些韵律节奏规律的汉语名称，读起来顺口，记起来容易。要做到容易发音，还必须注意声韵配合，避免难音。所谓难音，就是平舌和翘舌、唇齿音和舌根音、边音和鼻音、前鼻音和后鼻音、齐齿呼和撮口呼等难发的音排列在一起，这样的名称发音困难，听起来也不够清晰（郑燕萍，2007）。目前从节拍、声韵配合角度研究品牌命名的文献并不多见。本文对品牌名称的语音研究范围主要包括音节、节拍和声韵配合问题。

现代汉语的词汇，从词语来源来看有古词语、新造词、方言词和外来词的不同；从词语使用频率来看有高频词和低频词的差别。古语词如果使用恰当，可以增强品牌联想；但如果意义深奥生僻，则影响传播效果，因此品牌命名中较少用到。方言词的传播受到地域限制，在品牌命名中也非常少见。根据是否符合汉语结构规则，新造词语可分为常规新造词和非常规新造词。新造词具有新颖独特的性质，在品牌命名中使用可以很好地吸引消费者的注意，增强品牌的区别性。此外，新造词品牌名称容易通过法律登记，并且，新造词品牌名称只是一个任意的符号，与它所指的对象并没有必然联系，通过在媒体上的不断重复出现把它印刻在消费者的脑海中，这样就与它所标示的产品、服务或者公司相联系，其最大的好处是在全球大多数语言中顺利传播而不致产生歧义（Collions，1977）。由于我国目前与西方经济发展的差距，加上民众的崇洋心理，品牌命名中使用外来词，可以提升消费者对产品的先进、时尚和高质量的感知。Zhou 等（2004）指出中国消费者由于面子因素而喜欢购买洋品牌。王海忠和晶雪云（2007）指出，西化名或带“洋味”的品牌名能向消费者暗示品牌的高质量。利用这一消费心理，品牌命名中常常仿造外来词（这也是一种非常规新造词），有的用现有语素进行不合常规搭配（包括语义上的超常搭配和结构上的超常搭配），如朗姿（女装）、海眩（轿车）、优方（护肤品）；有的先找到英语名称然后倒翻成汉语，如雅戈尔（Youngor）、波导（Bird）。词的频率（ word frequency）指的是词在社会上流通时出现的次数（杨小惠，2003）。心理学家们发现不同类型的词识别时的速度不同，词频是词汇认知中的一个重要变量，高频词检索起来比较容易，所需的时间短。Morton（1969）、Gregg（1976）认为高频词认知的阈限低，容易被激活，而低频词的认知阈限高，激活需要更多的信息和时间。心理学中许多对短时自由回忆的研究发现，词频对整个回忆成绩有影响，人们对高频词比低频词有更多回忆的可能性（ DeLosh et al.，1996）。但低频的比较生僻的词，因为新奇独特，一旦出现也比较容易再认（recognition），却不容易被回忆（recall）。Joan（1989）认为，使用低频词的品牌名称，对品牌联想集大小（association set size）的记忆没有影响；使用高频词的品牌名称，由于这些词语的通用性质，信息处理和编码只需很小的努力，因此引起的注意非常有限。Samu 和 Krishnan（2010）认为，对于具有较小联想集的品牌名称，在品牌信息语境下使用高频词可以获得较高的回忆，相反，在缺乏品牌信息语境下使用低频词可以获得较高的回忆；在内隐记忆起主要作用的低介入情形的检索条件下，高频词实际上适合于大联想集品牌名称，因为它增加了品牌的熟悉性（familiarity level）。Lerman（2003）研究语素熟悉性与品牌名称的回忆和再认之间的关系，得出的结论是，当品牌名称呈现与记忆方式匹配时，不熟悉语素构成的品牌名称有再认优势；当品牌名称呈现与记忆方式不匹配时，熟悉语素构成的品牌名称有再认优势。

词语的性质，从语法功能上分析，有名词性、谓词性（包括动词性词语、形容词性词语以及句子形式的主谓短语等）。在语用上，名词性词语的功能是指称，谓词性词语的功能是陈述。品牌名称的功能是指称产品，一般情况下品牌名称由名词性词语构成。也有些品牌名称由谓词性词语构成，如“乐购”、“来一桶”、“舒而美”、“一刷白”等，这些谓词性成分用于品牌名称后名词化（nominalization）了，它们承担了指称（大卖场、方便面、卫生巾、牙膏）的功能。根据 Austin（1962），语言除了表述功能外，还具有行事行为（illocutions，言说某事的行为）和语效行为（perlocutions，通过言说某事而实施一种行为）功能，也就是说，一个词不仅仅可用来描述，也可以用来完成某种动作。Rivikin 和 Sutherland（2004）指出，品牌名称就像其他所有词一样，也具备这三种功能。他们接着列举了品牌名称表达主张、传达导向、提出忠告、表示承诺等的具体例子,显示了西方品牌命名中已经有使用谓词性词语的成功案例。由于谓词性成分构成的品牌名称指称产品和服务的过程是通过动作行为转指产生的,所以这样的品牌名称既具有暗示产品和服务类别的功能,又有劝说消费者的作用。当消费者看到、听到"乐购"、"来一桶"、"舒而美"、"一刷白"这些名称时,一方面能推想这些名称所指的大卖场、方便面、卫生巾、牙膏等产品和服务类别,另一方面会受到"购"、"来"、"舒"、"美"和"刷"等消费行为和体验的劝导。胡晓研和胡雪禅(2007)注意到了这类"直接用动性词语作为品牌名称"的现象。动词表示动作、行为、心理活动或存在、变化、消失,这就决定着动词的使用会给人们以较强的亲历性,所以这类品牌名称给人以较强的体验性。胡晓研和胡雪禅(2007)还提出动词性品牌名称可以建立一种与人本身完全亲近的"代言"的效果,即"动词的语言消费功能"。例如,"尖叫"带给消费者一种情绪释放的体验,通过建立这样一种情绪释放的渠道,来使"尖叫"成为一种年轻人的消费语言。

词语的意义包括理性意义和附加意义。词语的理性意义,也叫外延意义(denotative meaning),是语言单位所指对象的特征的反映。词语的附加意义,也叫联想意义、内涵意义(connotative meaning),是说话时可能暗示出来的附加在理性意义上的意义。在语言交际中人们用外延意义表示所指事物或概念,用内涵意义表达特定的交际价值(communicative value,利奇,1987)。同样,营销者通过品牌名称的外延意义提示产品和服务的类别,通过品牌名称的内涵意义提示产品的特征和利益(Usunier and Shaner,2002;Lee and Ang,2003)。有关信息加工的动机理论指出,信息加工的行为倾向性取决于需要、期望和消息的价值,因此,传达产品属性和利益的品牌名称容易引起消费者的注意。心理学研究还表明,有意义的材料比无意义的材料更容易记忆,因此,有意义的名称容易引起消费者的注意,但有意义品牌名称在品牌延伸时则可能成为一种负担和限制。Keller(1993)指出,如果品牌名称在语义上(基于外延意义)暗示产品和服务类别,品牌资产就得到加强;而(基于内涵意义的)暗示性品牌名称的语义能使消费者推断产品属性和利益。Usunier和Shaner(2002)指出,基于外延意义的这种影响力,与品牌名称的指称和指示能力相关;而品牌名称内涵意义的价值,不仅体现在它的语义暗示上,而且体现在它的暗示利益、象征作用和常规关系(stereotype)效应方面。Kohlit和Suri(2000)认为有意义的品牌名称可以看做具有一致性信息的恒久广告,它们加强产品类别设别,提升品牌知名度。Lee和Ang(2003)的调查发现暗示性品牌名称能改善品牌的记忆效果。Chan和Huang(2001)在研究中国饮料品牌时发现,白酒、啤酒和软饮料品牌名称中很多用了包含"水"意义的名称,以"水"义为核心的语义场(semantic field)把饮料品牌名称与其他类别品牌名称区别了开来;同时,次语义场"冰、雪、凉、寒、碧、蓝、冷"等"冷词"又把啤酒和软饮料与白酒区分了开来。

修辞是一种提高表达效果的语言活动,在提高表达效果过程中长期形成的为社会所公认的特定方法、特定结构、特定语言模式叫做辞格(figures of speech),如比喻、比拟、借代、夸张、双关、排比、仿词等。修辞格的使用可以增加新颖性,丰富词语的内涵意义、联想意义,增加语言的形象色彩(詹人凤,1997)。因此,使用修辞格的品牌名称总是能吸引消费者的眼球。Robertson(1989)指出,作为使用语言艺术的修辞,用于品牌名称可以劝说、影响他人,增强消费者对产品功效的信任。品牌名称中使用头韵、谐音、押韵等修辞手法,使人产生愉悦感受,有利于建立品牌名称的内涵意义。Robertson(1987)得出结论,高形象品牌名称比低形象品牌名称在再认和回忆两个方面都展示了区别性的记忆优势。(Robertson,1983,1987)根据情景关联记忆(state-dependent memory)原理,指出,情感性品牌名称能引发积极联想、爱的感情和愉悦情感,加强记忆。Rivikin和Sutherla(2004)认为,品牌命名的艺术就是说服的艺术,而修辞是说服艺术的一个必要部分。他们分析了西方品牌名称中运用对称、同义重复、夸张、反语、暗喻、复迭、拟人、借代等多项成功案例，展示了修辞在品牌命名中的重要作用。Bergh 等(1987)统计了1971～1985年200个顶尖品牌名称的语言特征，发现29.8%的名称使用了一种修辞手法，24%的使用了两种修辞手法。

总之，为实现品牌命名目标，要在考虑消费者对品牌名称认知的心理特点的基础上，恰当地选择和调配各种语言手段，包括语音、词汇、语法、语义和修辞等各个方面，充分挖掘品牌名称的语言学价值。值得注意的是，语言要素各层面与品牌命名目标之间不是简单的一对一关系，而是一对多关系，表1具体说明这种关系。

表1 实现命名要求的语言手段

命名要求	语言维度	语言手段
区别性	语义	内涵意义反映产品的独特性
	语音	发音清晰、避免难音，不至于与其他品牌名混淆
	词汇	低频词、新创词具有奇趣性、独特性和区别性
简单	语音	音节简短(双音节和三音节)、避免难音，符合汉族人发音习惯，简单易记
	词汇	高频词常用简单
提示产品类别	语义	外延意义(语义场)与产品类别相关
传达产品属性利益	语义	内涵意义传达产品属性和利益
	修辞	修辞丰富内涵意义传达产品属性和利益
激发消费者联想	词汇	外来词使人联想到产品原产地和高质量
	语义	情感性、形象性内涵意义激发联想
	修辞	修辞丰富内涵意义激发联想
	语法	谓词名词化激发联想改变消费者态度

2 研究方法

本文调查分析了11大类22次类2600个品牌。这11大类产品分别是轿车、日化产品、香烟、酒、服饰、食品、药、手机、家电、饮料、餐店等。其中日化产品分为牙膏、洗发水、护肤品、卫生巾等次类，酒类产品分为葡萄酒、啤酒、白酒、保健酒等次类，服饰类产品分为女装、男装、童装、内衣、鞋、运动服等次类，共计22次类。此外，食品包含方便面、食用油和速冻食品，家电产品包括电视机、空调、电冰箱、洗衣机和热水器，饮料产品包括碳酸饮料和瓶装水，分析时没有对家电、食品和饮料作细分，一是考虑到由于品牌延伸，原来为某一次类产品的品牌名称，现在几乎已经延伸到同一大类所有次类的产品了。例如，海尔原来是冰箱品牌，现在则是洗衣机、电视机、空调等各类家电品牌了；二是考虑到一些产品次类的区分度不太大，在品牌命名上差异性要求不高，如不同次类食品品牌和饮料品牌。本文考察的品牌名称样本数量如表2所示。这些样本均选自品牌网站中的热点品牌。上述22类产品涵盖了主要的产品和服务类别，能够反映我国当前品牌竞争的主要态势。

品牌样本主要取自有关品牌网站：中国品牌总网(www.ppzw.com)、品牌世家网(www.ppsj.com.cn)、二十一品牌网(www.21brand.com)等。本文研究的对象是汉语品牌名称，因此没有把外语品牌名称、字母品牌名称、数字品牌名称，以及外语、字母、数字与汉语结合的品牌名称纳入分析范围；但外国品牌的汉语命名名称包

表 2　品牌名称样本数量

品牌	轿车	牙膏	洗发水	护肤品	卫生巾	香烟	葡萄酒	啤酒	白酒	保健酒	女装
数量	370	34	34	57	16	38	103	96	83	141	602
品牌	男装	童装	内衣	鞋	运动服	食品	药	手机	家电	饮料	餐店
数量	36	122	210	93	38	162	70	63	48	47	137

括在本研究中，因为这些品牌名称不管是音译（phonetic）、意译（semantic）、音意兼译（phonosemantic）还是幻灯式（transparency）转换（Usunier and Shaner，2002），使用的都是汉语语言要素，都是一种使用汉语的再创造活动，这些外国品牌的汉语品牌名称都属于汉语言单位。

3　结果与分析

下面从语音、词汇、语义、语法和修辞等五个方面统计分析 22 类品牌名称的语言学表现，并进行适当的讨论。表 3 显示了品牌名称语言学特征的总体情况。

表 3　品牌名称总体语言学表现

项目		比重/%
音节数量	单音节	0.58
	双音节	42.19
	三音节	37.58
	四音节	16.46
	五音节	2.62
	六音节以上	0.58
词语来源	现成词语	9.74
	新造（常规）	27.05
	新造（非常规）	63.21
词语频率（排序）	10 000 之后	9.9
	10 000 之前 5 000 之后	8.3
	5 000 之前 1 000 之后	26.9
	1 000 之前	24.0
语法性质	名词性	87.63
	动词性	8.14
	形容词性	4.23

续表

项目		比重/%
语义	无意义	22.12
	情感	15.58
	人物	10.42
	动物	9.85
	植物	7.88
	地名	6.19
	建筑物	3.38
修辞格	借代	41.95
	复迭	12.62
	引用	11.79
	比喻	11.18
	比拟	4.51
	谐音	4.10

注：语义场分析和修辞格分析未列出全部，只列出主要类别。

3.1　语音分析

音节分析主要从音节数量和声韵调配合两个方面调查。先看音节。统计结果显示，双音节品牌名称合计 1097 个，占 42.19%，在各音节名称中占据首位；三音节名称合计 977 个，占 37.58%，所占比重仅次于双音节名称；四音节名称 428 个，占 16.46%；五音节名称 68 个，占 2.62%；单音节和六音节及六音节以上名称各只有 15 例，只占 0.58%。双音节、三音节和四音节名称占绝大多数，说明营销者在音节方面追求名称的简短。从每一类品牌来看，双音节名称在轿车、洗发水、啤酒、手机、家电等中都高达 70%以上，在牙膏、护肤品、香烟、运动服、食品、饮料等中也都占 50%以上，说明双音节品牌名称在以上 11 类品牌名称中占优势。但是，餐店名称中三音节的占到64.9%，卫生巾、白酒、女装、男装、童装、内衣、鞋等三音节名称都占优势地位，分别达到了52.0%、47.0%、38.5%、39.3%、44.3%、58.5%、45.2%；此外，三音节的葡萄酒和保健酒品牌名称也接近双音节名称。这说明总体上双音节品牌名称占优势，但一些快速消费品牌名称则三音节占优势；并且从历史角度看，三音节品牌名称总体上有增多的趋势。如何解释三音节品牌名称增多的趋势呢？从语音上看，三音节组合也是韵律词，只不过是超韵律词。所谓韵律指的是说话时表现出来的“轻重”、“缓急”、“节奏”等超语音现象(冯胜利，2000)。也就是说，三音节品牌名称既符合词的韵律特征，又表现出一定的特殊性。正如宗丽(2008)注意到现在有不少反其道(指双音节)而行之的商标，刻意采用多音节商标，其用意是由于多音节商标数量比较少，所以超长的组合容易吸引注意力。此外，双音节和三音节在不同类别品牌命名中有不同表现。张斌(2008)指出：“我们的语言里面，短语按字数不同有奇音步和偶音步之分。一个字的、三个字的是奇音步，它的特点是活泼轻快。两个字的、四个字的是偶音步，它的特点是庄重稳定。”轿车、洗发水、啤酒、手机、家电、牙膏、护肤品、香烟、运动服、食品、饮料等都是运动性、科技性产品，使用庄重稳定的双音节名称容易传达高质量的印象；餐店、卫生巾、白酒、女装、男装、童装、内衣、鞋等都是日常生活类产品，使用活泼轻快的三音节名称给人以亲切的感觉。三音节名称得到命名者的青睐，从语义上看，是因为它的意义容量更大(米嘉瑗，2005)。由于汉语一个音节往往表达一个有意义的语素，增加音节数量无疑有助于丰富表达含义。餐店、卫生巾、白酒、女装、男装、童装、内衣、鞋等产品的品牌数量众多，三音节名称可以丰富品牌内涵，增加区别性。例如，“麒麟”、“百万”、“肥羊”、“南国”都可以成为一个品牌名称，但在这些词语之前分别加“金”和“小”构成“金麒麟”、“金百万”、“小肥羊”、“小南国”后，不仅增加了区别性，而且增加了丰富的联想意义。从词语和来源看，有些品牌名称来自于一些典故，如“狗不理”、“千里马”、“并蒂莲”等，具有特定的寓意。有些品牌名称来自于外来词，采用三个音节出于记音的需要，如“斯柯达”、“卡罗拉”。从结构上看，一些品牌名称在专名之外加上了通名，如“彩虹坊”、“大碗居”、“凤凰楼”、“天心阁”中的“坊”、“居”、“楼”、“阁”，这些通名更清楚地反映了产品和服务的类别。从社会文化传统来看，中国人的姓名大部分是三音节的，品牌名称采用三音节，更有利于给品牌赋予人格特征，一些人名品牌名称(包括职务、称谓名)就是其中的例子，如“关汉卿”、“苏大姐”、“巴将军”、“红孩儿”。

再看声韵调配合。主要分析常见的难音问题：①名称中所有音节都是入声；②名称中所有音节声母相同；③平翘舌相连；④边鼻音相连；⑤h/f音相连；⑥ī/ü音相连；⑦前后鼻相连；⑧韵律问题；⑨谐音不当问题。统计结果表明，品牌名称发音问题主要是入声同调，各类入声同调品牌名称占所有品牌名称的9.40%，为品牌名称难音问题的80.39%，如“碧爽”(洗发水)、“倩碧”(护肤品)、“卡路仕”(男装)、“卡索”(女装)、“喜力”(啤酒)。第二个发音问题是违反节拍规律，特别在男装品牌名称中节拍问题较多，如“帝斯·宇”、“马里奥·得亿”、“克里斯汀·迪懊”。发音问题超过10%的是轿车、洗发水、护肤品、卫生巾、葡萄酒、啤酒、女装、男装、内衣、运动服、饮料等品牌名称，这些品牌名称中的发音问题主要来自音译的国外品牌名称或人为的西化名称，命名者在追求“洋化”效应的同时忽略了语音要素在品牌传播中的作用。牙膏、香烟、白酒、童装、餐店等品牌名称中的发音问题低于5%，说明命名者注意到了语音方面的“通俗易懂”要求，也增强了这些大众消费品品牌传播的效果。综合本节分析得到下面的命题。

命题1：汉语品牌名称以双音节和三音节为主，三音节使用有增多的趋势。

命题2：汉语品牌命名中存在声韵调配合不当的问题。

3.2 词汇分析

词汇分析从品牌名称的词语来源和词语使

用频率两个方面进行。从词语来源看,品牌名称用词只有9.74%来自于现成词语,其中香烟、啤酒、白酒等品牌名称使用现成词语都超过了40%以上,这些现成词语大部分是表示地名意义的,如“洋河”(白酒)、“哈尔滨”(啤酒)、“南京”(香烟)。使用现成词语的地名做品牌名,消费者熟悉亲切,有利于获得认同,但也可能难以向更大地区推广。常规新造名称指符合汉语构造规则的新组合的名称,整体上有意义。在各类品牌名称中运用常规新造词的比重为27.05%,使用最多的是餐店、保健酒、牙膏、葡萄酒,都超过了60%,如“俏江南”(餐店)、“金蛇王”(保健酒)、“牙博士”(牙膏)、“华夏盛世”(葡萄酒)。这类新造名称由于是新创的,给人一种新颖别致的感觉;又由于符合汉语构造规则,容易理解和记忆。非常规造词品牌名称包括外来词和仿造的外来词,在各类品牌名称中的比重为63.21%,在轿车、洗发水、护肤品、卫生巾、女装、男装、内衣、鞋、运动服饰、药、手机、家电、饮料等品牌名称中使用相当多,如“海飞丝”(洗发水)、“碧欧泉”(护肤品)、“洁婷”(卫生巾)、“耶莉娅”(女装)、“卡宾”(男装)、“康妮雅”(内衣)、“贺斯达”(运动服饰)、“曼仙妮”(鞋)、“金维他”(药)、“金立”(手机)、“华帝”(家电)、“奥利奥”(食品)等。其中轿车和家电品牌名称中外来词名称比较多,而在各类服饰品牌名称中仿造外来词名称比较多。仿造的外来词名称可以称作西化名称,给人一种进口品牌的印象,可能产生原产国效应(country of origin),特别是品牌名称比较陌生时(王海忠和晶雪云,2007;周延风和范起凤,2007)。但是,过多地甚至是泛滥地取西化品牌名让消费者感到困惑,他们怀疑西化的品牌名是否真的来自西方(王海忠和晶雪云,2007)。女装、男装、内衣、鞋和食品品牌数量众多,很多品牌缺乏知名度的竞争态势也说明了千篇一律的西化命名策略的失效。但在餐饮和白酒品牌中使用西化名称的不足5%,在大众消费品牌传播中有较好的效果。

关于词语使用频率,统计了各类品牌名称中出现频次在10次和10以上的词语与《现代汉语常用词表(草案)》中词语频次的对应分布情况。品牌名称中出现频次在10和10以上的词语占所有品牌名称词语的73.11%。另外26.89%的词语出现的频次不到10,未作详细分析。根据苏新春和杨尔弘(2006)关于词语的频次分布特点和在总语料中的覆盖率分段情况,我们把在《现代汉语常用词表(草案)》中词频排在1000之前的词看做常用词,词频排在1000～5000的词看做高频词,词频排在5000～10 000的词看做中度低频词,词频排在10 000之后的词看做高度低频词。统计结果显示,高度低频词在品牌名称中出现的平均比重为9.9%,主要出现在日化产品、轿车和服饰类品牌名称中;而在烟酒、家电、手机、药、食品、餐饮和饮料品牌名称中出现的比重不高。中度低频词在各类品牌名称中分布比较均匀,平均比重为8.3%。高频词出现的平均比重为26.9%,并且在各类品牌名称中分布比较均匀。常用词在各类品牌名称中出现的平均值为24%,在牙膏、香烟、饮料、食品、餐饮、白酒、葡萄酒等品牌的名称中出现的比例高于30%。上述分布情况总体上表现为这样一种趋势,在日化产品、轿车和服饰类品牌名称中更多地使用低频词语,说明命名者更注重这些品牌的差异性;而在烟酒、饮料、餐饮、食品、家电、药等与日常生活密切相关的品牌名称中更多地使用高频词语,说明命名者更注重这些品牌名称的熟悉度和可记忆性。不同类别品牌的消费行为存在不同特点,但我们没有发现高低频率词语与不同消费行为特点之间的一致性关联性,需要进一步研究。基于本节分析得到以下命题。

命题3:汉语品牌命名中倾向于新创词语,而不是使用现成词语,但有过多使用西化方式新创品牌名称的趋势。

命题4:汉语品牌命名倾向于使用常用词和高频词,较少使用低频词。

3.3 语义分析

对品牌名称的语义分析从语义场入手,分析语义场对产品的提示作用,这种提示作用有的是通过外延意义的指称功能获得的,有的是通过内涵意义的联想功能获得的,分析中不作具体区分。语言学界对语义场并没有作出系统全面的分类，但人物、动物、植物、星体、颜色、机构、建筑、用具、职务、职业、地名、珍宝、财富、运动、情感（如美丽、健康、快乐、通达、福禄寿喜、吉祥如意）、性质等是得到较多认可的语义场分类（贾彦德，1986；符淮青，1996；张志毅和张庆云，2001）。语义场是有层级的，如植物可以进一步分为草、菜、花、树、竹、稻等（张志毅和张庆云，2001）。当一些同一上位语义场用于不同类别的品牌名称时，则进一步分析下位语义场。需要指出的是，语义场分类是建筑在有意义的基础上的，但品牌名称不一定是现成词语，可以是词语的组合，当未按常规规则组合时，品牌名称整体上就没有意义，所以，我们的语义场归类中包含了无意义一类。

首先，分析语义场在各类品牌名称中的出现比例。无意义品牌名称使用频率位居第一，尤其在鞋、内衣、食品和女装品牌中使用最多，显示出目前命名者非常喜欢使用无意义品牌名称。无意义品牌名称的好处是比较容易避免歧义和不必要的品牌联想，增加区别性，但不能提示产品类别，缺乏品牌联想，记忆困难，品牌知名度的提高依赖广告的投入。情感义在品牌名称中使用的比例位居第二，出现较多的原因是情感义词语可以表达品牌的情感价值。不仅在女装、内衣、男装、护肤品、洗发水等以情感为品牌价值的名称中大量使用了情感意义的词语，而且在似乎跟情感无关的产品中也较多地使用了情感意义的词语，如汽车品牌中的“炫丽”、“标致”、“美佳”，家电品牌中的“美的”、“雅佳”，用情感义命名以情感（美丽）为品牌价值的品牌（如服装、护肤品等）对产品类别有较好的提示作用，情感（美丽）义词语作为其他品牌名称，体现的是品牌的象征价值，给消费者以美好的消费体验。人物语义场出现比例位居第三，支持汉语品牌命名喜欢用人名的传统观点。动物语义场出现比例居于第四，地名（行政区域、山川等）出现的比例为第六，这一点与中国传统商标命名中喜欢用动物名称和地名的观点是一致的（汪永平和贺宏斌，2007；杨薇，2000）。植物义品牌名称出现的比例也比较高，为第五位，特别是在药、保健品、牙膏等品牌中使用较多，对产品类别有较好的提示作用。上述统计结果表明，人物、动物、地名义名称仍然有较高的使用频率，这些类型的名称对产品类别提示作用有限，区别性不够。无意义品牌名称和情感义名称大量出现在各类品牌名称中，说明命名者在努力追求品牌名称的区别性和多样性，但无意义品牌名称由于不容易记忆，传播效果差。

其次，从具体的品牌类别分析语义场对产品类别的提示作用。童装、药、保健酒、饮料、餐店、牙膏、卫生巾等品牌名称中出现能提示产品类别的多类语义场，如童装名中动物（家禽家畜、小动物等，31.15%）、人物（14.75%，如“响铃公主”、“快乐贝贝”）都能提示童装的使用者；药品牌名中人物（人体部位，35.71%）提示药的使用条件，植物（10%）提示药的原材料；保健酒名中的动物（36.17%，如“金蛇王”、“麋鹿”等）、植物（30.50%）提示原材料，情感（“健康快乐”等，6.38%）提示功效；餐店品牌名称中的建筑物（30.66%）提示消费场所，地名（15.33%）提示产品种类，动物（16.06%，家禽家畜、水生动物等）名称提示产品原材料；牙膏名中情感（性质，5.88%）提示牙膏的功效（立白、美加净），植物（14.71%）提示牙膏的牙齿护理；卫生巾品牌名中情感（性质，75%）、人物意义（6.25%）提示功效。轿车、护肤品、洗发水、女装、内衣、鞋、食品、手机等品牌中无意义名称占据首位，基本上不能提示产品类别；但轿车品牌中的运动（12.97%）、动物（11.89%），护肤品中的情感（美丽等，26.30%）、植物（草，12.28%；花，7.02%），洗发水中的情感（23.53%，美丽、性质、花等）、植物（17.65%），女装品牌中的情感（美丽等，28.41%），内衣品牌中的情感（美丽等，27.14%）、植物（花等，20.95%），手机品牌中的星体（20.63%），都对品牌类别有提示作用。香烟、葡萄酒、啤酒、白酒、家电等品牌名称中较多使用没有区别性的地名、情感（福禄寿喜等）义名，对产品的提示作用有限。各类品牌具体的语义场分布情况如表4所示。

表 4　品牌语义场分布统计

语义	品牌	轿车	牙膏	洗发水	护肤品	卫生巾	香烟	葡萄酒	啤酒	白酒	保健酒	女装	男装	童装	内衣	鞋	运动服	食品	药	手机	家电	饮料	餐店	小计
无义	数量	91	2	8	17				16			194			92	56	5	69		20		3	2	575
	比重/%	24.59	5.88	23.53	29.82				16.67			32.23			43.81	60.22	13.16	42.59		31.75		6.38	1.46	22.12
情感	数量	20	2	8	15	12	6	0	0	11	9	171	6	2	57	13	2	14	0	0	25	13	19	405
	比重/%	5.41	5.88	23.53	26.32	75.00	15.79			13.25	6.38	28.41	16.67	1.64	27.14	13.98	5.26	8.64			52.08	27.66	13.87	15.58
人物	数量	40	5	0	8	1	3	37	2	14	10	68	4	18	0	1	2	19	25	3	0	3	8	271
	比重/%	10.81	14.71		14.04	6.25	7.89	35.92	2.08	16.87	7.09	11.30	11.11	14.75		1.08	5.26	11.73	35.71	4.76		6.38	5.84	10.42
动物	数量	44		1			4		9	3	51	24	21	38	1	12	10	11			4	1	22	256
	比重/%	11.89		2.94			10.53		9.38	3.61	36.17	3.99	58.33	31.15	0.48	12.90	26.32	6.79			8.33	2.13	16.06	9.85
植物	数量	1	5	6	11		5	2	4	9	43	34	1	11	44			11	7	2	2	2	5	205
	比重/%	0.27	14.71	17.65	19.30		13.16	1.94	4.17	10.84	30.50	5.65	2.78	9.02	20.95			6.79	10.00	3.17	4.17	4.26	3.65	7.88
地名	数量	6					14	29	33	33	8	4		1				3	2			7	21	161
	比重/%	1.62					36.84	28.16	34.38	39.76	5.67	0.66		0.82				1.85	2.86			14.89	15.33	6.19
建筑	数量	3						20		6		11						5				1	42	88
	比重/%	0.81						19.42		7.23		1.83						3.09				2.13	30.66	3.38
运动		48														5	6							59
		12.97														5.38	15.79							2.26
星体	数量	21					1		3			4		1		2	3	1		13	4	1		54
	比重/%	5.68					2.63		3.13			0.66		0.82		2.15	7.89	0.62		20.63	8.33	2.13		2.08
其他	数量	96	20	11	6	3	5	15	29	7	20	92	4	51	16	4	10	29	36	25	13	16	18	526
	比重/%	25.95	58.82	32.35	10.53	18.75	13.16	14.56	30.21	8.43	14.18	15.28	11.11	41.80	7.62	4.30	26.32	17.90	51.43	39.68	27.08	34.04	13.14	20.23
合计	数量	370	34	34	57	16	38	103	96	83	141	602	36	122	210	93	38	162	70	63	48	47	137	2600

注：“其他”类包括珍宝、道路、色彩、用具、感知、布料及一些难以归纳的语义类别，每类所占比重较小，故在此不作具体分析。

语义场对产品类别虽有提示作用，但也容易造成意义相似甚至相同，这种相似、相同不仅在不同类别品牌名称中出现，如熊猫、光明等用于不同类别品牌，而且在相同类别品牌名称中出现，这在轿车、护肤品和女装等品牌名称中的情况最为严重，如轿车品牌名称中的“宝来/来宝”、“凯旋/凯越”、“骐菱/菱麒”，护肤品中的“碧欧泉/碧儿泉”、“希思丽/希思黎”，女装品牌名称中的“奥菲/奥扉”、“玛丝菲尔/玛苏菲儿”。这些成对的名称不仅组成部分意义相似相同，而且整体意义也比较接近，使消费者难以区分。由本节讨论得到如下命题。

命题5：无意义、情感、人物、动物、植物、地名义在品牌名称中较多出现，除了无意义名称，它们对品牌的产品和服务类别有不同程度的提示作用。

3.4　语法分析

本小节分析品牌名称作为一个语言单位的语法性质，即名词性、动词性、形容词性品牌名称的分布情况。统计结果表明，从词的性质上看，名词性品牌名称占绝多数，为87.63%，体现出品牌名称作为专有名词的指称性特点；动词性名称8.14%，形容词性名称4.23%，表明一些品牌命名试图通过谓词性词语的名词化，在指称特定品牌的同时，传达劝说和广告功能。非名词性名称在卫生巾、药、轿车、运动服饰、牙膏品牌名称中分别达到50%、31.03%、27.74%、23.73%和23.53%。卫生巾品牌名称中形容性词语高达35%，主要是一些性状词语，如“乐而雅”、“怡丽”等，突显产品的使用效果和消费体验；动词性词语占10%，如“月月爱”、“佳慕”，暗示消费者的满意度；主谓短语名称“妇炎洁”既提示产品的使用对象，又暗示产品的功效。药品牌名称中的“达克宁”、“康泰克”、“斯达舒”、“珍视明”等谓词性词语强调药品牌的功能和疗效。轿车品牌名称中动词性词语超过了20%，如“奔驰”、“飞腾”、“速跑”、“领驭”、“狮跑”、“奔奔”等，在表达产品运动特色的同时，突显品牌的功效。运动服饰品牌名称中的动词性词语“夺标”、“特动”、“腾健”等表达了产品的运动特色和品牌给消费者带来的价值，具有承诺功能。牙膏品牌名称中的动词性词语，如“冷酸灵”等表达牙膏的疗效，具有导向功能。烟酒类品牌名称中谓词性词语的比重相当低，与这些类别品牌主要用地名、人名和动物名的特点相一致，命名者给烟酒类产品命名时着重于名称的指称功能。与酒一样属于液体食用产品的饮料品牌，却有11.54%的动词性词语名称，如“尖叫”、“醒目”、“非常可乐”等，因为饮料品牌的消费对象更多的是年轻的或时尚人士，命名者希望在品牌名称中传达活力和动感的品牌内涵。服装类品牌中内衣品牌名称中有12.38%的形容性词语，如“纯柔”、“娆美”、“宜而爽”、“芙丽雅”等，通过描述穿着内衣后的舒适感来传达品牌价值。手机品牌名称中有18.60%的动词性词语，主要是表示“通”、“达”等与通信有关的词语，如“神达”、“互通”、“雅讯达”等，暗示产品的功能。家电和餐店品牌名称中的非名词性词语不多，营销者命名时着重于名称的指称功能。总之，非名词性品牌名称不仅具有指称功能，而且具有表达（体验）、导向、承诺、劝说等对听众施加影响的独特功能，值得进一步开发利用。综合本节分析可以得到以下命题。

命题6：品牌名称以名词性词语为多数。由于具有指称特定品牌和劝说广告的双重功能，品牌名称中使用动词性词语、形容词性词语有增多趋势。

3.5　修辞分析

修辞手法的运用使品牌名称产生各种联想。本文调查显示，借代、比喻、引用、比拟、复迭、双关等修辞手法的使用占前六位。有736个品牌名称使用各类修辞手法，占品牌名称总数的28.31%。在这736个品牌名称中，借代的运用比例最高，达41.9%。借代是以彼代此的修辞手法，通常用被代事物的特征、材料、结果、处所、标志等代替被代事物。借代之所以成为命名中最受欢迎的修辞手法，是因为基于借体和本体之间的相关性，消费者很容易通过品牌名称联想到产品类别。例如，“兹味堂”（餐店品牌）通过特征(味)联想到餐饮,“八段锦”通过材料(锦)联想到服装,“金嗓子”通过结果联想到药。复迭、比喻、引用等也分别有10%左右的运用比例。复迭就是同词重迭,命名者通过复迭来增强品牌名称的情感色彩。例如,“贝贝依依”(童装)表达一种亲昵可爱的情感,“喜洋洋”(餐饮品牌)表达愉悦的消费体验。比喻是一种以彼喻此的修辞手法,品牌名称中的比喻,较多的是用具体的事物比喻抽象的事物,消费者由此联想到品牌名称的形象色彩。例如,用“花雨伞”(女装)比喻服装之美丽别致,用“花之使者”比喻护肤品之功能和效果,用“酒鬼”比喻酒之妙处。引用就是引用别人的话语或成语、谚语或格言等,品牌名称中运用引用修辞手法使消费者联想到典故、名言名句反映的寓意,从而体会到品牌的内涵和价值。例如,“千百度”(鞋品牌)引自辛弃疾词《青玉案.元夕》中的“众里寻他千百度”,非常切合鞋品牌的内涵;出自名句的“甲天下”(香烟),要表达的是品牌的档次。此外,比拟、谐音使用得也较多。比拟是故意把物当做人、把抽象概念当做人或物,或者把人当做物来描写,如“千喜鹤”、“知味观”,突显消费者主体的情感体验。谐音是利用音同音近的词语构成,词面顺利成章,词里隐含真实思想,如“湘满天”词面指称湘菜遍天下,词里隐含飘香天下,引起消费者的丰富联想。

从每类品牌运用修辞手法的情况来看,餐店、童装品牌、保健酒、饮料、护肤品、卫生巾品牌名称中运用修辞手法的比例较高,这些品牌的竞争主要着眼于品牌的情感价值,消费者对这些品牌质量的关注度相对要低。餐店品牌运用比例最高,达95.2%。其中借代运用得最多,命名者或通过地名借代提示餐饮品牌的菜系,如“西蜀(豆花庄)”、“萧湘海岸”;或通过特征借代提升品牌价值,如“御香苑”、“美味珍”;或通过标志借代突显品牌区别性,如“蓝波旺”、“红事会”等。此外,餐店名称中还大量使用引用(“小城故事”、“日出田园居”、“世外桃园”、“东方既白”)、比拟(“悄江南”)、复迭(“团团圆圆”、“火鼎火”、“楼外楼”)、谐音(“渝乐生活”、“天下第一面”、“豪享来”)、降用(把一些分量重的大的词语当做一般词语使用,如“十六街区”、“老根山庄”)等修辞手法。各类修辞手法的运用使餐店名呈现出高度的形象性和联想性。童装品牌运用修辞手法的比例也高达70.5%,其中引用和复叠的运用比例最高。命名者直接引用“铁臂阿童木”、“樱桃小丸子”、“芝麻开门”等作为童装品牌名称,使人联想到童话和卡通故事中的小人物,激起消费者的共鸣;童装品牌名称中的复叠有大的新创性,不仅有动词重叠(“小闹闹”、“逗逗鱼”)、量词重叠(“季季乐”)、拟音重叠(“哈哈狗”、“咔咔普”)、形容词重叠(“好好唛”),而且有副词重叠(“可可鸭”)、名词重叠(“菁菁草”、“快乐贝贝”、“时尚狗狗”),重叠词语的亲昵、可爱的表达效果增强了品牌名称的联想强度和区别性。保健酒品牌名称运用修辞手法的比例达57%,其中绝大多数是借代,如“神力蚂蚁”、“椰岛鹿龟酒”、“海马多鞭酒”,通过材料借代提示产品的功效。饮料品牌名称中运用最多的修辞手法是借代和复叠,前者如“农夫果园”、“味全”、“果珍”,提示产品的类别和价值,后者如“娃哈哈”、“露露”、“维维”等,彰显品牌的价值。护肤品品牌名称运用了多种修辞手法,如比喻(“东洋之花”、“肌肤之钥”、“白大夫”)、谐音(“井上秀”、“雪芙兰”)、引用(“资生堂”、“露华浓”)、比拟(“吾爱尔”)等,命名者着重要表达的是品牌的情感价值。卫生巾品牌名称中运用较多的修辞手法是复迭和比喻,如“月月舒”、“月月爱”、“李医生”、“小护士”,表达品牌的使用功能和效果。汽车、运动服饰品牌名称中运用修辞手法的比例在20%左右,说明营销者开始注意消费体验的价值,如轿车品牌名称中用动物、交通工具等比喻轿车的速度;运动服饰品牌名称运用的修辞手法主要是超常搭配(“361°”),暗示运动力量的超常发挥。其他品牌类别的名称使用修辞手法不多见,表现手法比较平实、直白,命名者可能主要着眼于品牌的内在质量。总结本节讨论得到以下命题。

命题7:借代修辞手法由于有较好的提示和联想功能,在汉语品牌命名中使用最为广泛;比喻、引用、比拟、复迭、谐音等修辞手法在品牌命名中使用也比较多。

4 结论和研究局限

通过调查分析22类共2600个品牌名称的语言特点,发现选择、调配语音、词汇、语法、语义和修辞等五个层面语言要素是品牌命名的中心活动,语言要素的选择、调配的结果在一定程度上实现了简单、有区别性、提示产品类别、反映产品的利益和定位的命名要求。但是,也有许多品牌名称存在诸多问题,如发音和韵律问题、过多地甚至是泛滥地使用西化品牌名称、过多的无意义名称等,不能很好反映品牌价值,传播效果不佳。

基于本文考察,可以初步总结以下汉语品牌命名趋势:第一,汉语品牌名称以双音节和三音节为主,根据双音节和三音节的不同表达效果,围绕不同产品类别的产品特性和营销目标作出不同选择。第二,我国企业的品牌命名者喜欢新创品牌名称,较少使用现成词语,有利于提升消费者的注意力,增加区别性。第三,汉语品牌命名倾向于使用常用词和高频词,较少使用低频词。第四,恰当选择品牌名称的外延意义和内涵意义对品牌类别和品牌利益有提示和联想作用。情感义、植物(花)义等名称可以增强区别性,较好地反映品牌利益,越来越多地得到使用;人名、地名、动物名品牌名称对产品类别提示作用有限,区别性不够;无意义名称有避免不必要联想、增强区别性作用,但记忆困难,传播效果差。第五,一些品牌名称中使用动词性词语、形容词性词语和主谓短语,这些品牌名称具有指称特定品牌和劝说广告的双重功能。第六,运用修辞手法可以增强品牌名称的情感性和联想性,而借代手法由于有较好的提示和联想功能,最受命名者欢迎。

本研究也存在一些局限性。第一,本文样本主要来自专业品牌网站,其中一些类别品牌名称偏多,样本的代表性可能存在问题,需要在进一步研究中改进。第二,本文从五个层面分别讨论品牌名称的语言要素选择,这是具体分析的需要,但还应该加以综合,对具体的品牌名称,要综合考察其语音、词汇、语义、语法和修辞等语言要素的组合机制,尤其从不同角度看可能发生冲突,这时应该存在一个优先序列。第三,品牌命名除了语言要素、心理要素外,还有法律要素,通过法律登记是品牌命名的基本要求,而名称本身是否能够防止被仿造和被包含是检验品牌命名优劣的重要内容。第四,本文总结的汉语品牌命名特点和趋势是否确实能达成命名目标、获得好的传播效果,需要通过调查消费者行为加以实证检验。第五,从品牌定位出发,借助联想理论,以本文的研究结论为基础,研究品牌名称的生成机制,具有重大的应用意义。对这些问题的探讨,无疑可以进一步推进品牌命名的研究。

参考文献

[1]陈洁光,黄月圆. 2002. 中国商品品牌命名的规则和特点[J]. 南开管理评论,(1):68-71.

[2] 陈洁光,黄月圆. 2003. 中国的品牌命名[J]. 南开管理评论,(2):47-54.

[3] 陈月明. 2003. 论品牌名称汉译[J]. 浙江社会科学,(1):187-190.

[4] 范秀成. 2000. 基于顾客的品牌权益测评——品牌联想结构分析法[J]. 南开管理评论,(6): 9-13.

[5] 冯胜利. 2000. 汉语韵律句法学[M]. 上海:上海教育出版社.

[6] 符淮青. 1996. 词义的分析和描写[M]. 北京:语文出版社.

[7] 高名凯,石安石. 1963. 语言学概论[M]. 北京:中华书局.

[8] 何佳讯,卢泰宏. 2007. 中国文化背景中的消费者-品牌关系:理论建构与实证研究[J]. 营销科学学报,3(3):1-12

[9] 黄合水. 2005. 品牌资产[M]. 北京:中国市场出版社.

[10] 黄合水,彭聃龄. 2002. 论品牌资产——一种认知的观点[J]. 心理科学进展,10(3):350-359.

[11] 胡晓研,胡雪禅. 2007. 品牌动词化现象探微[J]. 吉林广播电视大学学报,(1):30-32.

[12] 贾彦德. 1986. 语义学导论[M]. 北京:北京大学出版社:93,94.

[13] 利奇·杰弗里. 1987. 语义学[M]. 李瑞华,王彤

福,杨自俭,穆国豪译.上海:上海外语教育出版社.
[14] 李飞,李翔. 2004. 世界最有价值品牌中文名称命名分析[J]. 中国工业经济,(12):98-104.
[15] 李颢,王高,赵平. 2009. 品牌延伸评价的影响因素:文献综述与研究展望[J]. 营销科学学报,5(2):55-71.
[16] 米嘉瑗. 2005. 三音节词语的特点[J]. 衡阳师范学院学报,(4):85-87.
[17] 陆俭明,沈阳. 2003. 汉语和汉语研究十五讲[M]. 北京:北京大学出版社.
[18] 苏新春,杨尔弘. 2006. 2005年度汉语词汇统计的分析与思考[J]. 厦门大学学报(哲学社会科学版),(6):84-91.
[19] 田圣炳,陈启杰. 2004. 国际化经营中的原产地形象研究综述[J]. 外国经济与管理,(8):25-29,39.
[20] 汪永平,贺宏斌. 2007. 中国近代知名民族品牌的名称研究[J]. 史学月刊,(3):94-102.
[21] 王海忠,晶雪云. 2007. 品牌名、原产国、价格对感知质量与购买意向的暗示作用[J]. 南开管理评论,(6):19-25,32.
[22] 王海忠,于春玲,赵平. 2006. 品牌资产的消费者模式与产品市场产出模式的关系[J]. 管理世界,(1):106-120.
[23] 吴汉江,曹炜. 2005. 商标语言[M]. 北京:汉语大词典出版社.
[24] 吴新辉,袁登华. 2009. 消费者品牌联想的建立与测量[J]. 心理科学进展,(2):451-459.
[25] 现代汉语常用词表课题组. 2008. 现代汉语常用词表(草案)[M]. 北京:商务印书馆.
[26] 徐烈炯. 1995. 语义学[M]. 北京:语文出版社.
[27] 许娟娟,郝佳,周懿瑾,等. 2010. 品牌的文化标志性对品牌联盟的影响——老字号品牌发展的新途径[J]. 营销科学学报,6(4):98-108.
[28] 杨小惠. 2003. 英语阅读中的词频效应与语境效应研究[J]. 华东船舶工业学院学报(社会科学版),(4):71-74.
[29] 杨薇. 2000. 汉语语词在商品品牌名称中的运用[J]. 语言文字应用,(4):49-55.
[30] 殷志平. 2006. 多维视角的品牌命名研究[J]. 南京社会科学,(12):129-136.
[31] 殷志平. 2008. 跨国经营条件下品牌命名的挑战与应对策略[J]. 南京航空航天大学学报(社会科学版),(2):33-37,57.
[32] 殷志平. 2009. 世界500强在华企业名称对中国企业名称命名规则的偏离及其原因分析[J]. 语言文字应用,(2):42-51.
[33] 余明阳. 2008. 中国品牌报告2008[M]. 上海:上海交通大学出版社.
[34] 余明阳. 2009. 中国品牌报告2009[M]. 上海:上海交通大学出版社.
[35] 詹人凤. 1997. 现代汉语语义学[M]. 北京:商务印书馆.
[36] 张斌. 2008. 言语识别和节奏感问题[J]. 修辞学习,(5):1-4.
[37] 张志毅,张庆云. 2001. 词汇语义学[M]. 北京:商务印书馆.
[38] 郑燕萍. 2007. 汉族姓名语音修辞考察[J]. 修辞学习,(1):47-50.
[39] 周延风,范起凤. 2007. 品牌名称对原产国效应影响的实证研究[J]. 现代管理科学,(8):103-105.
[40] 朱亚军. 2003. 商标命名研究[M]. 上海:上海外语教育出版社.
[41] 朱建荣,郁文. 2008. 基于消费者角度的品牌资产形成机理及其测量[J]. 商业时代,(11):22-24.
[42] 宗丽. 2008. 汉语商标的语音特点[C]//中国修辞学会. 修辞学论文集(第十一集). 北京:中国社会科学出版社.
[43] Keller K L. 2004. Strategic Brand Management: Building, Measuring, and Managing Brand Equity (Second edition)[M]. 北京:中国人民大学出版社.
[44] Sternberg R J. 2006. 认识心理学[M]. 第三版. 杨炳钧,陈燕,邹枝玲译. 北京:中国轻工业出版社.
[45] Wells W, Moriarty S, Burnett J. 2009. Advertising Principles and Practice [M]. 何辉改编. 北京:中国人民大学出版社.
[46] Aaker, D. 1991. D. A. Managing Brand Equity: Capitalizing on the Value of A Brand Name[M]. New York: The Free Press.
[47] Austin J L. 1962. How to do Thing with Words [M]. Oxford: Oxford University press.
[48] Bergh V, Bruce G, Collins J, et al. 1984. Sound advice on brand names [J]. Journalism Quarterly, 61(4):845-840.
[49] Bergh V, Bruce G, Adler K, et al. 1987. Linguistic distinction among top brand names [J]. Journal of Advertising Research, August/September: 39-44.
[50] Chan K K, Huang Y Y. 2001. Principles for brand

naming in Chinese: the case of drinks [J]. Marketing Intelligence & Planning, 19 (5):309-318.

[51] Collins A M, Quillian M R. 1969. Retrieval time from semantic memory [J]. Journal of Verbal Learning and Verbal Behavior, 8:240-248.

[52] Collins A M, Loftus E F. 1975. A spreading activation theory of semantic processing [J]. Psychological Review, 82: 407-428.

[53] Collins L. 1977. A name to conjure with: a discussion of the naming of new brands [J]. Europeans Journal of Marketing, 11(5):340-363.

[54] DeLosh, E L, McDaniel M A. 1996. The role of order information in free recall: application to the word-frequency effect [J]. Journal of Experimental Psychology: Learning, Memory, and Cognition, 22 (5) : 1136-1146.

[55] Dogana F. 1967. Psycholinguistic contributions to the problem of brand names[J]. European Marketing Research Review, 2(1):50-58.

[56] Gregg V H. 1976. Word frequency, recognition, and recall[M]//Brown J. Recall and Recognition. London: Wiley.

[57] Joan M L. 1989. The influence of a brand name's association set size and word frequency on brand memory [J]. Journal of Consumer Research, 16: 197-208.

[58] Keller K L. 1993. Conceptualizing, measuring, and managing customer-based brand equity [J]. Journal of Marketing, 57(January):1-22 .

[59] Keller K L, Heckler S E, Michael S. 1998. The effects of brand name suggestiveness on advertising recall [J]. Journal of Marketing, 62(January): 48-57.

[60] Klink R. 2000. Creating brand names with meaning: the use of sound symbolism [J]. Marketing Letters, 11(1):5-20.

[61] Klink R. 2001. Creating meaningful new brand names: a study of semantics and sound symbolism [J]. Journal of Marketing: Theory and Practice, 9 (Spring):27-34.

[62] Klink R. 2009. Gender differences in new brand name response[J]. Market Letter, (20):313-326.

[63] Kohli J, Suri R. 2000. Brand names that works: a study of the effectiveness of different types of brand names [J] . Marketing Management Journal, 10 (2):112-120.

[64] Lerman D. 2003. The effect of Morphemic familiarity and exposure mode on recall and recognition of brand names [J]. Advances in Consumer Research, 30.

[65] Lee Y H, Ang K S. 2003. Brand name suggestiveness: a Chinese language perspective [J]. International Journal of Research in Marketing, 20 (4): 323-349.

[66] Li F R, Shooshtari N H. 2003. Brand naming in China: sociolinguistic implications[J]. The Multinational Business Review. 11(3): 3-19.

[67] Lowrey T M, Shrum L J. 2007. Phonetic symbolism and brand name preference [J]. The Journal of Consumer Research, 34(3): 406-414.

[68] McDonald G M, Roberts C J. 1990. The Brand-naming enigma in the Asia Pacific content[J]. European Journal of Marketing, 24 (8): 6-19.

[69] Morton J. 1969. The interaction of information in word recognition [J] . Psychology Review, (2): 72.

[70] Neilsen D. 1979. Language play in advertising: linguistic invention in product naming[J]. //Alatis J, Jucker R. Language in Public Life. Georgetown: Georgetown University Press.

[71] Newman S S. 1933. Further experiments in phonetic symbolism[J]. American Journal of psychology, 45(1):53-75.

[72] Paivio A. 1969. Mental imagery in associative learning and memory [J]. Psychological Review, 76: 241-263.

[73] Paivio A. 1972. Imagery and Verbal Processes [M]. New York: Holt, Rinehart & Winston.

[74] Peterson R A, Ivan R. 1972. How to name new brands [J]. Journal of Advertising, 12 (6):29-34.

[75] Petty R D. 2008. Naming names: trademark strategy and beyond: part one—selecting a brand name [J]. Band Management, 15, (3): 190-197.

[76] Posavac S S, Sanbonmatsu D M, Cronley M L, et al. 2001. The effects of strengthening category-brand associations on consideration set composition and purchase intent in memory-based choice [J]. Advances in Consumer Research, 28:186-189.

[77] Rie A, Rie L. 2002. The 22 Immutable Laws of Branding[M]. New York: Harper Business.

[78] Rivikin S, Sutherland F. 2004. The Making of A Name: the Inside Story of the Brands We Buy[M]. Oxford University Press, Inc.

[79] Robertson K. 1983. Cognitive processing of brand names [D]. Dissertation Abstracts International, 43, 4022A. University Microfilms No. 8308407.

[80] Robertson K. 1987. Recall and recognition effects of brand name imagery [J]. Psychology & Marketing, 4: 3-15.

[81] Robertson K. 1989. Strategically desirable brand name characteristics [J]. The Journal of Consumer Marketing, 6(4):61-71.

[82] Samu H, Krishnan S. 2010. Brand related information as context: the impact of brand name characteristics on memory and choice[J]. Journal of the Academy Marketing Science, (38):456-470.

[83] Sapir E. 1929. A study in phonetic symbolism [J]. Journal of Experimental Psychology, 12 (3): 225-239.

[84] Schloss I. 1981. Chickens and pickles[J]. Journal of Advertising Research, 21(6):47-49.

[85] Sen S. 1999. The effects of brand name suggestiveness and decision goal on the development of brand knowledge [J]. Journal of Consumer Psychology, 8(4):431-455.

[86] Schmitt B H, Pan Y G, Tavassoli N T. 1994. Language and consumer memory: the impact of linguistic differences between Chinese and English [J]. 21(12): 419-431.

[87] Schmitt B H, Zhang S. 2001. Creating local brands in multilingual international markets[J]. Journal of marketing research, 38(3): 313-325.

[88] Tong Y M, Ding Y. 2008. Experimental study on the relatedness in Chinese between tonal suggestiveness and product attributes in the category of cars[J]. Canadian Social Science, 4(4): 27-36.

[89] Usunier J C, Shaner J. 2002. Using linguistics for creating better international brand names [J]. Journal of Marketing Communications, 8:211-228.

[90] Wilson L, Huang Y. 2003. Wine brand naming in China[J]. International Journal of Wine Marketing, 15 (3): 52-62.

[91] Yokston E, Menon G. 2004. A sound idea: phonetic effects of brand names on consumer judgments [J]. Journal of Consumer Research, 31: 43-51.

[92] Zaltman G, Wallendorf M. 1979. Consumer Behavior: Basic Findings and Managerial Implications [M]. New York: Wiley.

[93] Zhou N, Belk R W. 2004. Chinese consumer readings of global and local advertising appeals. Journal of Advertising Research, 33 (3): 63-77.

The Present Situation and Trend of Chinese Brand Naming: Linguistic Approach

Yin Zhiping

(The Institute of Linguistic Science and Technology Research, Nanjing Normal University)

Abstract This study investigates linguistic features in aspects of phonetic, orthographic, semantic, syntactic and rhetoric of 2,600 Chinese brands of 22 different categories of products, and finds that by selecting and polishing linguistic components, Chinese brand name basically implements the brand naming requirements of being short, simple, and distinctive, designating the products or service category and suggesting key attributes and producing inference about key benefits. Based on investigates, this study concludes some trends in Chinese branding. Finally some issue of brand naming study is discussed.

Key words Brand Naming, Brand Identity, Brand Association, Linguistic Analysis

专业主编:彭泗清

